敦煌歌辞与唐代世俗社会研究

冯家兴 黄志杰 左朋 居晓倩 著

DunHuang GeCi Yu

TangDai ShiSu

SheHui YanJiu

甘肃教育出版社

图书在版编目（CIP）数据

敦煌歌辞与唐代世俗社会研究 ／ 冯家兴等著．-- 兰
州：甘肃教育出版社，2024.5
ISBN 978-7-5423-5735-9

Ⅰ．①敦… Ⅱ．①冯… Ⅲ．①敦煌学－词（文学）－关
系－社会－历史－中国－唐代－研究 Ⅳ．①I207.23
②K242.07

中国国家版本馆CIP数据核字（2023）第225319号

敦煌歌辞与唐代世俗社会研究

冯家兴　　黄志杰　　左朋　　居晓倩　著

责任编辑　胡瑞华
封面设计　石　璞

出　版　甘肃教育出版社
社　址　兰州市读者大道568号　730030
电　话　0931-8436489(编辑部)　0931-8773056(发行部)
传　真　0931-8435009

发　行　甘肃教育出版社　印　刷　甘肃光子印务有限责任公司
开　本　880毫米×1230毫米　1/16　印　张　17.25　字　数　214千
版　次　2024年5月第1版
印　次　2024年5月第1次印刷
书　号　ISBN 978-7-5423-5735-9　定　价　69.00元

前　言

　　"歌辞的概念,一般指托于曲调、倚声定辞、可以发声歌唱的辞。"[①]
"歌辞"一词起源较早,早在《隋书·经籍志》中就有相关文献记载,记载
了如《乐府歌辞钞》《吴声歌辞曲》《乐府歌辞》《歌辞》《魏宴乐歌辞》《晋
宴乐歌辞》《宋太始祭高禖歌辞》《三调相和歌辞》《歌辞舞录》《陈郊庙歌
辞》等歌辞[②]。至宋代,由郭茂倩编撰的《乐府诗集》就将辑录的部分汉
魏至唐五代的乐府歌辞定义为"歌辞"。敦煌歌辞是指清光绪二十六年
(1900)在甘肃敦煌莫高窟藏经洞发现的那部分流传于西北地区的写本
歌辞。过去又有人称其为敦煌曲子词、敦煌曲、佛曲、俗曲、小曲、词等,
名目繁多,难以统一,且容易混淆同后代词曲的界限,引起了一些误解
和争论。1987年,随着任半塘先生编著的《敦煌歌辞总编》问世,敦煌歌

---

　　①张锡厚《敦煌文学源流》,北京:作家出版社,2000年,第264页。
　　②[唐]魏征等《隋书》卷三五《志第三十·经籍四》,北京:中华书局,1973年,第
1085页。

辞这一称法被人们所熟知并接受,由此形成了一股敦煌歌辞的研究热潮。张锡厚先生对敦煌歌辞这一称法也表示了认可,他指出:"这种称法坚持了倚声定文、由乐定辞的原则,因此凡是能够歌唱的辞,不论是民间作品、文人创制还是庙堂佛曲,也不究其文采如何,都属于敦煌歌辞之列。"①

关于敦煌歌辞的创作年代,由于绝大多数歌辞没有明确纪年,因此只能通过题记以及歌辞本身的内容、时代特征等进行考证。目前学界主要有两种观点,一是以任半塘等人为代表的"盛唐意识"。此派学者"既持词之起源于隋代之说,复受盛唐文化气象之感染,故于教煌曲子词之时代、作者、内容诸方面的考证中往往趋向于盛唐时代,以印证民间词在盛唐之社会文化高峰及音乐文化繁荣的背景下,呈相应发展兴盛的态势"。一是以王重民、饶宗颐等人为代表的"晚唐五代意识"。此派学者于词的起源及词体成立多持中晚唐之说,故于敦煌曲子词诸方面的考证中多趋向于中晚唐、五代乃至北宋。另外,张锡厚先生曾指出:"目前收录的歌辞,其中仅有一首是隋代作品,余皆唐、五代期间(618—959)创作的,没有迟入北宋的歌辞。显而易见我们讨论的敦煌歌辞实际上是唐代歌辞的一部分。"②可见,对于敦煌歌辞的创作年代,虽然不同的学者有不同的观点,争论颇多,但是仍有一个明显的共识,那就是都认可敦煌歌辞的创作年代主要是以唐代为主。

关于敦煌歌辞的分类,研究者们根据歌辞调名所从属的音乐范畴的不同,一般倾向于将其分为三大类:一是附着于隋唐宴乐曲律的歌辞;二是附着于宗教音乐曲式的宗教歌辞;三是附着于民间音乐曲式的民间歌辞。按照歌辞所咏唱的具体内容,又可将其分为政治辞、怨妇

①张锡厚《敦煌文学源流》,北京:作家出版社,2000年,第266页。
②张锡厚《敦煌文学源流》,北京:作家出版社,2000年,第268页。

辞、爱情辞、边塞辞、颂谀辞、咏物辞、应用辞、民间风俗辞等。

　　毋庸置疑的是，敦煌歌辞是敦煌文学的重要组成部分，同时也是我国古代文学史上的一颗璀璨明珠。作为敦煌歌辞的主体，创作于唐代的敦煌歌辞是其中数量最为庞大、内容最为丰富，同时也是最具研究价值的一部分。然而从以往的研究成果来看，敦煌歌辞研究的方向主要集中于歌辞的整理校释、文学价值以及语言音韵方面。但是要知道，艺术往往来源于现实，敦煌歌辞的产生有其深刻的历史原因和时代背景，它不仅仅是文学作品，更是当时社会生活的折射和反映。因此，对于敦煌歌辞背后所反映出的历史信息和时代特征进行全面的关注和考察是十分有必要的。有鉴于此，本书以敦煌歌辞与唐代世俗社会的密切联系为切入点，深入探究敦煌歌辞背后所反映的唐代城市生活、社会制度、人口流动、民族关系等世俗社会各方面情况，旨在通过对敦煌歌辞的探析，使我们能够更加广泛和深入地了解唐代世俗社会的整体面貌和时代特征。同时，也希望通过本书对敦煌歌辞的介绍，使得大家能够更多地了解敦煌歌辞这一中华文化的宝贵遗产，更加深入地认识敦煌文学在中国古代文学史上的特殊地位。

目　录

绪 论

一、敦煌歌辞研究概述

(一)文献整理与考释

自1900年敦煌遗书面世以来,敦煌歌辞的整理研究内容便一直是海内外学者普遍关注的热点问题。较早对敦煌写卷中曲子词介绍和辑录的是王国维,其在《唐写本〈春秋后语〉背记跋》[①]中首次向国人介绍了两阕《望江南》、一阕《菩萨蛮》的情况,后又在《东方杂志》17卷8号上发表了《敦煌发见唐朝之通俗诗及通俗小说》[②]一文,正式向学界公布了敦煌写卷《春秋后语》卷背所抄的两首《望江南》、一首《菩萨蛮》,以及《云谣集杂曲子》中的两首《凤归云》、一首《天仙子》。此后罗振玉、董康、朱祖谋、刘复、龙沐勋、唐圭璋等为《云谣集》的全面问世做了大量的整理

[①]王国维《唐写本〈春秋后语〉背记跋》,载王国维《观堂集林(外二种)》,石家庄:河北教育出版社,2003年,第506页。

[②]王国维《敦煌发见唐朝之通俗诗及通俗小说》,《东方杂志》1920年第17卷8号,第95—100页。

勘录工作。进入50年代,王重民严格按照"词体"的概念,编写《敦煌曲子词集》(以下简称王《集》),共辑录曲子词162首,成为第一部专门收录敦煌曲子词的专书,为20世纪敦煌曲子词整理研究的繁荣做出了不可磨灭的贡献。在王《集》出版期间,任二北敦煌曲姊妹篇《敦煌曲初探》(以下简称《初探》)、《敦煌曲校录》(共辑录545首作品)于1954—1955年相继问世,将20世纪敦煌曲子词的整理和理论研究工作推向了第一个发展高峰。《初探》对敦煌曲与《教坊记》的关系、敦煌曲对大曲的贡献、敦煌曲的联调四章、佛曲四调都有详细的考证和解说,并讨论了敦煌曲的起源、名称、时间、内容、作者、体裁、修辞等诸方面的问题,为敦煌曲体式的进一步研究做出了独特的贡献。

与此同时,海内外的其他学者在敦煌曲子词的文献整理方面也做出了不少成绩。1971年饶宗颐编《敦煌曲》①,文章首先分"敦煌曲之探究(敦煌曲之订补、敦煌曲之年代及作者)""词与佛曲之关系""词之异名及长短句之成立"上、中、下三篇,对敦煌曲与词之起源进行了很有价值的理论探讨。1976年潘重规远赴欧洲出席法国汉学会议,得以重校伦敦、巴黎所藏《云谣集》,著成《敦煌云谣集新书》②。1981年又出版了潘氏所著《敦煌词话》③,共收录其在1979到1980年期间发表的12篇论文,为敦煌曲的校录和整理提出了非常宝贵的意见。1986年林玫仪又辑"合乎传统所谓'词'之性质者"之曲子词著《敦煌曲子词斠证初编》④,共校录敦煌曲子词176首,辩误释疑。另外沈英名《敦煌云谣集新校

①饶宗颐、戴密微《敦煌曲》,巴黎:法国国立科学研究中心,1971年。
②潘重规《敦煌云谣集新书》,台北:石门图书公司,1977年。
③潘重规《敦煌词话》,台北:石门图书公司,1981年。
④林玫仪《敦煌曲子词斠证初编》,台北:台湾东大图书公司,1986年。

订》①、饶宗颐《敦煌曲订补》②、周绍良《补敦煌曲子词》③等的订补更是将敦煌歌辞的整理和研究提上了一个新的水平。

1987年任半塘的《敦煌歌辞总编》④问世,全书共收歌辞1248首,正文分为七卷:卷一杂曲,收《云谣集杂曲子》33首;卷二杂曲,收"只曲"117首;卷三杂曲,收"普通联章",63组,406首;卷四杂曲,收"重句联章",19组,163首;卷五杂曲,收"定格联章",32套,313首;卷六杂曲,收"长篇定格联章",1套,134首;卷七大曲,5套,20首。另收录有《补遗》"只曲类"13首,"组曲类"40首,"五七言体"9首。除《云谣集杂曲子》保存唐写本原序外,其余均按体裁分编,各体中又按内容重新编次,反映民间生活的排列在前,涉及宗教者一律置后。应该说,任氏所辑录整理的《敦煌歌辞总编》既是一部具有集大成意义的歌辞总集,又是兼具敦煌歌辞理论探讨价值的研究著作,同时,它对后来研究者判断敦煌歌辞总量具有极大的指导意义。时至今日,学界所公认的敦煌歌辞总量仍为1300首左右。《总编》出版后,学术界不断有进一步探讨和校补之作发表,如饶宗颐《〈云谣集〉一些问题的检讨》,对英法所藏《云谣集》二种之外另有所谓伴小娘本的误说予以澄清;又如项楚《敦煌歌辞总编匡补》⑤,对《总编》的相关校录问题进行了较为细致的勘正。

1996年饶宗颐《敦煌曲续论》⑥出版,收录了作者1973年到1993年间有关敦煌曲的16篇论文,使得敦煌曲的研究更加成熟。1986年张璋

①沈英名《敦煌云谣集新校订》,台北:正中书局,1979年。

②饶宗颐《敦煌曲订补》,《中央研究院历史语言研究所集刊》1980年第1期,第115—125页。

③周绍良《补敦煌曲子词》,载甘肃省社会科学院文学研究所编《敦煌学论集》,兰州:甘肃人民出版社,1985年,第68—72页。

④任半塘《敦煌歌辞总编》,上海:上海古籍出版社,1987年。

⑤项楚《敦煌歌辞总编匡补》,成都:巴蜀书社,2000年。

⑥饶宗颐《敦煌曲续论》,台北:新文丰出版公司,1996年。

等编辑《全唐五代词》①,共收录包括《云谣集》30首在内的494首作品,其中所订"其他曲子词"共464首。1999年曾昭岷、曹济平、王兆鹏等编撰的《全唐五代词》②,分正、副两编的方法共辑录曲子词633首,其中正编收录性质较为明确的敦煌曲子词作品199首,副编收存疑作品434首。2006年张锡厚主编的《全敦煌诗》③出版,全书共收录敦煌写卷诗歌作品4600多首,其中包括曲词类(佛曲、俗曲、俚词)共1200多首。

　　除了以上著作外,亦有不少关于敦煌歌辞的相关考订、校释的学术论文和学位论文,主要有:孙其芳《敦煌曲子词概述》④《〈补敦煌曲子词〉校释(一)》⑤《敦煌词研究述评》⑥,高国藩《谈敦煌曲子词》⑦,易重廉《〈敦煌曲子词集〉校补》⑧,刘尊明、王兆鹏《本世纪敦煌曲子词研究的文化观照》⑨,刘尊明《二十世纪敦煌曲子词整理研究的回顾与反思》⑩,王思远《敦煌曲子词百年研究史》⑪以及张长彬《敦煌曲子辞写本整理与研究》⑫等。

(二)语言研究

　　敦煌歌辞语言方面的研究角度主要集中在歌辞的语言风格、词汇训诂和语言音韵等方面。语言风格方面,如邵文实《敦煌俗文学作品中的骈俪文风》就对包括敦煌歌辞在内的敦煌俗文学作品行文风格进行

---

①张璋、黄畲《全唐五代词》,上海:上海古籍出版社,1986年。
②曾昭岷等《全唐五代词》,北京:中华书局,1999年。
③张锡厚《全敦煌诗》,北京:作家出版社,2006年。
④孙其芳《敦煌曲子词概述》,《甘肃社会科学》1980年第3期,第74—80页。
⑤孙其芳《〈补敦煌曲子词〉校释(一)》,《甘肃社会科学》1985年第3期,第53—54页。
⑥孙其芳《敦煌词研究述评》,《甘肃社会科学》1987年第6期,第79—86页。
⑦高国藩《谈敦煌曲子词》,《文学遗产》1984年第3期,第28—35页。
⑧易重廉《〈敦煌曲子词集〉校补》,《甘肃社会科学》1987年第2期,第89—96页。
⑨刘尊明、王兆鹏《本世纪敦煌曲子词研究的文化观照》,《东方丛刊》1994年第3期,第118—137页。
⑩刘尊明《二十世纪敦煌曲子词整理研究的回顾与反思》,《文学评论》1999年第4期,第49—59页。
⑪王思远《敦煌曲子词百年研究史》,西北师范大学硕士学位论文,2008年。
⑫张长彬《敦煌曲子辞写本整理与研究》,扬州大学博士学位论文,2014年。

了研究。①词汇训诂方面,如刘传启的《敦煌歌辞语言研究》则从敦煌歌辞的语言特色、词语研究、语法初探和校释商补等方面对敦煌歌辞语言词汇方面做了较为全面的论述。②洪帅的《敦煌诗歌词汇研究》以敦煌歌辞为研究对象,总结了敦煌歌辞的词汇特点是口语词丰富、佛教色彩强烈、新词新义较多,在此基础上对敦煌歌辞中的新词新义作分类研究,分析并探讨了新词新义的产生方式和产生原因。③姚文婧的《敦煌歌辞反义词研究》以敦煌歌辞中的反义词为研究对象,在借鉴前人研究方法和成果的基础上,对歌辞中所涉及的反义词进行了全面的梳理,并总结了其特点和作用。④罗丽娜《敦煌歌辞文化词语研究》考察了敦煌歌辞中具有特定文化内涵或带有文化标记的571个文化词,通过较为详细的辑录、分类、释义和总结,揭示了敦煌歌辞文化词语的总体面貌、语言特征以及文化内涵。⑤刘晓兴《敦煌歌辞词汇专题研究》对敦煌歌辞的词缀、类词缀、副词、介词、连词等进行了详细地考察。⑥语言音韵方面,如张金泉的《敦煌曲子词用韵考》等则是从音韵角度研究敦煌歌辞。⑦龙晦的《唐五代西北方音与敦煌文献研究》通过分析敦煌歌辞内的音韵现象来推定作品地域和校勘曲词。⑧另外,还有郭雅玲的《敦煌歌辞用韵考》⑨,陶贞安的《敦煌歌辞用韵研究》⑩与霍文艳的《敦煌曲子

①邵文实《敦煌俗文学作品中的骈俪文风》,《敦煌学辑刊》1994年第2期,第42—50页。
②刘传启《敦煌歌辞语言研究》,兰州大学博士学位论文,2011年。
③洪帅《敦煌诗歌词汇研究》,北京:光明日报出版社,2013年。
④姚文婧《敦煌歌辞反义词研究》,西北师范大学硕士学位论文,2019年。
⑤罗丽娜《敦煌歌辞文化词语研究》,西北师范大学硕士学位论文,2020年。
⑥刘晓兴《敦煌歌辞词汇专题研究》,南京师范大学博士学位论文,2019年。
⑦张金泉《敦煌曲子词用韵考》,《杭州大学学报(哲学社会科学版)》1981年第3期,第102—117页。
⑧龙晦《唐五代西北方音与敦煌文献研究》,《西南师范大学学报(人文社会科学版)》1983年第3期,第114—121页。
⑨郭雅玲《敦煌歌辞用韵考》,东吴大学硕士学位论文,1998年。
⑩陶贞安《敦煌歌辞用韵研究》,广西师范大学硕士学位论文,2004年。

词用韵研究》^①等对敦煌歌辞的押韵部类和类型划分进行了进一步地分析和探讨。

（三）思想内容研究

敦煌歌辞的思想内容研究，主要是从歌辞本身的内容出发，针对其人物形象、思想情感等进行文学性分析，另有少部分对歌辞背后的历史现象、时代特征、文化制度也进行了剖析，但总体而言，对敦煌歌辞的思想内容研究更多地偏重从文学的角度展开。在著作方面，张锡厚的《敦煌文学源流》对敦煌曲子词的起源、内容、思想特征等都做了较为深入的论述；^②高国藩的《敦煌曲子词欣赏》则选取敦煌曲子词中具有代表性的部分作品，对其中的人物形象、思想情感、时代特征进行了深入分析，并对其背后涉及的历史现象、文化制度等做了讨论。^③在论文方面，有刘尊明的《唐五代敦煌民间词的文化蕴含》^④，邵文实的《敦煌边塞文学之"征妇怨"作品述论》^⑤、《敦煌佛教文学与边塞文学》^⑥，乔立的《椎轮大辂：论敦煌词的创作特征与艺术本质》^⑦，汤君的《敦煌曲子词地域文化研究》^⑧，韩国彩的《论唐宋词娱乐功用的历史呈现与原因》^⑨，赵波的《敦

①霍文艳《敦煌曲子词用韵研究》，南京师范大学硕士学位论文，2008年。

②张锡厚《敦煌文学源流》，北京：作家出版社，2000年。

③高国藩《敦煌曲子词欣赏》，南京：南京大学出版社，2001年。

④刘尊明《唐五代敦煌民间词的文化蕴含》，《湖北大学学报（哲学社会科学版）》1995年第5期。

⑤邵文实《敦煌边塞文学之"征妇怨"作品述论》，《敦煌学辑刊》1995年第2期，第55—62页。

⑥邵文实《敦煌佛教文学与边塞文学》，《敦煌学辑刊》2001年第2期，第24—31页。

⑦乔立《椎轮大辂：论敦煌词的创作特征与艺术本质》，《西南民族学院学报（哲学社会科学版）》1997年第3期，第68—73页。

⑧汤君《敦煌曲子词地域文化研究》，四川大学博士学位论文，2003年。

⑨韩国彩《论唐宋词娱乐功用的历史呈现与原因》，东北师范大学硕士学位论文，2007年。

煌曲子词的女性书写》①,隆莺芷的《敦煌曲子词与唐代商业城市风貌》②,木斋、娄美华的《从〈云谣集〉看敦煌词产生的时间》③,韩波的《"敦煌曲子词"文学性质探析》④等。

二、研究意义及研究思路

从上文对前人研究成果的梳理来看,研究的内容主要集中于敦煌歌辞的整理校释、词汇音韵以及歌辞本身所表达出的思想内涵等方面。虽然也有对敦煌歌辞背后所反映的历史现象和时代特征进行考察的著作和论文出现,但多集中于某一方面,而缺少全面的关注和考察。如汤君的《敦煌曲子词地域文化研究》着眼点在于敦煌歌辞与河西本土文化的关系,对于敦煌歌辞与河西地区历史文化和唐王朝的历史文化之关系着墨甚少;赵波的《敦煌曲子词的女性书写》中将敦煌歌辞中出现的女性人物形象分为思妇、伎女、宫人、少女、慈母五大类,虽能大致概括敦煌歌辞中的女性形象,但仍有再进行细分的余地,且其论述重点偏重文学范畴中的"人物形象分析",而对于造成这些人物特征、命运背后所蕴含的政治、律法、道德等时代因素则尚待进行深入且系统的研究;隆莺芷的《敦煌曲子词与唐代商业城市风貌》研究重点在于敦煌歌辞中所展现的"商业城市",对于除商业之外的其他城市活动,如城市中不同区域的功能划分、官民的日常生活、战争中的城市景象等尚未论及,仍有进一步探索的空间。

----

①赵波《敦煌曲子词的女性书写》,东北师范大学硕士学位论文,2010年。

②隆莺芷《敦煌曲子词与唐代商业城市风貌》,重庆师范大学硕士学位论文,2011年。

③木斋、娄美华《从〈云谣集〉看敦煌词产生的时间》,《文艺评论》2012年第12期,第85—88页。

④韩波《"敦煌曲子词"文学性质探析》,《文艺评论》2015年第4期,第80—84页。

　　众所周知,文学作品的创作并不是孤立的行为,敦煌歌辞亦同样如此。文学作品的诞生应当与当时的时代背景有着千丝万缕的联系,反映的是社会整体面貌的一个侧面。因此,在对敦煌歌辞进行研究时,也应当尽可能地挖掘其中多个角度,检索不同侧面的历史信息,力求能够对唐五代历史有更全面、深入的了解。有鉴于此,本书旨在前人研究的基础上,通过敦煌歌辞的具体内容来探究其背后的历史现象和时代特征,使我们对敦煌歌辞的社会功能以及其所反映出来的唐代社会制度、民族关系、民众的生活状态等有进一步的、更全面的了解。

　　本书的重点在于探讨敦煌歌辞与唐代世俗社会之间的密切联系。因此,在论述过程中,虽然以敦煌歌辞为起点,但不过分执着于歌辞本身。相反,我们将尽力使敦煌歌辞与其他文学和历史作品,如诗歌、传奇、小说、笔记、史书等相联系,通过与那些大致处于同一时间和空间范围的材料相结合,以文献互证的方式进行研究。笔者希望证明和阐释敦煌歌辞并非以一种孤立的状态流传至今,而是与其他文学和历史作品具有相似的功能,即作为记录当时世俗社会的一种载体。从某种意义上说,敦煌歌辞具备了"史辞"的特征。为了达到这个目的,本书将采用一种综合性的方法,将敦煌歌辞与其他文学和历史作品进行对照研究。通过对这些材料的综合分析,我们将揭示敦煌歌辞与当时社会的联系,并以此来推测其在当时社会中的作用和意义。同时,这种研究方法也将有助于深入理解敦煌歌辞及其相关作品的文化背景和时代特征。

三、研究的重点和难点

　　敦煌歌辞数量众多,作品内容丰富,其中有相当大的一部分作品对我们了解唐代社会现实和历史风貌有着特殊的意义。但由于绝大多数敦煌歌辞作品中都没有确切的纪年,且无从考究作者的具体姓名与生平经历,因此给敦煌唐代歌辞的界定带来极大的困难。此外,在研究过程中,我们也必须认识到敦煌歌辞作品的文本传承和保存状况的复杂性,异体字的存在和残损作品的情况使得准确还原歌辞的文字内容具有一定的困难。因此,研究者在呈现歌辞的内容时,可能会存在一些差异和不确定性。在这种情况下,我们需要以审慎的态度对待不同学者的表述,充分考虑不同解读的可能性,并尽量遵循学术规范来进行准确地分析与呈现。所以,在对研究对象的内容选取上,本书以2014年由南京凤凰出版社再版的任中敏编著,何剑平、张长彬校理本《敦煌歌辞总编》中所收录的敦煌歌辞为底本,与敦煌遗书中的歌辞原卷相对照,同时参考项楚《敦煌歌辞总编匡补》,并兼取各家研究成果,力求所引敦煌歌辞在创作时代、语言、文字上的准确。本书歌辞的选取遵循以下四个原则:其一,选取有准确唐代纪年和题记的敦煌歌辞作品;其二,选取学术界已经有成熟论断的属于唐代的敦煌歌辞作品;其三,选取能够合理地论证其创作时代属于唐代的敦煌歌辞作品;其四,尽量不采用文字、文义不完整的歌辞作品。

除此之外,需格外加以说明的是,本书所引用和考察的敦煌歌辞,主要聚焦于敦煌歌辞中的杂曲、俗曲部分,尽量避免涉及宗教歌辞,这主要是出于以下三点考虑。第一,因本书是以《敦煌歌辞与唐代世俗社会研究》为题,而敦煌歌辞中与唐代世俗社会联系最紧密、表现最丰富的正是创作于当时世俗社会各阶层民众手中的敦煌杂曲、俗曲,通过对这些歌辞的分析和研究,能够使我们更直接、更深入地了解当时世俗社会的多方面的情况。第二,虽然敦煌歌辞中的宗教歌辞(特别是佛教歌辞)占据了歌辞总量的大多数,但是由于佛教歌辞的根本作用是向世俗大众传播佛教教义、教理,以引导世俗大众的信仰,即使在佛教歌辞中也有体现像儒家忠孝思想、社会传统风俗节日等与世俗社会有关的内容,但绝大多数仍难以避免程式化和思想内容单一性的缺陷,所以本书不再对此类佛教歌辞进行讨论。第三,对于佛教歌辞的分析需要基于深厚的佛教学术知识。由于本书作者对佛学理解有限,对涉及佛教专业名词和义理等内容的理解尚不够深入,因此无法进行详细的分析和探讨。综上,在本书的写作过程中,有意避免了数量庞大且内容复杂的佛教歌辞,而选择了相对容易理解的杂曲和俗曲部分,仅作为一种无奈的权衡之举。

另外,由于研究的重点是敦煌歌辞与唐代世俗社会之间的联系,因此便不得不将敦煌歌辞置于唐代整个时代背景下进行考察,这便涉及敦煌歌辞中所关联到的唐代制度、文化、阶级构成、民族关系、生活娱乐等错综复杂的问题。而敦煌歌辞由于其本身体例和篇幅的限制,所反映出来的信息往往是零散的、隐晦的,除了必须认真阅读歌辞本身,领会其所表达的思想内容,对其中有用的信息进行筛选外,还需要在很多历史典籍、笔记著作、学者论著中进行相关资料的收集整理,化零为整,因而给研究工作增加了诸多困难,也无疑增加了本研究的工作量和难度。由于本书着眼点为敦煌歌辞,又所谓诗无达诂,既然是以歌辞为研究对象,便要考虑歌辞内涵的丰富性、理解上的差异性等诗歌作品独有的特点。所以在具体研究过程中,要做到以挖掘敦煌歌辞与唐代世俗社会之间的联系为主导,而不被歌辞所包含的其他诸如语言文字价值、文学审美价值等过分干扰而背离主题,需要做仔细的考量和平衡。

此外,本书致力于深入探讨敦煌歌辞与唐代世俗社会相关的各个方面,并对其进行系统而全面的研究,这一目标无疑对研究者本身提出了较高的要求。研究者除了具备对歌辞内容本身的敏感度外,还需要具备丰富的想象力和一定的推理能力,以及对相关史料的收集、应用能力。有鉴于此,本书只能在笔者能力范围之内,尽可能清晰地勾勒敦煌歌辞所反映出来的唐代世俗社会的相关内容,这也是本书所力争达到的目标。

第一章　敦煌歌辞中的府兵制与唐人入仕途径

一、敦煌歌辞所见唐代府兵制相关问题

府兵制度,是我国封建时代最为重要的兵制之一,其主要特征就是兵农合一,即士兵闲时务农,农隙训练,受到征召时则从军作战或戍卫。《新唐书·兵志》记载:

> 府兵之制,起自西魏、后周,而备于隋,唐兴因之。隋制十二卫,曰翊卫,曰骁骑卫,曰武卫,曰屯卫,曰御卫,曰候卫,为左右,皆有将军以分统诸府之兵。府有郎将、副郎将、坊主、团主,以相统治。又有骠骑、车骑二府,皆有将军。后更骠骑曰鹰扬郎将,车骑曰副郎将。别置折冲、果毅。[①]

府兵制最早由西魏权臣宇文泰创制于大统年间(535—551),当时设二

---

① [宋]欧阳修、宋祁《新唐书》卷五〇《志第四十·兵》,北京:中华书局,1975年,第1324页。

十四开府,分别统摄二十四军,因此此二十四开府所辖兵士称为"府兵"①。府兵终身服役,征发时自备兵器资粮,定期宿卫京师,戍守边境。府兵制历北周及隋,随着形势变化,军府数量也在不断变动,府兵制度有所调整,但从总体来看,基本处于不断完善和发展阶段。

至有唐一代,兵制几经变化。据《新唐书》所载:"盖唐有天下二百余年,而兵之大势三变,其始盛时有府兵,府兵后废而为彍骑,彍骑又废,而方镇之兵盛矣。"②唐朝建国二百余年,兵制先后至少发生过"府兵""彍骑""方镇"等三次大的变革。其中,府兵制为唐王朝前期最重要的兵制。唐承隋制,自唐建国之初,即沿用了从北周承袭而来的府兵制,同时在隋的基础上进一步地改进和完善,使其达到了鼎盛,数量最多之时,曾有六百三十三(亦有作"六百三十四")军府,广泛分布于全国各地。"自高宗、武后时,天下久不用兵,府兵之法寖坏,番役更代多不以时,卫士稍稍亡匿,至是益耗散,宿卫不能给"③,又"自天宝以后,彍骑之法又稍变废,士皆失拊循。八载,折冲诸府至无兵可交,李林甫遂请停上下鱼书。其后徒有兵额、官吏,而戎器、驮马、锅幕、糗粮并废矣"④。从唐高祖武德元年(618)至唐玄宗天宝十三载(754),废府兵而始行彍骑,前后贯穿唐王朝一百余年,对唐代社会及民众生活产生了重大影响。

在敦煌歌辞中,有不少是以唐代府兵制为时代背景和内容题材进行创作的,从中可以了解到唐代府兵制的特点以及当时各个阶级民众

①谷霁光认为,从魏、晋至隋、唐,府兵泛指某将军府、某都督府或某某军府的兵而言,这是府兵的通称,也就是府兵发展成为专称的来源。除了作为通称与专称外,府兵在不同时期还有不同的称呼,在西魏、北周之初称为"六军""十二军""二十四军",在隋、唐时期称为"卫府""十六卫",同时还有"乡兵""坊府"等称呼。详见谷霁光《府兵制度考释》,上海:上海人民出版社,1962年,第5—17页。

②[宋]欧阳修、宋祁《新唐书》卷五〇《志第四十·兵》,第1323页。

③[宋]欧阳修、宋祁《新唐书》卷五〇《志第四十·兵》,第1326页。

④[宋]欧阳修、宋祁《新唐书》卷五〇《志第四十·兵》,第1327页。

对征兵戍边的不同态度,乃至他们的生存状态和思想倾向,进而能够以不同的视角更好地考察唐代世俗社会。

(一)从敦煌歌辞看唐代府兵制对下层民众的影响

在敦煌歌辞中,有不少表现下层民众在府兵制下的生存状态和思想情感的内容,这些内容为我们了解唐代府兵制给民众特别是底层民众造成的负担和压迫提供了线索。如P.2838中的《喜秋天》(捣练千声):

芳林玉露催。花蕊金风触。永夜严霜万草衰。捣练千声促。[1]

又如P.3911中的《捣练子》(孟姜女)四首其三:

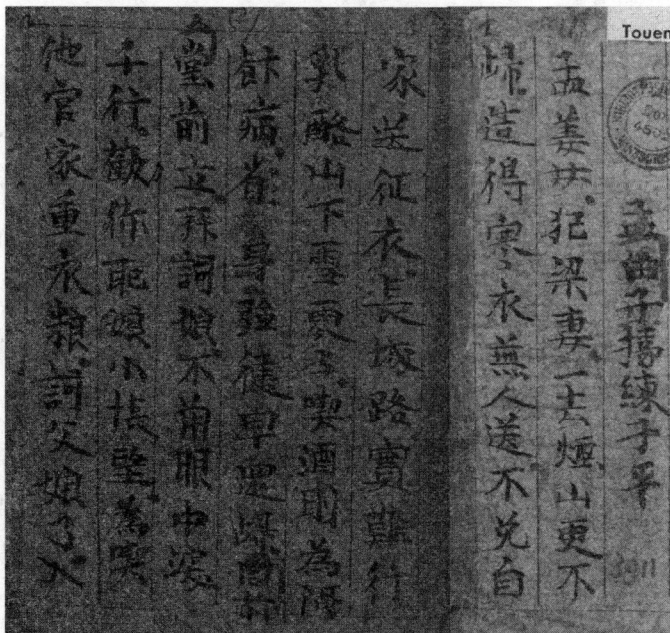

图1-1　P.3911《捣练子》(孟姜女)四首其三

①任中敏编著,何剑平、张长彬校理《敦煌歌辞总编》,南京:凤凰出版社,2014年,上册,第182页。

孟姜女。杞梁妻。一去燕山更不归。造得寒衣无人送。不免自家送征衣。①

这两首辞中,表现出"征衣"从"捣练"到"造得"再到"送征衣"的全过程,这种制作以及递送征衣的过程反映唐代府兵制下士兵军械衣粮皆须自备的一个侧面。唐代府兵制下,除战马和重武器等极少数重要物资由国家供给外,其余军旅所需均应为参军者自筹。对于需要军府和府兵自筹的物资,在《新唐书·兵志》中有较为详尽的记载:"火备六驮马。凡火具乌布幕、铁马盂、布槽、锸、镢、凿、碓、筐、斧、钳、锯皆一,甲床二,镰二。队具火钻一,胸马绳一,首羁、足绊皆三。人具弓一,矢三十,胡禄、横刀、砺石、大觿、毡帽、毡装、行滕皆一,麦饭九斗,米二斗,皆自备,并其介胄、戎具藏于库。有所征行,则视其入而出给之。其番上宿卫者,惟给弓矢、横刀而已。"②这里的"火""队"均指的是唐代府兵制的基层单位,隶属折冲府。诸道折冲府是府兵的基层单位,分上中下三等,上府一千二百人,中府一千人,下府八百人。折冲府除以折冲都尉与左右果毅都尉各一人为正副长官之外,还有"长史、兵曹、别将各一人,校尉六人。兵士以三百人为团,团有校尉;百人为旅,旅有旅帅;五十人为队,队有队正;十人为火,火有火长"③。

根据《通典》记载:"诸兵士随军被袋上,具注衣服物数,并衣资、弓箭、鞍辔、器仗,并令具题本军营、州县府卫及己姓名,仍令营官视检押署,营司钞取一本立为文案。"④可见唐政府对府兵们所自备之物品检查

---

①任中敏编著,何剑平、张长彬校理《敦煌歌辞总编》,中册,第349页。

②[宋]欧阳修、宋祁《新唐书》卷五〇《志第四十·兵》,第1325页。

③俞鹿年《中国官制大辞典》,哈尔滨:黑龙江人民出版社,1992年,第1010页。

④[唐]杜佑撰,王文锦等点校《通典》卷一四九《杂教令》,北京:中华书局,1988年,第3820页。

极为严苛,不仅要在随军被袋上注明自己所带物资的品类数量,而且要写上自己所属军营、州县府卫以及自己的姓名,最后还要经过营官的点验造册,记录在案。这样看来,府兵们在自备军需时少备、漏备的可能性极小,均要按照规定备齐,这对于普通民众来说负担很重。关于上述引文中的"衣服物数",也就是出征时所准备的衣装,学界一直有争议,直到敦煌遗书的出现为我们了解当时军队衣装提供了一些信息。黄正建在其《敦煌文书与唐代军队衣装》[1]一文中就曾对敦煌遗书里面集中记录军队衣装情况的S.964与P.3274进行过研究。S.964明确标有年代,是天宝九载(750)与十载(751),P.3274虽未标年代,但从记录的物品种类看与S.964基本相同[2]。从文书中看,当时士卒一年所需的军队衣装所耗布匹当在11—12匹左右,而天宝九载与十载正处在唐代府兵制没落与募兵制兴起的交替之际,因此敦煌遗书中所载应当可以作为府兵制下府兵每人每年所负担的衣服量,也就是每人每年11—12匹左右,这对于出身底层的府兵来说已经是不小的负担。

其次是需要"火""队"自筹的部分。作为"火"这个基层单位所需要自筹费用颇多,就驮马而言,一"火"须备六匹马。根据唐代官价,一匹马大约需要两万五千钱,《新唐书·兵志》记载:

> 凡发府兵,皆下符契,州刺史与折冲勘契乃发。若全府发,则折冲都尉以下皆行;不尽,则果毅行;少则别将行。当给马者,官予其直市之,每匹予钱二万五千。[3]

①黄正建《敦煌文书与唐代军队衣装》,《敦煌学辑刊》1993年第1期,第11—15页。
②S.964中记载兵士"梁惠超"的衣物有"天九春蜀衫一、印汗衫一、印裈一、印裤一、冬长袖一、小袄子一、印棉裤一、幞头鞋袜一、冬皂袄子一、被袋一"等;P.3274中记载"火长张四郎"有"袄子二、黄白长袖二、复裤二、白布蜀衫三、汗衫三、单裤三、幞头七、鞋七、袜七、被袋一"等。
③[宋]欧阳修、宋祁《新唐书》卷五〇《志第四十·兵》,第1326页。

因此,一"火"配备"六驮马"则须费十五万钱。这还仅仅是驮马所费之资财,若加上其他物品的,费用则显得格外之高。且根据唐代的规定,这部分费用唐中央政府是不负担的,需要各折冲府也就是军府自筹。依唐制,折冲府有公廨田四百亩,或者根据折冲府等级大小给予公廨钱十万至二十万不等。但是这笔钱仅仅能够充作折冲府官员日常开支和俸禄之补充,不可能用于军需物资的购买备置,即使有一小部分被挪用,也是杯水车薪。

那么如何备齐驮马等物资呢? 一种是向民间征发,就如同府兵是从民间征发一样,驮马等物资也可以根据战事需要向民间征发。另一种则是物资来源的主要途径,即转嫁给府兵军士。因为这部分自筹所需的军费既耗费巨大又无从拨给,因此将费用分摊给府兵是最好的解决办法。那么,按照每火十人来计算,六匹驮马所需费用分摊到每个府兵的身上就要至少一万五千钱,这是一笔怎样庞大的数字呢? 笔者在此根据现有材料进行粗略的计算。众所周知,府兵的来源大多数是普通百姓,主要是贫下户,即广大的农民①,根据贞观时期宽乡受田的标准,一个丁男或中男之家可以受田百亩,在中常之年,有田百亩大概可以收粟百石。又根据杜佑《通典》记载:"自贞观以后,太宗励精为理。至八年、九年,频至丰稔,米斗四五钱,马牛布野,外户动辄数月不闭。至十五年,米每斗值两钱。"②如果我们就按照贞观八年每斗米五钱来计算,一石也就是五十钱,百亩之田所收之米仅价值五千钱,远远不够分摊驮马以及其他军需物品的费用,如果再除去耗损以及全家人的吃穿用度,则

---

①谷霁光认为,在北周时期,宇文泰为扩大兵源,除"广募关陇豪右"与"籍民之有材力者为府兵"外,也会骗取或强制农民当兵。因此在扩大兵源之后,被招募来的多为农民。原来豪右富室从军的传统,被法令所打破。因此府兵制在兵源上发生了较大变化,这一变化到隋唐初期仍会曲折地、反复地在兵制中反映出来(谷霁光《府兵制度考释》,第68页)。

②[唐]杜佑撰,王文锦等点校《通典》卷七《食货七》,第149页。

更是相差甚远。

诚然，至贞观中后期，由于政权稳定，国家治理得当，国富民殷，已经是唐代物价较为低廉的时期，所以收入自然要低一点。到高宗、武则天直至玄宗时期，早已没有如此低廉的价格，一个百亩之家的收入会更高一点。如《通典》记载："（高宗）永淳元年，京师大雨，饥荒，米每斗四百钱，加以疾疫，死者甚众。"①可见在饥荒时期米价可以上涨达到数十倍甚至百倍以上。但这仅仅是极端理想状态下，还没有除去一家人的开支用度，而且很多人家的受田实数远低于规定数额，加上饥荒时期一般都为大灾之年，粮食减产十分严重，有些地方甚至可能颗粒无收，因此根本不可能有多么庞大的收入，反而有可能因为减产绝收而无法维持生计，进而被富豪之家兼并土地，成为破产农民。

不过，朝廷也并非完全不用负担任何费用。据《新唐书》记载："刺史、折冲、果毅岁阅不任战事者鬻之，以其钱更市，不足则一府共足之。"②引文所述"当给马者"中的"马"，应当是专指作战用的战马，而非驮马，因为驮马是需要"火""队"自筹的，政府不负责统一购买提供，而且驮马的作用主要是背负府兵日常的生活及作战物资，要求不高，不涉及"不任战事"的问题，也不必"岁阅"。因此能够推论，此处朝廷应当给予用于能够提升队伍实际作战能力的战马，官府会拨付官价两万五千钱给军府用来采买，这部分钱是由官府承担的。但是也要注意"不足则一府共足之"，也就是说，官府有可能会因为经费等问题，不会足额发放采买军马的费用，那么剩下的差价部分，也需要军府自筹，这部分自筹的费用自然又会落到府兵的头上。这样看来，一个普通丁男或中男之家所应承担的费用极其高昂。

①[唐]杜佑撰，王文锦等点校《通典》卷七《食货七》，第149页。
②[宋]欧阳修、宋祁《新唐书》卷五〇《志第四十·兵》，1326页。

虽然表面上看,承担兵役者本人可以免除租庸调,据《唐六典》记载,唐代均田制下"课户每丁租粟二石;其调随乡土所产绫、绢、绝各二丈,布加五分之一,输绫、绢、绝者棉三两,输布者麻三斤,皆书印焉"①。又载:"凡丁岁役二旬,无事则收其庸,每日三尺,有事而加役者,旬有五日免其调,三旬则租、调具免。"②这样算起来,服役的府兵不过可免去粟二石,绫、绢、绝各二丈(布加五分之一),棉三两(输布者麻三斤),再加上二旬的"庸"四十尺。可是兵役所要承担的费用要远甚于这些租庸调的价值,普通百姓负担之沉重可想而知。当然,由于对于驮马的要求不像战马这么高,府兵可以将自家的养马充入军用,如果无马,则驴也可以代替,这样就可以省去购买驮马的费用。但仅就驮马和其他军需物资折合的资财来看,府兵的赋役无疑是相当沉重的。然而即使对于本应由折冲府负责筹集的军需物资,府兵也同样不能拒绝分摊,除个人自筹的部分,还需要根据国家形势变化承担相应的其他赋役。《唐律疏议·擅兴》记载:

> 不忧军事者,杖一百。
>
> 【疏】议曰:谓随身七事及火幕、行具细小之物,临军征讨,有所阙乏,一事不充,即杖一百。注云"谓临军征讨",亦据临战,不及别求。若未从军,尚容求觅,即从"违式"法。③

从律令来看,如果府兵拒不分摊本应由折冲府筹集的军需物资,则很可能被冠以"不忧军事"之名而遭致严惩。更何况《唐律疏议·擅兴》还明确点明兵士要自备"随身七事及火幕、行具"等细小之物,若是"临军征

---

① [唐]李林甫等撰,陈仲夫点校《唐六典》卷三《尚书户部》,北京:中华书局,2014年,第76页。
② [唐]李林甫等撰,陈仲夫点校《唐六典》卷三《尚书户部》,第76页。
③ [唐]长孙无忌等撰,刘俊文笺解《唐律疏议笺解》卷一六《擅兴·乏军兴》,北京:中华书局,1996年,第1184页。

讨,有所阙乏",则采取"一事不充,即杖一百"的杖刑予以处置。唐制,凡从军征行,皆自备衣、被、资、物、弓箭、鞍辔、器仗,称为"随身七事"①。

不仅经济负担沉重,府兵征发的年龄和征期时常也并不按照规定进行,常常是未满府兵的服役年龄就被征发,远超征期仍滞留军旅不能还家。如P.3360中的《失调名》(上战场):

> 十四十五上战场。手执长枪。低头泪落悔吃粮。步步近刀枪。昨夜马惊辔断。惆怅无人拦障。险径(下缺)。②

根据《唐六典》记载,府兵"成丁而入,六十而免"③,这是初唐时期府兵服役的年龄。初唐时以二十岁为成丁④,也就是说这一时期府兵的服役年龄段为二十岁至六十岁。后虽屡有调整,但依据唐代相关规定来看,大多数是延后府兵入军的年龄,提前其出军的年龄。据《新唐书》记载:"先天二年诰曰:'往者分建府卫,计户充兵,裁足周事,二十一人募,六十一出军,多惮劳以规避匿。今宜取年二十五以上,五十而免。屡征镇者,十年免之。'"⑤说明唐玄宗时甚至一度改府兵服役的时间段为二十五岁至五十岁。这种对府兵入伍年限的日趋宽松其实也体现了唐朝前期国力强盛,与民休息的思想倾向。但这种思想倾向大多数只停留

①[唐]长孙无忌等撰,刘俊文笺解《唐律疏议笺解》卷一六《擅兴·乏军兴》,第1184页。

②任中敏编著,何剑平、张长彬校理《敦煌歌辞总编》,上册,第198页。

③[唐]李林甫等撰,陈仲夫点校《唐六典》卷五《尚书兵部》,第156页。

④成丁,男子达到服役的年龄规定,历代不同。《北史·隋纪上·高祖文帝》:"始令人以二十一成丁,岁役功不过二十日,不役者收庸。"《新唐书·食货志一》:"天宝三载,更民十八以上为中男,二十三以上成丁。"《续资治通鉴·宋宁宗嘉定四年》:"军户,蒙古、色目人每丁起一军,汉人有田四顷,人三丁者签一军,年十五以上成丁,六十破老,站户与军户同。"《清史稿·食货志一》:"凡民,男曰丁,女曰口,男年十六为成丁,未成丁亦曰口。"

⑤[宋]欧阳修、宋祁《新唐书》卷五〇《志第四十·兵》,第1326页。

在法令上,像本辞中"十四十五上战场。手执长枪"的少年府兵形象的出现,就有力地证明了其就连"成丁而入"的法令也没有被严格执行。一方面这种情形与北周时期政策一致,为应对频繁的战争,强迫未弱冠之年男性服兵役。而后句"低头泪落悔吃粮"也表明了少年并非自愿从军,极有可能是受到了官府诱骗,为饱腹而入伍。这也从另一个角度说明少年的家境应当相当贫寒,且地位卑微,因此谋求以从军入伍来获得粮食。唐代的府兵主要承担两个任务:一个是番上宿卫,即去京城宿卫京师;另一个就是征防,即出征打仗和守护边地。根据辞中的描述,少年已经在战场上拼杀,显然其性质是征防。

征防由于路途遥远,时间较长,按照规定可以给予"身粮",如《唐令拾遗》所言"卫士防人以上,征行若在镇,并给身粮"①,显然这里的"身粮"即是由官府发放的官粮。这些官粮主要是由军府划拨,或者由驻防单位自给自足,如《唐令拾遗》记载:"诸防人在防,守固之外,各量防人多少,于当处侧近给空闲地,逐水陆所宜,斟酌营种,并杂蔬菜,以充粮贮及充防人等食。"②但"身粮"不是每个征夫都能吃到,而多是给予那些超过了番期的征夫,这是因为征防不像番上那样时间比较固定,一旦战事骤起,谁也无法预料何时结束,因此很容易就超过了规定的番期。而对于尚在番期内的征夫,其衣粮皆需自备。③本辞中有"低头泪落悔吃粮"的表述,可见其已经吃上了官粮,也侧面表明了他已经身在军营已久,早就超过了番期。但他并不是为了吃官粮而故意延期,从辞中来看,他对战场上的刀光剑影充满了恐惧,"步步近刀枪"就表达

---

① 〔日〕仁井田升著,栗劲、霍存福等编译《唐令拾遗》卷一六《军防令第十六》,长春:长春出版社,1989年,第303页。

② 〔日〕仁井田升著,栗劲、霍存福等编译《唐令拾遗》卷一六《军防令第十六》,第303页。

③ 〔宋〕欧阳修、宋祁《新唐书》卷五〇《志第四十·兵》,第1325页。

了他内心深处的不安和惶恐,因此他才后悔做出想要吃官粮而来到军营的决定。所以他很可能是在十四五岁之时就被以可以吃官粮为由骗来服役,过了番期又不被放归,反而被强行留在军营的贫苦少年。

(二)敦煌歌辞中所反映官宦子弟从军原因

在敦煌歌辞中,有许多反映府兵制下高官贵族、富豪之家的子弟踊跃从军,在战场上杀敌立功的内容。按照上文所提,府兵制度剥削深重,几乎一切军旅所需都要自备,且一投军伍,生死难料,正如唐代诗人王翰《凉州词两首》(其一)"醉卧沙场君莫笑,古来征战几人回"①中所讲。依照常理来说,这些豪门子弟本应对从军避之不及,但是从敦煌歌辞看却并非如此,如S.1441中的《凤归云》(鲁女坚贞)二首其二:

图1-2 S.1441《凤归云》(鲁女坚贞)二首

儿家本是。累代簪缨。父兄皆是。佐国良臣。幼年生于闺阁。洞房深。训习礼仪足。三从四德。针指分明。

①[清]彭定求等《全唐诗(增订本)》卷一五六,北京:中华书局,1999年,第1609页。

　　娉得良人。为国愿长征。争名定难。未有归程。徒劳公子肝肠断。谩生心。妾身如松柏。守志强过。鲁女坚贞。①

　　这首辞虽然没有直接点出这位公子身份地位的显贵,但通过妻子的家世侧面做了说明。上片四句"儿家本是。累代簪缨。父兄皆是。佐国良臣"直接表明了妻子出身之高贵。至于歌辞中反映出的官职高低,第三、四句亦有点明,即"父兄皆是。佐国良臣"。"佐国良臣"这样的称谓绝不可能用于一般的小官吏,而是多专指对朝廷有重要贡献的、有权势的高官显贵,由此可见,其妻子的出身十分显赫。而根据唐代的门第观念,这样人家的女子,其所聘夫婿,应当是门当户对之人,而绝少可能是平民寒门,这从下片中"良人""公子"等称呼也应当可以看出。因此,其丈夫应当也属豪门望族无疑。那么,这样人家的"公子"为何要抛下妻子投军呢?除了妻子所讲的"为国愿长征",即出于忠君报国的思想而从军杀敌,应当还有更深层次的原因。

　　首先,唐代府兵制下,有一些府兵并非一般人家的子弟能够担任,其本身就是一种身份的象征。比如,就府兵制中的核心和精英部队内府三卫而言,其卫士几乎全为高官子弟,能够在三卫中担任职务是当时世家大族子弟的一种特殊待遇和荣耀。据《新唐书·百官志》记载:"武德、贞观世重资荫,二品、三品子,补亲卫;二品曾孙、三品孙、四品子、职事官五品子若孙、勋官三品以上有封及国公子,补勋卫及率府亲卫;四品孙、五品及上柱国子,补翊卫及率府勋卫;勋官二品及县男以上、散官五品以上子若孙,补诸卫及率府翊卫。"②当时任三卫卫士仅限于二品至五品官的子孙,甚至"其后入官路艰,三卫非权势子弟辄退番,柱国子有

---

①任中敏编著,何剑平、张长彬校理《敦煌歌辞总编》,上册,第64—65页。
②[宋]欧阳修、宋祁《新唐书》卷四九《志第三十九·百官四》,第1281页。

白首不得进者;流外虽鄙,不数年给禄稟。故三卫益贱,人罕趋之"①。
因此,辞中的"公子"很有可能通过担任内卫等府兵制下的特殊职务来
彰显其高贵的身份和门第。

其次,唐前期尚武精神对豪门子弟的巨大影响。府兵制和唐人尚
武精神的发展几乎是相始终的。陈寅恪言:"唐代武功可称为吾民族空
前盛业。"②自汉以来,历魏晋南北朝时期的长期战乱,建都于关中长安
的唐王朝,其文化精神继承了汉长安文化的尚武传统。③唐太宗即位
后,出于保国卫边的需要,曾多次发动对外战争;高宗到睿宗的三十几
年间,也多次与契丹、吐蕃、突厥等周边少数民族政权发生战争,取得了
很多重大的胜利。唐太宗为高扬民众尚武精神,为战死疆场之将士立寺
建庙以纪功业。如《旧唐书》记载:"(贞观三年十二月)癸丑,诏建义以来
交兵之处,为义士勇夫殒身戎阵者各立一寺,命虞世南、李伯药、褚亮、颜
师古、岑文本、许敬宗、朱子奢等为之碑铭,以纪功业。"④同时将功臣良将
图画凌烟阁,"(贞观十七年春正月)戊申,诏图画司徒、赵国公无忌等勋
臣二十四人于凌烟阁"⑤。此事在《大唐新语》中叙述更为详细:"贞观十
七年,太宗图画太原倡义及秦府功臣赵公长孙无忌、河间王孝恭、蔡公杜
如晦、郑公魏征、梁公房玄龄、申公高士廉、鄂公尉迟敬德、郧公张亮、陈
公侯君集、卢公程知节、永兴公虞南、渝公刘政会、莒公唐俭、英公李勣、
胡公秦叔宝等二十四人于凌烟阁。太宗亲为之赞,褚遂良题阁,阎立本
画。及侯君集谋反伏诛,太宗与之诀,流涕谓之曰:'吾为卿不复上凌烟

①[宋]欧阳修、宋祁《新唐书》卷四九《志第三十九·百官四》,第1282页。
②陈寅恪《唐代政治史述论稿》,上海:上海古籍出版社,1997年,第126页。
③李世忠《长安文化与唐诗的政治精神》,西安:三秦出版社,2014年,第194页。
④[晋]刘昫等《旧唐书》卷二《本纪第二·太宗上》,北京:中华书局,1975年,第
37页。
⑤[晋]刘昫等《旧唐书》卷三《本纪第三·太宗下》,第55页。

阁矣！'"①唐太宗的这些行为极大地强化了唐王朝的尚武精神。

高宗、武后朝继承太宗尚武传统，一方面提高守边武人政治待遇，建立功业者可以入朝为相，"高宗朝，姜恪以边将立功为左相，阎立本为右相。时以年饥，放国子学生归，又限令史通一经。时人为之语曰：'左相宣威沙漠，右相驰誉丹青。三馆学生放散，五台令史明经。'"②；另一方面又在科举考试中增加武举，"唐武举起于武后之时。长安二年，始置武举，其制有长垛、马射、步射、平射、筒射，又有马枪、翘关、负重、身材之选。翘关者，长一丈七尺，径三寸半，凡十举后，手持关距，出处无过一尺；负重者，负米五斛，行二十步：皆为中第，亦以乡饮酒礼送兵部"③。以上均是在政治层面上不断提升守边武人的政治地位和政治待遇的措施。

因此，在这样频繁对外作战的历史环境以及高扬保国戍边尚武精神的氛围下，很多人将能够保边卫国、建功立业当作自己毕生最崇高的理想。加上唐朝前期政治清平，经济和文化都日益昌盛，民族自信心和自豪感都与日俱增，这些都极大地激发了很多人对投军报国的种种幻想。特别是对当时的世家大族、富贵人家的子弟来说更是如此，府兵制下需要自备的武器军械对他们来说丝毫没有什么负担，甚至有很多富豪子弟从军者以私财供军，表达他们所谓"勤王"或者"急国之危难"的忠心。而且这些富豪子弟想通过杀敌报国建功立业的想法在当时是很可行也很主流的一种方法。唐前期受到重用的高官显贵大多数都有过从军的经历，都在战场上立下过汗马功劳，而且唐王朝特别鼓励战功，对于这些高门子弟来说，反而更容易享受到在府兵制下杀敌立功所带

---

①［唐］刘肃著，许德楠、李鼎霞点校《大唐新语》卷一一《褒锡第二十四》，北京：中华书局，1984年，第163页。

②［唐］刘肃著，许德楠、李鼎霞点校《大唐新语》卷一一《惩戒第二十五》，第167页。

③［宋］马端临《文献通考》卷三四《选举考七·武举》，北京：中华书局，2011年，第997页。

来的种种好处。唐代有"酬勋"①一说,主要针对的就是在战场上杀敌立功的人。在唐代,建立军功取得勋阶是入仕的重要途径之一,而这种入仕途径对高门大族子弟又最为有利。因此,府兵制实行初期,高门大族子弟从军的热情要远高于寒门。

另外,建立军功获取勋阶后,还有实质性的奖励,如勋田。唐前期的府兵制是以均田制为基础的,按照规定,如果在战场上立下战功且获得勋阶的,就可以按照法令授给勋田。如《通典》记载"上柱国三十顷,柱国二十五顷,上护军二十顷,护军十五顷,上轻车都尉十顷,轻车都尉七顷,上骑都尉六顷,骑都尉四顷,骁骑尉、飞骑尉各八十亩,云骑尉、武骑尉各六十亩"②,可见这个授田数目是相当可观的。要知道在唐代均田制下,一个丁男或中男最多才可授田百亩,且其中只有二十亩为永业田可以传给子孙,剩下八十亩为口分田,死后还要还官。而勋田所授之田则不同,《通典》记载的"诸永业田皆传子孙,不在收授之限,即子孙犯除名者,所承之地亦不追"③,也就是说勋田全部为永业田,不仅不用还官,而且就算承袭的子孙有违法犯罪的行为,田地也不会被追回,这在当时来说是一种很高的待遇。

(三)府兵制下妇女的生活及情感

唐代府兵制的实行不可避免地造成了大量妇女的留守,这些因为丈夫外出戍边作战而被迫独居家中的妇女,实际上过上了暂时失去丈夫的生活。她们大多数不知道丈夫何时能回来与自己团聚,可见,唐代府兵制度对妇女的生活产生了显著的影响。她们在与丈夫分离的状态

---

①"酬勋"主要是对有功勋的人给以爵位等奖赏。汉代史岑《出师颂》:"介珪既削,列壤酬勋。"《明史·沈束传》:"虽晋秩,未酬勋,宜赠封爵延子孙。"清代秦松龄《杂感》诗之二:"当日酬勋原异数,至今除患屡分防。"

②[唐]杜佑撰,王文锦等点校《通典》卷二《食货二》,第29页。

③[唐]杜佑撰,王文锦等点校《通典》卷二《食货二》,第30页。

下面临着种种不确定和挑战，必须应对心理、经济和社会等多重压力。这一现象为我们提供了深入了解唐代社会府兵制度对妇女群体的影响和婚姻家庭结构的变迁的机会，对于研究当时社会历史和妇女地位具有重要的学术价值。她们的生存状况和情感状态成为敦煌歌辞中所重点描绘的对象，也为我们了解当时时代背景下这群特殊的女性提供了丰富的资料。如S.1441中的《凤归云》（征夫数载）二首其一：

> 征夫数载。萍寄他邦。去便无消息。累换星霜。月下愁听砧杵起。塞雁南行。孤眠鸾帐里。枉劳魂梦。夜夜飞飏。
>
> 想君薄行。更不思量。谁为传书与。表妾衷肠。倚牖无言垂血泪。暗祝三光。万般无奈处。一炉香尽。又更添香。①

根据上片"砧杵"一词可知，其时代背景很可能是唐代府兵制实行的时期。"砧杵"一词在敦煌歌辞中很常见，表现的是为府兵制作寒衣的过程，而无论是制作寒衣还是送征衣，都是唐代府兵制度下粮草衣物等需要府兵自备的制度产物。辞中女性的丈夫即征夫，离家已有数年之久，而且这一去便音讯全无，由此判断，其承担的大概率为临时的征防任务。唐代府兵的任务主要分为番上和征防，番上即承担保卫京师的工作，其服役的地点和时间一般都较为固定。根据张国刚在《唐代府兵渊源与番役》一文中的推算，"府兵番上负担，一般每年约120天，上下不超过10%，约半个月。也就是每年服役在三个半月到四个半月之间"②，也就是说一年之内其肯定能够回到家中与妻子团聚。因此像辞中征夫这种数载在外且音信全无的，承担番上任务的可能性很小，只有

---

①任中敏编著，何剑平、张长彬校理《敦煌歌辞总编》，上册，第37页。
②张国刚《唐代府兵渊源与番役》，《历史研究》1989年第6期，第154页。

在其承担临时征防任务时,由于要外出征战,而战事的结束难以预料,很有可能会超过番期,长达数年也是有可能的。又因为征防作战之事地点不固定,可能要到处辗转,因此"去便无消息"的描述也更符合临时征防。

"月下愁听砧杵起"一句还暗示了附近征夫的数量之多,而不只是她丈夫一人。"听"一字表明相距不远,因此才能听得到砧杵此起彼伏的声音,说明附近有很多人家都在为征夫制作寒衣,也侧面表达了附近被征发男人的数量之多。同时也带有一种共情之感,类似自己这样丈夫出征在外,孤独寂寞的人很多,不只她一个。"塞雁南行","塞雁"又称"塞鸿",多指塞外的鸿雁。"塞鸿"于秋季南来,春季北去,所以古人常用来作比,以表达对远离家乡亲人之思念。如杜甫《登舟将适汉阳》:"塞雁与时集,樯乌终岁飞。"①南朝宋鲍照《代陈思王京洛篇》:"春吹回白日,霜歌落塞鸿。"②白居易《赠江客》:"江柳影寒新雨地,塞鸿声急欲霜天。"③辞中一语双关,一方面大雁在中国古代有充当信使的作用,大雁往南飞走了,没有停下来,说明丈夫至今还没有音信,也流露出了妇人对丈夫的思念之情,急切地希望得到丈夫的消息。另一方面,辞中不用"寒雁""鸿雁"等词,而专用"塞雁",也颇值得玩味。"塞"在唐代作名词时多指西北边疆地区,如王维《使至塞上》中"征蓬出汉塞,归雁入胡天"④,又如李贺《雁门太守行》中"角声满天秋色里,塞上燕脂凝夜紫"⑤

①[唐]杜甫著,[清]仇兆鳌注《杜诗详注》,北京:中华书局,1979年,第2088页。

②[南朝宋]鲍照著,钱仲联集注《鲍参军集注》,上海:上海古籍出版社,2005年,第150页。

③[唐]白居易著,朱金城笺校《白居易集笺校》,上海:上海古籍出版社,1988年,第1111页。

④[唐]王维著,[清]赵殿成笺注《王右丞集笺注》,上海:上海古籍出版社,1961年,第156页。

⑤[唐]李贺著,[清]王琦等注《李贺诗歌集注》,上海:上海人民出版社,1977年,第52页。

等。由此推断,辞中征夫从家里走的时候应当是去往西北边疆地带,因此妇人才会对西北方向飞来的"塞雁"格外关注。丈夫迟迟没有音信,自己只好独自一人孤眠,可是睡也睡不好,因为每天晚上都会梦到自己和丈夫团聚的场景,醒来时却仍旧是自己一个人。

下片主要写妇人对丈夫的嗔怪与祝福。"想君薄行。更不思量"表达妇人对丈夫的嗔怪,丈夫这么久不回来也没有音信,让她觉得丈夫是不是对自己没有感情了,不然为何也不思念自己,连个书信也没有。"薄行"本意为德行、操守不好,但此处应指男子薄情、负心,表达丈夫对自己感情的淡漠。这种嗔怪不是真正的怪罪,而是怨中有爱,在责怪丈夫薄情的同时,也表达了对丈夫深切的爱恋。"谁为传书与。表妾衷肠"则写出了妇人的无奈和迷茫。那么,她明明知道即使写了信,信也不会到丈夫手中,又为什么要写呢? 最有可能的是,写信是妇人一种情感的寄托。战争的残酷和无情是人所共知的,唐代很多诗人都对战争的残酷场景做过生动描绘,如杜甫《垂老别》:"积尸草木腥,流血川原丹。"[1]陈陶《陇西行四首》(其二):"可怜无定河边骨,犹是春闺梦里人。"[2]又如曹松《己亥岁二首》(其一)中"凭君莫话封侯事,一将功成万骨枯"[3]等。辞中妇人既然能写书信,必然具备一定的文化素养,对战争的残酷性也有一定的了解,像她丈夫这种出征多年都未还家且音信全无的情况,极有可能是已经战死沙场,这一点想必妇人也早就做好了心理准备。可是她不愿意放弃希望,在残酷的现实和心中仍然存留的希望面前,她选择了希望,她更加愿意相信丈夫仍然活着,仍然爱她,相信有一天自己信中的千言万语一定能够被丈夫看到。"倚牖无言垂血泪。暗祝三光"更

---

① [唐]杜甫著,[清]仇兆鳌注《杜诗详注》,第536页。
② [清]彭定求等《全唐诗(增订本)》卷七四五,第8579页。
③ [清]彭定求等《全唐诗(增订本)》卷七一七,第8318页。

是将妇人心中复杂矛盾的心理和对丈夫的爱表现得淋漓尽致。如果丈夫长期不归，那么妇人将面临相当悲惨的境遇。于女性而言，她们的青春和人生最美好的时光亦将被虚度，这无疑是一种极度痛苦的遭遇。但即使是这样，她也没有怨恨丈夫，而是"暗祝三光"。"三光"在史料中比较常见，《庄子·说剑》中有"上法圆天以顺三光，下法方地以顺四时，中和民意以安四乡"①，晋代葛洪《抱朴子·仁明》载"三光垂象者，乾也；厚载无穷者，坤也"②，唐代元稹《有酒十章》（其四）有"何三光之并照兮，奄云雨之冥冥"③。关于"三光"的含义，东汉班固在《白虎通·封公侯》言"天有三光，日、月、星；地有三形，高、下、平；人有三等，君、父、师"④，司马迁《史记·天官书》载"衡，太微，三光之廷"，索隐宋均注"三光，日、月、五星也"⑤。因此，此处歌辞中所言"三光"是指日、月、星辰，古人常将其当作神明祈祷。妇人内心默默地向日、月、星辰祈祷，祈祷什么呢？自然是丈夫在外能够万事平安，逢凶化吉，早日归来。这种妇人自己内心中承受的巨大痛苦和其对丈夫的深厚情谊形成了鲜明的对比，显然，她对丈夫的爱要远远超出她对自己未来的恐惧，一个对爱情坚贞不渝的妇人形象跃然纸上。

　　除了表达对丈夫的思念和对未来的茫然，敦煌歌辞中还呈现了府兵制下留守在家的妇女另外一种截然不同的精神面貌和心理状态，如S.1441中的《凤归云》（鲁女坚贞）二首其二下片：

---

　　①［清］郭庆藩《庄子集释》卷一〇上《说剑》，北京：中华书局，1961年，第1022页。

　　②［晋］葛洪著，庞月光译注《抱朴子外篇全译》卷三七《仁明》，贵阳：贵州人民出版社，1997年，第683页。

　　③［唐］元稹著，冀勤点校《元稹集》，北京：中华书局，1982年，第297页。

　　④［清］陈立撰，吴则虞点校《白虎通疏证》卷四《封公侯》，北京：中华书局，1994年，第131页。

　　⑤［汉］司马迁《史记》卷二七《天官书第五》，北京：中华书局，1963年，第1299页。

　　娉得良人。为国愿长征。争名定难。未有归程。徒劳公子肝肠断。谩生心。妾身如松柏。守志强过。鲁女坚贞。①

　　下片前两句即指出了自己丈夫的身份,是一位远在异乡的征夫。"娉得良人。为国愿长征"将一位深明大义、极具爱国主义精神的妇人形象刻画了出来。她没有对丈夫远征未归,自己一人独守空房有所抱怨,而是为丈夫从军出征的行为感到骄傲,认为丈夫是为了国家远赴戎机。"争名定难。未有归程"是其对丈夫长时间没有还家原因的解释,她认为丈夫还未还家不是因为别的,而是因为战事还未结束,丈夫还要继续为国出力,因此才没有归还。"徒劳公子肝肠断。谩生心"则是对丈夫心理的猜测。"肝肠断"和"谩生心"是对丈夫两种截然不同的心态的假定,"肝肠断"即丈夫思念她到肝肠寸断,表明丈夫还深爱着她,"谩生心"则表示丈夫对其的感情已经冷淡,有了二心。"徒劳公子肝肠断。谩生心。妾身如松柏。守志强过。鲁女坚贞"是说无论远在沙场的丈夫现在是仍然深爱着自己还是已经变心,她的心意都不会改变。"松柏"在中国古代是高尚品格的象征,此处用来指其对丈夫坚贞不移的爱;"鲁女坚贞"则是用典,辞中妇人以"守志强过。鲁女坚贞"来作为自己内心的独白,说明她对丈夫的爱是真挚的、深厚的,愿意等待丈夫得胜归来。

　　从辞中可以看出,妇人并不是对自己和丈夫的未来完全不感到忧虑,她也怕丈夫常年在外会"谩生心",但是她心中的民族大义和爱国主义情怀战胜了私人感情,从而塑造了本辞一位胸怀宽广、深明大义的贞妇形象。其实在唐代,由于受到尚武精神的影响,不仅很多男性热衷于

①任中敏编著,何剑平、张长彬校理《敦煌歌辞总编》,上册,第65页。

从军报国,不少女性也对忠君爱国、建功立业有着深刻的理解,她们对国家和民族的热爱很多时候不亚于男性,但是由于受到身份的限制,她们无法从军出征,如《通典》中就有"奸人妻女,及将女妇入营,斩之"①的明确规定。因而,在丈夫外出征战时,她们内心虽然有所留恋,但往往会出于爱国主义精神和对丈夫远大志向的支持和理解,鼓励丈夫的从军行为。这一点在其他唐代文学作品中也有所体现,如杜甫的《新婚别》:

> 兔丝附蓬麻,引蔓故不长。嫁女与征夫,不如弃路傍。结发为妻子,席不暖君床。暮婚晨告别,无乃太匆忙。君行虽不远,守边赴河阳。妾身未分明,何以拜姑嫜?父母养我时,日夜令我藏。生女有所归,鸡狗亦得将。君今生死地,沉痛迫中肠。誓欲随君去,形势反苍黄。勿为新婚念,努力事戎行。妇人在军中,兵气恐不扬。自嗟贫家女,久致罗襦裳。罗襦不复施,对君洗红妆。仰视百鸟飞,大小必双翔。人事多错迕,与君永相望。②

《新婚别》创作于安史之乱时期,描写的是一位即将与去往前线作战的丈夫分别的新妇形象。这位妻子虽然对丈夫极为不舍,但为了国家大义依旧含泪支持丈夫从军。特别是"誓欲随君去,形势反苍黄。勿为新婚念,努力事戎行。妇人在军中,兵气恐不扬"几句,将一位深明大义、充满家国情怀的女性形象刻画得淋漓尽致。

---

① [唐]杜佑撰,王文锦等点校《通典》卷一四九《兵二》,第3823页。
② [唐]杜甫著,[清]仇兆鳌注《杜诗详注》,第531页。

《新婚别》与上文的《凤归云》(鲁女坚贞)二首其二下片有异曲同工之妙,都是以深明大义的女性形象为素材,着重表现在国家危难之际,留守在家的女性在私人情感和民族大义之间的取舍,突出她们忠君爱国、坚贞不移的美好形象。众所周知,《凤归云》的调名见于唐代崔令钦的《教坊记》中,而《教坊记》所载皆为盛唐曲调,因此《凤归云》极有可能创作于盛唐时期。结合两首辞女性凛然大义的中心思想和男性从军征战的故事背景,《凤归云》其二有很大可能跟《新婚别》一样创作于安史之乱期间。安史之乱时期的时代背景和政治环境急需类似《新婚别》和《凤归云》其二中这样深明大义的女性形象出现。此时唐廷为了镇压叛乱,强行征发大量男性从军,几乎除了幼童之外,大部分男性都被征调,有时甚至连老翁也不能幸免。在这种情况下,势必会有大量的妇女被迫留守在家,她们将长期或者永远失去自己的丈夫。长此以往,留守妇女越来越多,她们对朝廷的不满和积怨也会越来越深,这样只会使得政治局面更加不稳定,加速唐王朝的瓦解。因此在这种情况下,需要类似《凤归云》其二这样的作品出现,它为当时时代背景下女性的行为和道德标准树立了一个典范,即留守在家的妇女不应该只顾自己的儿女私情,而更应当考虑到国家的安危,理解和支持丈夫从军报国、建功立业的行为,只有国家得到安定,个人的情感生活才能幸福。

(四)府兵制与玄宗开元盛世

在敦煌歌辞中,有一些歌颂太平盛世、万方和谐的篇章。这些篇章的出现,既反映了战争频仍给民众带来的深重苦难,同时也表达了当时人们对和平安宁生活的无限向往。如 P.3128《感皇恩》(四海清平)四首其一:

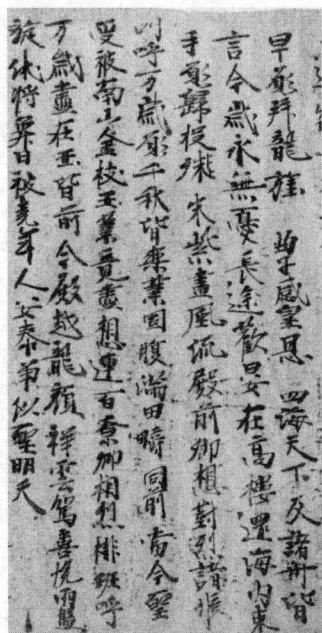

图1-3　P.3128《感皇恩》（四海清平）四首其一

　　四海天下及诸州。皆言今岁永无忧。长图欢宴在高楼。寰海内。束手愿归投。

　　朱紫尽风流。殿前卿相对。列诸侯。叫呼万岁愿千秋。皆乐业。鼓腹满田畴。①

又如P.3821《感皇恩》其四：

　　万邦无事减戈鋋。四夷来稽首。玉阶前。龙楼凤阙喜云连。人争唱。福祚比金璿。

　　八水对三川。升平人道泰。帝泽鲜。修文罢武竞题篇。从此后。愿皇帝寿如山。②

―――――――――

①任中敏编著，何剑平、张长彬校理《敦煌歌辞总编》，中册，第432页。
②任中敏编著，何剑平、张长彬校理《敦煌歌辞总编》，中册，第433页。

从《感皇恩》其一中,可以推定《感皇恩》(四海清平)四首的创作年代当为唐玄宗开元年间(713—741)府兵制实行时期。任中敏在《敦煌歌辞总编》中认为:"既有'叫呼万岁愿千秋'及'金枝玉叶竞相连'二句,尤为确证。因据一般颂祝语情况,已满呼万岁,复折为千秋,不辞之甚! 惟玄宗自定诞辰为'千秋节',可以如此。"①这是从"千秋"一词的性质上来判定该辞应作于玄宗时。但项楚在《敦煌歌辞总编匡补》中指出,单凭"千秋"一词即断言该辞创作于玄宗朝似有不妥,认为:"其实'千秋'和'万岁'都是虚拟之词,古人常常并用或对举,意义并无区别。"②

其实除了从"千秋"一词判定年代外,本辞仍有其他地方可作为判定年代的依据,如"皆乐业。鼓腹满田畴"也是判定时代的重要佐证。"皆乐业。鼓腹满田畴"是描绘战事结束后,府兵们在田间务农的场景,这是府兵制度走向成熟的最大特点之一,即寓兵于农,兵农合一。唐前期对外战争频仍,与周边少数民族冲突不断,因此要完全让士兵在打仗的同时还要务农,极难做到。只有到开元年间,唐朝国力达到极盛,才有可能。这一时期,唐朝几乎所有的对外战争都取得了胜利,很多以前与唐朝冲突不断的少数民族政权都向唐请降。据《新唐书》记载,过去与唐朝征战不休的吐蕃,至少分别于开元元年(713)、四年(716)、五年(717)、七年(719)、十八年(730)、十九年(731)向唐请和过六次,突厥也分别于开元三年(715)、六年(718)、九年(721)、十年(722)向唐请和或请降过五次。因此,《新唐书》载开元时期"(玄宗)方其励精政事,开元之际,几致太平,何其盛也"③,只有在这种万方归附、几致太平的盛世之下,府兵制兵农合一的理想才有可能得到实现,府兵们也才能"皆乐业。鼓腹满田畴"。

---

①任中敏编著,何剑平、张长彬校理《敦煌歌辞总编》,中册,第433页。
②项楚《敦煌歌辞总编匡补》,第52页。
③［宋］欧阳修、宋祁《新唐书》卷五《本纪第五·玄宗》,第154页。

另外,《感皇恩》其四上片首句"万邦无事减戈铤"更是再次充分说明了其创作于唐玄宗开元年间。"减戈铤",即裁兵。唐开元年间,在宰相张说的劝谏下,玄宗实行了规模空前的大裁军。据《资治通鉴》载:

> 先是,缘边戍兵常六十余万,说以时无强寇,奏罢二十余万使还农。上以为疑,说曰:"臣久在疆场,具知其情,将帅苟以自卫及役使营私而已。若御敌制胜,不必多拥冗卒以妨农务。陛下若以为疑,臣请以阖门百口保之。"上乃从之。①

这次的大裁军,将边疆戍军六十余万裁去二十余万,裁减人数达到三分之一,不得不说其规模和力度都是空前的。那么,玄宗开元年间的大裁军真的只是因为"万邦无事"吗? 其实更多的是出于形势的变化和无奈选择,从而对长期以来府兵制积弊进行的一次大清理。初唐时期,府兵制曾高效地实行过,据《新唐书》载:

> 初,府兵之置,居无事时耕于野,其番上者,宿卫京师而已。若四方有事,则命将以出,事解辄罢,兵散于府,将归于朝。故士不失业,而将帅无握兵之重,所以防微渐、绝祸乱之萌也。②

可见,府兵制具有拱卫京畿、戍边卫国、兼顾生产、减少失业等多方面的积极作用。同时,府兵制临时征兵,任务结束后兵散将归的方式也能有效地防止将帅拥兵自重,从而保持了政权的稳定。

至唐中后期,府兵制已经出现较多弊端。由于兵农合一的府兵制

---

①[宋]司马光编著,[元]胡三省音注《资治通鉴》卷二一二《唐纪二十八·玄宗开元十年》,北京:中华书局,1956年,第6753页。

②[宋]欧阳修、宋祁《新唐书》卷五〇《志第四十·兵》,第1328页。

建立在均田制这一经济制度的基础之上,所以至高宗、武后时期,朝廷对于贵族的授田数量在日益增多,同时也不断在放松民间土地买卖的限制,其结果致使土地兼并的现象越趋严重,进一步地破坏了均田制。府兵虽然可以免租调,但兵甲衣粮必须自备,有土地的时候尚能负担,土地少了或丧失土地,兵役就负担不起了;再加上唐代的府兵并不是全民皆兵,折冲府多是设置在一些战略地位比较重要的地方,称为军府州,这里的农民更是不胜其苦,所以越来越多的人开始逃兵役。大量逃户的出现反过来又加速了土地兼并和均田制的崩溃,恶性循环下,府兵制逐渐走到了尽头。①府兵制被破坏的标志主要有两点,其一是禁军地位的逐渐上升和府兵地位的日趋边缘化。太宗时,已经在内府之外另置龙武军负责近身戍卫,高宗时期又从府兵中选取优良者充为左右羽林军,武则天至玄宗时期,羽林军等禁军的规模不断扩大,原本负责番上任务的府兵渐渐失去了拱卫皇帝的资格,而多负责征防,也就是戍边作战,这样一来,府兵就远离皇帝,逐渐被边缘化了。《新唐书·兵志》对于府兵制作出详细论述:

> 先天二年诏曰:"往者分建府卫,计户充兵,裁足周事,二十一入募,六十一出军,多惮劳以规避匿。今宜取年二十五以上,五十而免。屡征镇者,十年免之。"虽有其言,而事不克行。玄宗开元六年,始诏折冲府兵每六岁一简。自高宗、武后时,天下久不用兵,府兵之法寖坏,番役更代多不以时,卫士稍稍亡匿,至是益耗散,宿卫不能给。宰相张说乃请一切募士宿卫。十一年,取京兆、蒲、同、岐、华府兵及白丁,而益以潞州长从兵,共十二万,号"长从宿卫",岁二番,命尚书左丞萧嵩与州吏共选之。明年,更号曰"彍骑"。又

---

① 王兰兰《海晏河清》,西安:西安出版社,2017年,第226页。

诏:"诸州府马阙,官私共补之。今兵贫难致,乃给以监牧马。"然自
是诸府士益多不补,折冲将又积岁不得迁,士人皆耻为之。①

可以看出,府兵制发展至后期,在征召兵役上并不按照"二十一入募,六
十一出军"的规定执行,致使府兵制逐渐丧失威信。高宗、武后之时,
"番役更代多不以时",卫士逐渐逃离、亡匿,宿卫难以及时供给。后期
虽征募士卒宿卫,但兵士多贫困,难以负担,且折冲府的将领多年难以
升迁,导致士人都耻为府士。

其二是勋阶的泛滥以及勋田难以兑现,使得人们投军的积极性大
大降低。《旧唐书》记载:"自是(咸亨五年,674)已后,战士授勋者动盈万
计。每年纳课,亦分番于兵部及本郡当上省司。又分支诸曹,身应役
使,有类僮仆。据令乃与公卿齐班,论实在于胥吏之下,盖以其猥多,又
出自兵卒,所以然也。"②这段话充分说明了勋阶滥授情况下府兵制被破
坏之深。每次因战功授勋阶的人动辄万人,这样多的数目,自然难以享
受相对应的特权,于是即使获得了勋阶,依然要课税,要承担兵役,就好
像奴仆一样。按照朝廷规定,这些勋阶有相对应的品级,勋阶高者甚至
可以和公卿平坐,但实际情况却是由于滥授,他们的实际地位还不如胥
吏,而且在授勋府兵日渐增多的情况下,原本与勋阶相匹配的勋田也很
难足额发放。这样一来,府兵制对于地主阶级的吸引力就大大降低了,
因此就只能强迫农民去服役。由于番上的任务渐渐由禁军承担,大量
的农民被充斥到边镇服役,而边地将帅出于个人营使等目的,截留了很
多服役之人,不让他们按期回家。这样时间一长,就形成了边地冗兵的
局面,而实际上当时边境的情况根本就用不了这么多人,大量的农民聚

①[宋]欧阳修、宋祁《新唐书》卷五〇《志第四十·兵》,第1326页。
②[晋]刘昫等《旧唐书》卷四二《职官志一》,第1808页。

集在边地,既不利于政治局面的稳定,也耽误了农事。因此,开元年间的大裁军是对府兵制一次大的改革,它同时也是开元年间国力日趋强盛、政治日趋清明的重大表现之一。

二、敦煌歌辞与唐人入仕途径研究

在唐代世俗社会中,入仕做官对于大多数人而言具有重要的影响。唐代入仕做官可供选择的途径大致有科举入仕、军功入仕、征辟入仕以及门荫入仕四条。上述四种较为常见的入仕途径,在现存的敦煌唐代歌辞中均有所涉及,本章拟通过对这些歌辞的分析和探讨,窥探唐代世俗群体有关入仕的思想状态与历史面貌。此外,亦可以通过对敦煌歌辞的研究,进一步探讨这四种入仕途径在当时的世俗社会及普通民众中的可行性。

(一)科举入仕

科举入仕是唐代最为常见也是最为主流的入仕途径之一。一般认为科举制度起源于隋代的进士科,至唐代正式发展成熟。在唐代,虽然通过科举考试进入仕途是较为主流的途径,但这并不意味着这个途径的成功率高。唐代科举制名目繁多,主要分为常举和制举两大类。常举是每年举行的常规科目,有秀才、明经、进士、明法、明书、明算、道举、童子等科;制举是皇帝临时下制诏举行的考试,科目根据需要临时设置,考试时间不固定。有唐一代,制举科目多达一百多个,如"贤良方正能直言极谏""军谋宏远堪任将帅"等。应制科试者可以是平民,也可以是科举及第者,现任或罢任官员也可参加。两者都由礼部组织,是出身资格考试。另外还有科目选,科目选是由吏部负责的选官考试,不定期举行,有出身(进士)或者官位的人才能参加。①

①吴宗国《唐代科举制度研究》,北京:北京大学出版社,2010年,第89页。

在如此纷繁杂乱的考试科目中,尤以常举最为人所重,这主要是因为制举为临时设置,不是科举中的常设科目,而且制举入仕的人常常被称为"杂色",不被认为是科举正途。而常举诸科中,又以进士和明经两科最受重视,其他科目取士不多,因此多数时候忽略不计。又因为进士的考试内容最难,对应试者各方面的素质要求最高,因此被唐人奉为圭臬,时人称进士及第者为"白衣公卿"。从现存史料来看,唐代进士登科极为困难,平均每年参加进士科考试的人总数在一两千人,但是取士人数往往只有一二十人,最多时不过三四十人,平均取士率在百分之一二。据杜佑《通典》载:"自武德以来,明经唯有丁第,进士唯乙科而已。……其进士,大抵千人得第者百一二;明经倍之,得第者十一二。"①从侧面也说明了唐代进士登第的概率之低,约为百分之一二。而在这极为有限的录取人数中,留给小地主阶级和寒门子弟的名额更是凤毛麟角。据统计,两《唐书》所载唐代进士共八百三十人,其中士族高门子弟就高达五百八十九人之多,约占总数的百分之七十,而真正的寒门子弟仅一百三十二人,约占总数的百分之十六。

正因为唐代科举考试特别是进士科登第为文人一生中所追求的最重要的理想之一,尽管这条路蜿蜒曲折,充满艰难险阻,可还是吸引着无数士子文人为之披星戴月奋斗终生,既怀揣着治国平天下的理想,也有着出将入相登入龙门的现实需求。如中唐诗人孟郊,前半生穷困潦倒,两次落榜,但仍不放弃,第三次终于进士得中,虽然此时他已年近半百,但科举登第后得偿所愿,于万分欣喜之时写下了流传千古的《登科后》:"昔日龌龊不足夸,今朝放荡思无涯。春风得意马蹄疾,一日看尽长

① [唐]杜佑撰,王文锦等点校《通典》卷一五《选举三》,第357页。

安花。"①虽然孟郊经历了两次失败,到四十六岁时才得中进士,但他仍然是幸运的。唐代有"三十老明经,五十少进士"的说法,因此四十六岁进士及第并不算晚。但有些士人却没有这么幸运,比如敦煌歌辞《菩萨蛮》(问龙门)中所述:

> 自从宇宙充戈戟。狼烟处处熏天黑。早晚竖金鸡。休磨战马蹄。
> 淼淼三江水。半是儒生泪。老尚逐经才。问龙门何日开。②

这首辞描写了一位唐代战乱时期的求仕儒生形象。辞中的主人公一生都在为科举入仕而努力,战乱发生时他已经年老,但他仍然没有放弃对科举入仕的追求。从"老尚逐经才。问龙门何日开"两句来分析,他极有可能追求的是进士及第。首先,"逐经才"三字可以看出,他所考的科目应当与儒家经典有关,而在常举中,与儒家经典有很大关系的只有进士和明经两科。再者,从年龄上来看,一个"老"字表明他的年龄已经比较大了,如果说参加的是明经或者其他科目,难度相对较低,一直考到老还未中第的可能性不大,而制举本就不是常设科目,更不会为此考到老。而且,"问龙门何日开"一句,是辞中主人公内心情感的表达,意思是自己何时才能够鲤鱼跃龙门。这种"鲤鱼跃龙门"的说法在唐代与进士有直接关系,很大程度上"龙门"在隋唐时期就是进士登科的特指。如唐代李端《元丞宅送胡濬及第东归觐省》"登龙兼折桂,归去赏高居。旧楚枫犹在,前隋柳已疏。月中逢海客,浪里得乡书。见说江边住,知君不厌鱼"③一诗,就将胡濬进士及第比作"登龙",即鲤鱼跃龙门

---

① [唐]孟郊著,华忱之、喻学才校注《孟郊诗集校注》,北京:人民文学出版社,1995年,第154页。

② 任中敏编著,何剑平、张长彬校理《敦煌歌辞总编》,上册,第253页。

③ [唐]李端《李端集》卷三《五言律诗》,明铜活字印本,第二叶右。

之意。又如唐代诗人章孝标《初及第归酬孟元翊见赠》"六年衣破帝城尘,一日天池水脱鳞。未有片言惊后辈,不无惭色见同人。每登公宴思来日,渐听乡音认本身。何幸致诗相慰贺,东归花发杏桃春"①中,也将自己进士及第比喻为"一日天池水脱鳞",即鲤鱼跃龙门后褪去鱼鳞化身为龙。综合以上三点,辞中主人公应当是为考进士而奔波到老无疑,但即便是他"老尚逐经才",为了考取进士奋斗到垂垂老矣,对于自己何时能够得中仍然没有把握,因此才会"问龙门何日开",可见进士考取之难。那么,造成辞中主人公追逐到老仍未得中的原因除了上文所说进士录取人数的限制之外,还有哪些呢? 笔者认为主要还有以下四点因素。

其一,唐代行卷之风的流行。何谓行卷? 程千帆先生说:"所谓行卷,就是应试的举子将自己的文学创作加以编辑,写成卷轴,在考试以前送呈当时在社会上、政治上和文坛上有地位的人,请求他们向主司即主持考试的礼部侍郎推荐,从而增加自己及第的希望的一种手段。"②行卷还有一般行卷和纳卷之分。一般行卷是指向个别权要或名流送上自己的作品,完全是个人对个人的行为,而纳卷则是在考试之前,举子向礼部呈递自己的代表作品,使礼部主考官在正式评卷之前有个印象,似乎可以起到预试的作用。③唐代科举考试的保密制度不甚严格,考卷大多不糊名,这样一来,那些在正式考试之前就已经得到考官及社会名流认可的考生,其试卷很容易在堆积如山的试卷中被优先选出,从而大大增加其被录取的概率。当时的社会名流往往会根据应试者在行卷过程中的水平等提供一份参考名单给考官,谓之"通榜",登上通榜之人一般不参与试卷的审阅。由于考卷过多,良莠不齐,"有司一朝而受者几千万言,

---

① [清]彭定求等《全唐诗(增订本)》卷五〇六,第5799页。
② 程千帆《唐代进士行卷与文学》,上海:中西书局,2019年,第37页。
③ 毕宝魁《隋唐社会日常生活》,北京:中国工人出版社,2021年,第111页。

读不能十一,即偃仰疲耗,目眩而不欲视,心废而不欲营"①,因此,为了减少工作量,通榜中的考生往往会被优先选出,成为考官录取的重要依据。

正因为行卷能在科举考试中起到决定性作用,因此唐代行卷之风大兴,这也使得科举考试的竞争变得更加激烈和不公平。显而易见,就行卷的便利性而言,高门子弟比一般的小地主阶级和贫寒子弟要容易得多。唐代孙樵《骂僮志》中"有门吏诸生为之前焉,有亲戚知旧为之地焉。走健仆,囊大轴,肥马四驰,门门求知。所至之家,入去如归。阍者迎屈,引主人出,取卷开读,喜欢入骨。自某至某,如到一户,口口附和,不敢指破。亲朋扳联,声光烂然。其于名达,进取如掇"②,就是对高门子弟行卷过程的生动描绘。这些高门子弟们有门生故吏、亲朋故旧等为之前后奔波,其中很多人和那些有通榜之权的社会名流本来就是旧相识甚至有亲属关系,因此出入就像进自己家一样方便,对于这些人的行卷社会名流们自然是欢喜不已。还有很多社会名流,出于对高门子弟家族势力的畏惧,即使内心觉得作品有问题,也不敢说出来,只能随声附和。在这种情况下,高门子弟们获得这些社会名流推荐的机会无疑会大大增加,他们极有可能会被放入通榜的名单之中而获得考官的重点关注,从而被录取。更有甚者,竟然将这种行卷之俗变成了高门大族之间利益交换的工具,唐穆宗就曾说:"国家设文学之科,本求才实,苟容侥幸,则异至公。访问近日浮薄之徒,扇为朋党,谓之关节,干挠主司。每岁策名,无不先定,永言败俗,深用兴怀。"③由此可看出,每年科举考试还未开考录取名单就已经内定,科举考试已然成为一个高门大族之

---

①[唐]柳宗元《柳宗元集》卷二三《送韦七秀才下第求益友序》,北京:中华书局,1979年,第628页。

②[唐]孙樵《孙樵文集》卷一〇《骂僮志》,《四部丛刊》景明天启吴馡刊本,第三叶左栏。

③[晋]刘昫等《旧唐书》卷一六八《列传第一一八·钱徽》,第4384页。

间相互串联,互为朋党,进行利益输送的途径。

这种行卷之风的盛行对贫寒子弟来说极为不利,因为没有高门子弟那样的政治地位和社会关系,他们的行卷过程往往是曲折和卑微的。如马端临《文献通考》中所载:"王公大人巍然于上,以先达自居,不复求士。天下之士,什什伍伍,戴破帽,骑蹇驴,未到门百步,辄下马奉币刺,再拜以谒于典客者,投其所为之文,名之曰'求知已'。如是而不问,则再如前所为者,名之曰'温卷'。如是而又不问,则有执贽于马前自赞曰:'某人上谒者。'"①可见贫寒子弟行卷即使是毕恭毕敬,没到那些社会名流们的门口就下马以示尊敬,屡屡不被理睬和赏识也是常事。盛唐时期的大诗人杜甫,其才华之高为后世历代所敬仰,可就是这样的才华横溢之人,穷极一生也未能进士及第,他曾在《奉赠韦左丞丈二十二韵》中写道:"骑驴十三载,旅食京华春。朝扣富儿门,暮随肥马尘。残杯与冷炙,到处潜悲辛。主上顷见征,欻然欲求伸。青冥却垂翅,蹭蹬无纵鳞。"②杜甫在写此诗时距离他在洛阳进士落第已经十三年,来长安求取功名也已三年,在这三年之中,他"朝扣富儿门,暮随肥马尘",每天都奔波于高门望族之家行卷,希望有人能够赏识自己,从而推荐给考官,但得到的却是"残杯与冷炙,到处潜悲辛"。显然,在那个阶级固化、政治黑暗的时代,那些手握通榜之权的高门望族、社会名流们并没有将出身贫寒的杜甫放在眼里,行卷不顺也是导致杜甫一生未能中进士的重要原因之一。可见,唐代科举制度中的行卷之风对于科举制的公平性是极大的破坏,它的流行为那些没有真本事的高门子弟入仕大开方便之门,而将很多才华横溢但没有社会地位的贫寒子弟挡在了门外。

其二,科场行贿受贿之风的盛行。科场行贿受贿之风的盛行在唐

①[宋]马端临《文献通考》卷二九《选举考二·举士》,第836页。
②[唐]杜甫著,[清]仇兆鳌注《杜诗详注》,第75页。

代最大的一次科场舞弊案中展露无遗。唐穆宗长庆元年(821),时任宰相段文昌即将出镇川蜀。文昌喜图书古画,故刑部侍郎杨凭家多钟、王、张、郑等名迹名品,杨凭子杨浑之希望得文昌保荐,尽以家藏书画进献文昌,以求得进士及第。文昌在即将出发之前,向钱徽予以保荐。但在此时,翰林学士李绅也委托其子周汉滨于钱徽。结果"及榜出,浑之、汉滨皆不中选……宗闵子婿苏巢及汝士季弟殷士俱及第。故文昌、李绅大怒。文昌赴镇,辞日,内殿面奏,言徽所放进士郑朗等十四人,皆子弟艺薄,不当在选中。穆宗以其事访于学士元稹、李绅,二人对与文昌同。遂命中书舍人王起、主客郎中知制诰白居易,于子亭重试,内出题目《孤竹管赋》《鸟散余花落》诗,而十人不中选"[1]。段文昌和钱徽收纳杨凭、李绅之钱财予以保荐,钱徽却未录用文昌和李绅,于是段文昌大怒,在赴任川蜀当天向皇帝辞行之时告发了钱徽,言其徇私舞弊,取士不公。后穆宗指派白居易复试,结果发现在钱徽所录取的十四名进士中,真正有进士之才的人勉强只有四人,剩余十人皆不合格。在不合格的十人中,有德宗时宰相郑珣瑜之子郑朗,穆宗时中书舍人李宗闵女婿苏巢等。可见在这种行贿受贿之风大兴的背景下,给有钱有权的高门子弟入仕提供了极大的便利,而那些无钱行贿的贫寒子弟想要通过科举入仕则变得更为艰难。虽然长庆元年的科场舞弊案得到了处理,钱徽也被贬为江州刺史,但是科场的行贿受贿之风已经是积重难返。到晚唐时期,行贿受贿几乎成了科举中的一道必要程序,而且根据科目的不同有不同的价目,这对于科举制度的公正性伤害极大。

　　其三,高官显贵对科举考试结果的干预。在唐代,宰相有权对科举考试的结果进行更改调换。科举考试结束后,阅卷结果和拟定的录取人员名单会送至宰相处,由宰相进行审议,如果宰相对录取结果或者人

---

①[晋]刘昫等《旧唐书》卷一六八《列传第一一八·钱徽》,第4383—4384页。

员不满意,可以进行调换。因为有此权力,宰相往往会利用自己手中的职权和影响力威逼主考官录取自己的亲友子弟。据《太平广记》记载:

> 杨国忠之子暄,举明经,礼部侍郎达奚珣考之,不及格,将黜落,惧国忠而未敢定。时驾在华清宫,珣子抚为会昌尉。珣遽召使,以书报抚,令候国忠,具言其状。抚既至国忠私第,五鼓初起,列火满门,将欲趋朝,轩盖如市。国忠方乘马,抚因趋入,谒于烛下。国忠谓其子必在选中,抚盖微笑,意色甚欢。抚乃白曰:"奉大人命,相君之子试不中,然不敢黜退。"国忠却立大呼曰:"我儿何虑不富贵,岂藉一名,为鼠辈所卖!"即不顾,乘马而去。抚惶骇,遽奔告于珣曰:"国忠恃势倨贵,使人之惨舒,出于咄嗟,奈何以校其曲直。"因致暄于上第。①

从《太平广记》所记述的此段史料来看,宰相杨国忠之子杨暄举明经,主考官礼部侍郎达奚珣考之而不及格。若按规定应予以黜落,然因达奚珣畏惧国忠之权势而不敢率意黜其子杨暄,乃派子抚面见杨国忠,陈述杨暄明经科考结果一事,却被国忠大加恫吓。达奚珣因惧权势不得不将杨暄予以登科第。从"杨暄明经科考"一事即可见当时权势贵族官僚对科举考试结果的影响之大。

除权势贵族外,随着唐后期宦官势力的日益膨胀,一些权宦对科举考试结果的影响也很大,如唐后期大宦官仇士良。据《唐摭言》载,在文宗开成三年(838)科举考试中:

> 高锴侍郎第一榜,裴思谦以仇中尉关节取状头。锴庭谴之,思谦回顾,厉声曰:"明年打脊取状头。"明年,锴戒门下不得受书题。思谦自怀士良一缄入贡院,既而易以紫衣,趋至阶下,白锴曰:"军容有状,

---

① [宋]李昉等《太平广记》卷一七九《杨暄》,第1333页。

荐裴思谦秀才。"锴不得已,遂接之。书中与思谦求巍峨,锴曰:"状元已有人,此外可副军容意旨。"思谦曰:"卑吏面奉军容处分,裴秀才非状元,请侍郎不放。"锴俯首良久,曰:"然则略要见裴学士。"思谦曰:"卑吏便是。"思谦词貌堂堂,锴见之改容。不得已,遂礼之矣。①

从《唐摭言》记载可知,裴思谦凭借着仇士良的推荐,不仅要求主考官高锴录取他,而且要将他录取为状元,除此之外,其他的一概不考虑。但就是这样极端荒唐的要求,在仇士良的权势威逼下,高锴也不得不同意,最终按照仇士良的心意录取裴思谦为状元。状元为科举考试中的最高头衔,连状元的录取都能被权宦左右,可见当时权宦对科举结果的影响力已经无以复加。

及至晚唐时期,由于宦官的权力达到顶峰,应考的举子结交宦官成为了非常普遍的现象。举子们与宦官交好,由宦官出面去游说甚至威逼考官录取他们,这样的事在每年的科举取士中成为常态,如晚唐时期著名诗人李端、秦韬玉等人,都是通过结交大宦官田令孜而至进士及第。主管科举考试的有司衙门也渗透了大量宦官的亲信朋党,为这些与宦官交好的举子们大开方便之门,严重影响了正常的科举取士流程。这种风气的盛行对于那些有真才实学但是无力结交权宦或者是不屑结交权宦的学子们来说是极为不利的,原本属于他们的取士名额很可能被那些与权宦交好的举子们所挤占。

其四,科场考纪松散。据《太平广记》载,举子郑群玉"比入试,又多赍珍品,烹之坐享,以至继烛。见诸会赋,多有写净者,乃步于庭曰:'吾今下笔,一字不得生,铁行范生,须一打二十。'突明,竟制白而

<hr>

① [五代]王定保撰,陶绍清校证《唐摭言校证》卷九《恶得及第》,北京:中华书局,2021年,第385页。

去"①。这位应试的举子不是在考场内奋笔疾书，而是在烹饪珍馐美味，一直享用到天亮。即使是这样严重违背考场秩序和规则的行为，都未受到惩罚。更加令人不可思议的是，待到天亮之后，其居然交白卷扬长而去。又如《唐摭言》载：

> 光业常言及第之岁，策试夜，有一同人突入试铺，为吴语谓光业曰："必先必先，可以兼容否？"光业为辍半铺之地。其人复曰："必先必先，诤伏取一杓水。"光业为取。其人再曰："便干托煎一碗茶，得否？"光业欣然与之烹煎。②

这一记载更令人瞠目，科举考试为国之大考，居然有人光明正大地进入他人考棚，询问能不能和其共处，而且还索要茶水。荒唐的是，对方对于他的要求居然有求必应，全然不顾考场纪律。若记载属实，那唐代科场考纪也未免太过涣散。《唐语林校证》中也载：

> 大中三年，李褒侍郎知举，试《尧仁如天赋》。宿州李使君弟渎不识题，讯同铺，或曰："止于'尧之如天'耳！"渎不悟，乃为句曰："云攒八彩之眉，电闪重瞳之目。"赋成将写，以字数不足，忧甚。同辈绐之曰："但一联下添一'者也'，当足矣。"褒览之大笑。③

这位宿州李使君的弟弟居然连考试题目都看不懂，可见其并非一心苦读求取功名的学子。更过分的是，他居然在考试过程中询问旁边

---

　①［宋］李昉等《太平广记》卷二六一《嗤鄙四》，第2043—2044页。

　②［五代］王定保撰，陶绍清校证《唐摭言校证》卷一二《轻佻》，第538页。

　③［宋］王谠撰，周勋初校证《唐语林校证》卷七《补遗》，北京：中华书局，1987年，第638页。

的考生考题的意思,而考生竟也回应了他,并教他怎样凑够字数。作为考官的李褒在知道这件事之后,也并没有处罚这两位在考场内交头接耳的考生,而是一笑了之,着实令人不解。

这些在考场烹调饮茶、交头接耳者本已经严重扰乱了考试纪律,而更有甚者,居然能在考官的眼皮子底下公然舞弊,代替他人作答,如唐代著名文人温庭筠就是出了名的科举代考人。据《唐摭言》载:"山北沈侍郎主文年,特召温飞卿于帘前试之,为飞卿爱救人故也。适属翌日飞卿不乐,其日晚请开门先出,仍献启千余字。或曰'潜救八人矣'。"①显然,考官知道温庭筠向来善于替考,于是将其单独置于一处进行考试。可就在这种严格的监视下,他还是暗中帮助八位举子完成了考试。如果说这些考风考纪的问题都发生在考场之上,只要严格纠正,尚可补救,那么,考试题目的提前泄露则是真正触动了科举制度的根本。据《旧唐书·宣宗纪》载:"三月,试宏词举人,漏泄题目,为御史台所劾,侍郎裴谂改国子祭酒,郎中周敬复罚两月俸料,考试官刑部郎中唐枝出为处州刺史,监察御史冯颛罚一月俸料。其登科十人并落下。"②科举考试中的题目泄露现象,揭示了考试制度的漏洞和对考生的不公平待遇。尽管应该确保考试的公正性和公平性,但事实上,泄露的可能性依然存在。一些考生事先知晓考题,得到了优势,此情形对于那些严格按照规定参加考试的考生来说无疑是极为不公平的。

科举考试中存在的问题是多方面的。首先,由于进士录取人数的限制,只有少数考生能够获得文凭,这使得竞争异常激烈。同时,高门子弟由于其家庭背景和资源优势,往往能够获得更好的教育和准备,而贫寒考生则面临着各种困难和不公平的待遇。其次,科场中的行贿受贿现象

---

① [五代]王定保撰,陶绍清校证《唐摭言校证》卷一三《敏捷》,第564页。

② [晋]刘昫等《旧唐书》卷一八下《本纪第十八下·宣宗》,第633页。

相当普遍,这导致了考试结果的扭曲和公正性的丧失。一些考生通过行贿谋取不正当的利益,而考官也受到诱惑,导致取士过程的不公平。此外,高官显贵对考试结果的干预也是一个严重的问题。他们往往通过干预考试过程和评判标准,为自己或亲近的人争取有利的结果,使考试失去客观性和公正性。最后,考风考纪的松散也对科举考试造成了负面影响。考试缺乏严格的监督和制约,使得一些违规行为得以滋生,从而破坏了考试的公正性和纪律性。在这些因素的综合作用下,最终导致了敦煌歌辞中所描述的主人公"老尚逐经才。问龙门何日开"的悲凉结局。

(二)军功入仕

唐代为了鼓励军士在战场上勇猛杀敌,为国建功,设有勋官制度,用于奖励在战场上立有军功者。《旧唐书·职官志》记载:"勋官者,出于周、齐交战之际。本以酬战士,其后渐及朝流。阶爵之外,更为节级。周置上开府仪同三司、开府仪同三司、上仪同三司、仪同三司等十一号。"①勋官自北周为奖励军功建立以来,经隋代有所增损,至唐而杂用隋制,贞观年间,部分官职有所更改,永徽以后,以国初勋名与散官名混同,此后年月既久,渐相错乱。咸亨五年(674),更下诏申明,各以类相比,如以武德初光禄大夫比今日上柱国、左光禄大夫比柱国、右光禄大夫及上大将军比上护军、金紫光禄大夫及将军比护军等。自是已后,战士授勋者动盈万计。②有学者认为,勋官的授予无疑应与身份门第无直接关系,特别是在其初始阶段,更应以立有战功的普通战士为主。但建德四年(575)所建立的这个新节级,实际投子情况却不是这样。《周书》所记载武帝、宣帝、静帝三位皇帝的本纪中:从建德四年十月以后至北周灭亡的六年中,被授以上柱国的共有51人,其中10人为宇文氏的同姓王公,38人为异姓

---

① [晋]刘昫等《旧唐书》卷四二《志第二十二·职官一》,第1807页。
② [晋]刘昫等《旧唐书》卷四二《志第二十二·职官一》,第1808页。

公,还有2人则分别是周宣帝的天左皇后之父和天右皇后之父。也就是说,能得到上柱国衔的,几乎全是宇文氏的皇亲国戚或高级官员。[①]虽然勋官只是一种奖励有功军士的荣誉头衔,并无实际权力,但由于其品级最高可达到正二品,且有一定的机会充任有实际权力的职事官,因此对于很多有志于为官但又无法通过其他途径入仕的人来说,从军报国,建立军功,取得勋阶然后踏入仕途无疑是一条可行之路。

在敦煌唐代歌辞中,也有很多表现在战场上勇猛作战的篇章,这些辞中的主人公有一个典型的共同特征,那就是希望通过自己在战场上的拼杀建立军功,有朝一日能够入仕为官,踏入庙堂。如P.3821中的《生查子》(立功勋):

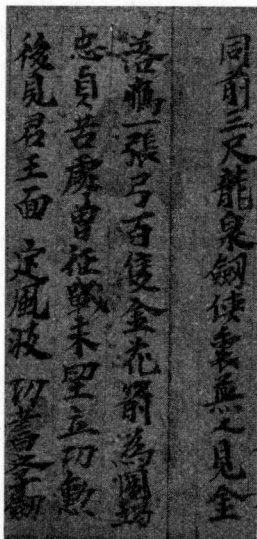

图1-4　P.3821《生查子》(立功勋)

　　三尺龙泉剑。箧里无人见。一张落雁弓。百只金花箭。
　　为国竭忠贞。苦处曾征战。先望立功勋。后见君王面。[②]

①南开大学历史系《中国史论集》编辑组编《中国史论集》,天津:天津古籍出版社,1994年,第94页。
②任中敏编著,何剑平、张长彬校理《敦煌歌辞总编》,上册,第247—248页。

　　歌辞中的主人公是一个典型的在战场上勇猛拼杀的军士形象，"苦处曾征战"是说他参加过很多艰苦卓绝的战斗。除了辞中所说的"为国竭忠贞"，也就是出于一片忠君爱国之心，那么还有什么原因促使他在战场上如此拼命呢？下片最后两句"先望立功勋。后见君王面"作了清楚的交代。原来这位军士还有两个立足于现实的远大理想，这个理想可拆分为两个步骤逐一实现，首先是"先望立功勋"，即想凭借自己过人的军功先取得勋阶，而后是"后见君王面"。那么怎样才能见到君王呢？光有勋阶恐怕是不够的，还要入仕为官，踏入庙堂，这样才能有机会经常与君王相见。因此，辞中塑造的也是一个典型的想要通过军功入仕的军士形象。

　　又如 S.1441 中的《破阵子》（军帖书名）：

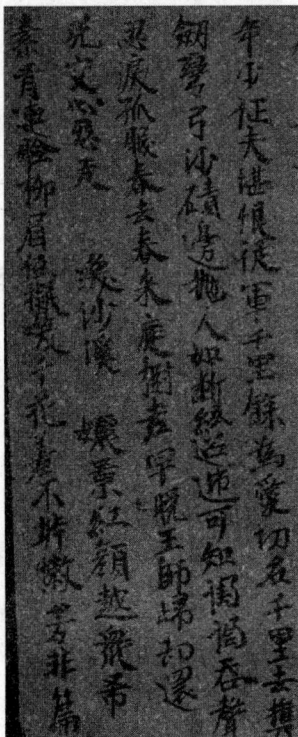

图1-5　S.1441《破阵子》（军帖书名）

年少征夫堪恨。从军千里余。为爱功名千里去。携剑弯弓沙碛边。抛人如断弦。

迢递可知闺阁。吞声忍泪孤眠。春去春来庭树老。早晚王师归却还。免交心怨天。①

本辞是以一位留守在家的思妇口吻进行创作的。这位思妇的丈夫是一位"年少征夫",想来是两人结婚不久,其丈夫就抛下她远赴千里之外从军作战去了,这怎能不使得思妇心生怨意。那么是什么原因促使这位正值青春年少的丈夫抛下家中的妻子千里从军呢?"征夫"是唐前期府兵制度下的产物,可知该辞中的"年少征夫"应生活在初唐府兵制度实行时期。如果说这位丈夫是因为府兵制度的实行而被迫远离妻子去轮番或征防,那么妻子可能还不会如此心怀怨念,毕竟府兵制度具有强制性,由不得自己也由不得丈夫。但事实却并非如此,其丈夫是"为爱功名千里去",即为了能凭借军功入仕而主动抛弃妻子远赴战场,这样自私的行为又怎能不使妻子生怨呢?

通过对以上两首歌辞内容的分析,我们发现想要凭借军功入仕是这些参军入伍的军士的普遍理想。那么,在唐代想要通过军功入仕,到底有多大的可能性,其究竟是不是一条通向官场的捷径,下面我们来作具体探讨。唐代的军功入仕,主要可分为两种,一种是通过在战场上建立军功获得勋官,然后再经过上番或者积累年限,最后通过铨选入仕;第二种是直接通过军功破格提拔入仕为官。我们先来看第一种。

首先,唐代勋官制度共分十二个等级,《旧唐书·职官志》明确记载:"武德初,杂用隋制,至七年颁令,定用上柱国、柱国、上大将军、大将军、上轻车都尉、轻车都尉、上骑都尉、骑都尉、骁骑尉、飞骑尉、云骑尉、武

_____

① 任中敏编著,何剑平、张长彬校理《敦煌歌辞总编》,上册,第112页。

骑尉,凡十二等,起正二品,至从七品。"①根据将士所立军功的大小不同,授予的勋官等级也就有很大不同。其中上柱国视正二品、柱国视从二品、上大将军视正三品、大将军视从三品、上轻车都尉视正四品、轻车都尉视从四品、上骑都尉视正五品、骑都尉视从五品、骁骑尉视正六品、飞骑尉视从六品、云骑尉视正七品、武骑尉视从七品,这也就是所谓的"勋官十二转"。同时,对于立有战功者授予勋官的具体规则也有非常明确和细致的规定,《唐六典》记载:

勋获之等级,谓军士战功之等级。若牢城苦战第一等,酬勋三转,第二、第三等差减一转。凡破城、阵,以少击多为"上阵",数略相当为"中阵",以多击少为"下阵",转倍以上为"多少"。常据贼数以十分率之,杀获四分已上为"上获",二分已上为"中获",一分已上为"下获"。凡上阵上获第一等酬勋五转,上阵中获、中阵上获第一等酬勋四转,上阵下获、中阵中获、下阵上获第一等酬勋三转;其第二、第三等各递降一转。中阵下获、下阵中获第一等酬勋两转,第二、第三等并下阵下获各酬勋一转。其虽破城、阵,杀获不成者,三等阵各酬勋一转。其跳荡、降功不在限。凡临阵对寇,矢石未交,先锋挺入,贼徒因而破者为跳荡;其次先锋受降者为降功。凡酬功者,见任、前资、常选为上资,文、武散官、卫官、勋官五品已上为次资,五品子、孙、上柱国、柱国子、勋官六品已下、诸色有番考人为下资,白丁、卫士、杂色人为无资。凡跳荡人,上资加两阶,即优与处分,应入三品、五品,不限官考;次资即优与处分;下资优与处分;无资稍优与处分。其殊功第一等,上资加一阶,优与处分,应入三品、五品,减四考;次资优与处分;下资稍优与处分;无资放选。殊功第二等,上资优与处分;次资稍优与处分;下

①[晋]刘昫等《旧唐书》卷四二《志第二十二·职官一》,第1808页。

资放选；无资常勋外加三转。殊功第三等，上资稍优与处分；次资放选；下资应简日放选；无资常勋外加两转。若破国王胜，事愈常格，或斩将搴旗，功效尤异，虽不合格，并委军将临时录奏。皆审其实而授叙焉。①

从该记载中可以看出，勋官的授予主要遵循两个大的原则，其一是凡被动防守中所立军功，授予的勋官等级要远逊于主动出击所立战功者。被动防守所获军功只有三等，最多可"酬勋三转"，也就是飞骑尉，视为从六品衔。而主动出击所获军功则大为不同，根据"若破国王胜，事愈常格，或斩将搴旗，功效尤异，虽不合格，并委军将临时录奏。皆审其实而授叙焉"的记载，主动出击所获军功最高可达到一事一议，上不封顶的程度。比如说歼灭了一个国家，又或者击杀了对方的重要将领并夺取其旗帜，这种情况下，可以不受到任何现有授勋规则的束缚，而是直接由军将临时奏报朝廷，论功行赏。其二则是授勋与立功者的身份有直接关系。不同身份的人，即使是立下了相同的战功，其所受的奖赏也大不相同。比如同样是"临阵对寇，矢石未交，先锋挺入，贼徒因而破"的"跳荡人"，第一等身份的人可以"加两阶，即优与处分、应入三品、五品，不限官考"，即在其原有的官品上再加上两级，而且即使加两阶之后应当达到三品或五品这种程度的高阶，也可以不通过考核直接晋升，在唐代复杂的官员晋升程序下，这种奖赏的含金量可谓是巨大的；而另一方面，如果"跳荡人"是"无资"，也就是所谓的白丁、卫士、杂色人，那么同样的军功，他们所能获得的奖赏就只能是"稍优与处分"，待遇可谓是天差地别。在这种论资授勋的情况下，军功入仕的途径对于原本身份地位较高的高门大族子弟等是极为有利的，他们一旦

---

① [唐]李林甫等撰，陈仲夫点校《唐六典》卷五《尚书兵部》，第160—161页。

取得军功,就可以获得很优厚的奖赏,取得做官的资格。而对于没有身份背景的平民来说,想要获得较高的勋阶和奖赏是极为困难的,获得一些品级较低的勋官对于他们来说是最为普遍和符合实际的。

但是即使获得了勋阶,也只是取得了做官的资格,一般情况下还不能直接入仕为官。按照流程,勋官要通过继续上番来获取散官头衔,得散官之后,还要通过上番才有资格进入铨选,铨选合格方可授予职事官,也就是有实际权力的官职。按《新唐书》记载:"上柱国以下番上四年,骁骑尉以下番上五年,简于兵部,授散官;不第者,五品以上复番上四年,六品以下五年,简如初;再不中者,十二年则番上六年,八年则番上四年。"①换言之,自上柱国以下的勋官,想要得散官,最少也要继续番上四年,而如果番上时间达标,但没有通过兵部的考核,还要继续上番以待重考,如此周而复始,无法确定需要多少年才能得散官,勋官终身不得授散官的可能性也是有的。因军功得散官的一般为武散官,按照唐制,武散官"自四品以下,皆番上于兵部,以远近为八番,二月一上;三千里外者免番,输资如文散官,唯追集乃上"②,而后才能进入铨选,铨选合格后才能授职事官。这种军功入仕的程序相当复杂,而且每一个环节都要经过筛选,任何一个环节未能通过选拔都将失去入仕做官的机会。即便如此,这种由军功得勋官继而得散官然后通过铨选得职事官正式入仕的机会,也仅止于唐前期。

高宗以后,随着勋官的滥授,这种由军功入仕的机会变得更加渺茫。由于战士以军功授勋者动辄以万计,在这种庞大的授勋规模下,按照法令应当给予勋官的各种优待自然难以保证。比如按照法令勋官虽无实权,但社会地位很高,具有官品,人数多了之后其社会地位陡然下

①[宋]欧阳修、宋祁《新唐书》卷四六《志第三十六·百官一》,第1190页。
②[宋]欧阳修、宋祁《新唐书》卷四六《志第三十六·百官一》,第1197页。

降,甚至不如衙门里的胥吏,只能像僮仆一样做一些差役应该干的事。又比如朝廷在承担赋役、课税等方面给予勋官的优待减免也形同空文,他们仍然要像普通人一样承担赋役等。第二,勋官滥授后,对白丁等普通民众得勋者的利益损害要远高于那些有身份的得勋者。因为对那些本身就有身份的得勋者,如上文所述的"见任、前资、常选"等上资,"文、武散官、卫官、勋官五品已上"等次资来说,由于他们本身或出于豪门大族,或本来就有官员身份,通过军功所获得的勋阶对他们来讲只不过是一种锦上添花的荣誉。即使是勋官过多导致待遇不能兑现,对他们来说无非就是得到的奖赏少一些,提拔得慢一些,并不能从根本上阻挡他们的晋升之路,更何况在凡事讲究出身的唐代,他们这些人获得勋阶后所应有的优待肯定会被优先予以保障。但对于"无资"的普通人来说,情况则大不相同。他们中绝大多数人是想要通过建立军功获得勋阶来改变自己命运的,勋阶及所应享受的待遇比如提升政治地位、获得勋田、减免赋役等对他们来说有很强的现实意义,一旦这些东西变得难以保障,就将很多下层民众想通过军功实现社会阶层向上流动的路堵死了,他们仍然要在社会底层挣扎,因此勋官的滥授对他们来说伤害极大。

综上所述,我们可以发现,想要通过获得勋官然后入仕,在唐前期有一定可能性,但也要经过勋官、上番、散官、再上番,然后铨选等一系列复杂的流程才能够实现,而且每一个环节都历时长久且有很大的可能性不能通过考核。高宗以后,由于得勋者实在过多,待遇很难保证,而且由于其中很多人都是"无资"的底层民众出身,朝廷也不愿意给予他们相应的待遇,因此尤其是底层民众想要通过勋官逐步走入仕途的可能性大大降低了。

第二种军功入仕的途径,即通过建立殊功直接破格提拔入仕为官,这在选官流程繁复的唐代,毫无疑问是一条捷径。在唐代,军功特别出众或者武艺超群者,确实可以不问出身、不经过官员选拔考核流程就直接入仕,而且一般这种人入仕之后,提拔的速度非常快,很有可能过不了几年就能达到很高的官位。但是,想要通过军功直接入仕,有两个最重要的因素需要考虑。

其一,想要凭借军功直接入仕,一定是建立了一般人所难以达到的特殊功勋,而且常常要冒很大风险,能做到的人毕竟是极少数。如唐玄宗时的将领刘客奴"少有武艺,从平卢军。开元中,有室韦首领段普恪,恃骁勇,数苦边;节度使薛楚玉以客奴有胆气,令抗普恪。客奴单骑袭之,斩首以献,自白身授左骁卫将军,充游奕使,自是数有战功"①。从"白身"二字可以看出刘客奴的出身属于"无资"之类,但因为其斩首了室韦的首领段普恪,建立了卓越的军功而被直接提拔为左骁卫将军,充游奕使,这说明通过建立军功直接入仕给予高位,而且不受立功者身份的限制是确实存在的。又如《旧唐书》载李嗣业在平定安史之乱期间"乃脱衣徒搏,执长刀立于阵前大呼,当嗣业刀者,人马俱碎,杀十数人,阵容方驻。前军之士尽执长刀而出,如墙而进。嗣业先登奋命,所向摧靡。是时,贼先伏兵于营东,侦者知之,元帅广平王分回纥锐卒,令击其伏兵,贼将大败。嗣业出贼营之背,与回纥合势,表里夹攻,自午及酉,斩首六万级,填沟壑而死者十二三"②。从该记载可以看出,李嗣业的勇猛非常人所能及,他能够以一人之力击杀数十敌军,并且能够重整唐军的士气,后又能与郭子仪前后夹击斩首敌军六万。正是凭借着这种常人难以企及的殊功,李嗣业后被加封为"开府仪同三司、卫尉卿,封虢国公,食实封两百户",一跃成为从一品的大员。但也正是因为在战场上拼杀常常不顾

①[晋]刘昫等《旧唐书》卷一四五《列传第九十五·刘全谅》,第3938页。

②[晋]刘昫等《旧唐书》卷一〇九《列传第五十九·李嗣业》,第3299页。

性命,李嗣业在随后的相州大战中"贼每出战,嗣业被坚冲突,履锋冒刃,为流矢所中。数日,疮欲愈,卧于帐中,忽闻金鼓之声,因而大叫,疮中血出数升注地而卒"①,可见这种由军功直接入仕的途径风险极大。

其二,想要凭借军功直接入仕,除了自身出众的能力之外,有时还需要机遇和贵人的赏识。如太宗征辽东时,薛仁贵"谒将军张士贵应募,请从行。至安地,有郎将刘君昂为贼所围甚急,仁贵往救之,跃马径前,手斩贼将,悬其头于马鞍,贼皆慑伏,仁贵遂知名。及大军攻安地城……仁贵自恃骁勇,欲立奇功,乃异其服色,著白衣,握戟,腰鞬张弓,大呼先入,所向无前,贼尽披靡却走。大军乘之,贼乃大溃。太宗遥望见之,遣驰问先锋白衣者为谁,特引见,赐马两匹、绢四十四,擢授游击将军、云泉府果毅,仍令北门长上,并赐生口十人"②。薛仁贵"自恃骁勇,欲立奇功,乃异其服色,著白衣,握戟,腰鞬张弓,大呼先入,所向无前,贼尽披靡却走",所立的是军功中的"跳荡功"(凡临阵对寇,矢石未交,先锋挺入,贼徒因而破者为跳荡),但因为其身份是"无资",也就是白身,按照规定应当是"无资稍优与处分",但巧的是他立功之时正好被唐太宗亲眼看到,唐太宗特意询问他的名字,并且还召见了他。正因为受到唐太宗的赏识和直接拔擢,薛仁贵从白身一跃成为游击将军、云泉府果毅,成为了从五品下的官员。可见薛仁贵的成功除了自身的能力之外,得到唐太宗的赏识是关键因素。试想一下,如果不是被唐太宗亲眼看见,即使是他立下了"跳荡功",受到其出身的限制,也绝无可能直接入仕,很大概率是给予一个下等的勋阶。

从唐代军功入仕的两条主要途径来看,两者都有可能实现入仕的理想,但两条路又同样都不好走。第一条路由勋官逐渐入仕需要漫长

①[晋]刘昫等《旧唐书》卷一〇九《列传第五十九·李嗣业》,第3300页。
②[晋]刘昫等《旧唐书》卷八三《列传第三十三·薛仁贵》,第2780页。

的过程和严格的考核,而且随着勋官的滥授,入仕的可能性变得更低;第二条路由特殊军功直接入仕对将士的个人素质和所建立的军功要求极高,而且充满了危险,很多时候还需要得到贵人的赏识和破格拔擢。这样看来,上文敦煌歌辞中的主人公想要凭借军功实现其"先望立功勋。后见君王面"以及"为爱功名千里去"的人生理想,或许不像其想象的那样简单,而是要付出艰辛的努力才有可能实现。

(三)征辟入仕

征辟,是我国古代官吏选拔的制度之一,又称"辟署"。征辟制度的设立始于汉代,《后汉书·蔡玄》卷七九:"学通五经,门徒常千人,其著录者万六千人。征辟并不就。"①魏晋南北朝至隋唐仍沿袭采用此制度,《晋书·王裒传》中有"于是隐居教授,三征七辟皆不就"②,王若虚《滹南遗老集》中载"谢安初不就征辟,夫人刘氏见家门富贵而安独静退,谓曰:'丈夫不如此也?'"③,陆贽《请许台省长官举荐属吏状》中有"前代有乡里举选之法,长吏辟署之制,所以明历试,广旁求,敦行能,息驰骛也"④。根据《辞源》的解释,"征召未仕的士人为官。或称朝廷诏聘为征,三公以下请召为辟"⑤。因此,所谓"征",即皇帝直接征聘社会知名人士等到朝廷任职;"辟",则是地方政府辟除社会上的贤良人等充任属官。皇帝通过征辟来选拔官员的方式在唐五代时期依然存在。在敦煌唐代歌辞中,也有涉及这一选官方式的

---

①[南朝宋]范晔撰,[唐]李贤等注《后汉书》卷七九《儒林传下·蔡玄》,北京:中华书局,1965年,第2588页。

②[唐]房玄龄等《晋书》卷八八《列传第五十八·孝友》,北京:中华书局,1974年,第2278页。

③[金]王若虚《滹南遗老集》卷三三《谬误杂辨》,《四部丛刊》景印上海涵芬楼藏旧钞本,第二十四叶左。

④[唐]陆贽《陆宣公翰苑集》,《四部丛刊》景印明不负堂本,第三册,第五十二叶左。

⑤广东、广西、湖南、河南辞源修订组,商务印书馆编辑部编《辞源(修订本)》,北京:商务印书馆,1988年,第1091页。

内容，如 P.3333 中的《谒金门》(朝帝美)：

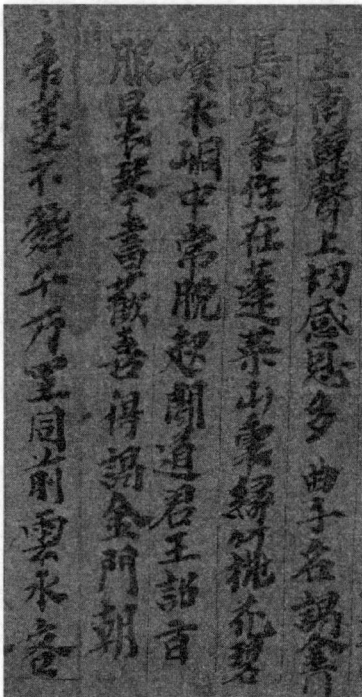

图1-6 P.3333《谒金门》(朝帝美)

> 长伏气。住在蓬莱山里。绿竹桃花碧溪水。洞中常晚起。
>
> 闻道君王诏旨。服裹琴书欢喜。得谒金门朝帝美。不辞千万里。[1]

辞中上片主要点明了主人公的身份，是一位隐居山林的道家隐士。上片首句中的"伏气"，高国藩在《敦煌曲子词欣赏》中解为"屏气，即抑制呼吸之意……其人伏气而居，说明他是在外界压力之下，莫奈何居住在这与世隔绝的地方"[2]。依笔者浅见，高氏说法似有不妥。首先，

---

①任中敏编著，何剑平、张长彬校理《敦煌歌辞总编》，上册，第327页。

②高国藩《敦煌曲子词欣赏》，南京：南京大学出版社，2001年，第187页。

整首辞氛围欢快,并无半点对于外界压力下无奈避世的情感流露;其次,与整首辞所描绘的神仙世界场景格格不入。因此,这里的"伏气"应指的是道家一种吐纳修炼方法。而第二句中的"蓬莱山"正好是指道家体系中的神仙居所,在道家神仙居所中修炼道家神仙之法,顺理成章。这位道家隐士隐居在深山洞谷之中,常常晚起,居所边有绿竹、桃花、溪水,这也符合道家道法自然的修行方式。下片则写这位隐士不辞千里出仕为官的情景。首句"闻道君王诏旨"点出了这位隐士的入仕方式,他并不是通过科举、军功等常规方式入仕,而是由皇帝直接下旨令其前往朝廷做官。这种入仕的方式就是典型的征辟,且不是地方政府的"辟除",而是最高规格的直接由皇帝下令的"征聘"。

又如 P.3821 中的《生查子》(金殿选):

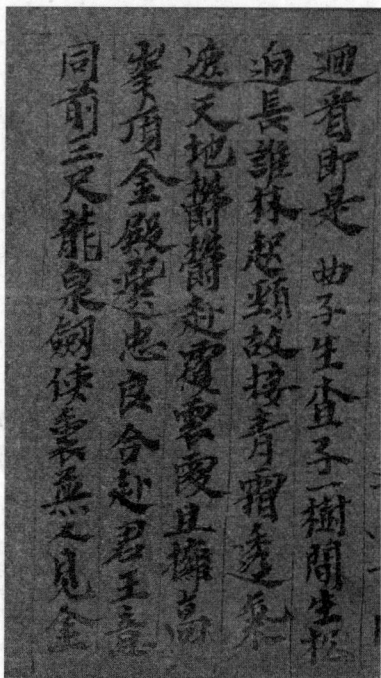

图1-7 P.3821《生查子》(金殿选)

> 一树涧生松。迥向长林起。劲枝接青霄。秀气遮天地。
>
> 郁郁覆云霞。直拥高峰顶。金殿选忠良。合赴君王意。①

这首辞表面描写的是松树忠贞和高洁的品格,实则是以松树来喻主人公自己,表达自己也有着像松树一样高洁坚贞的人格。这其实是主人公一种毛遂自荐的委婉表达,古时文人在赞美自己的优点时碍于有自我夸耀之嫌,因此常常以物喻己,用事物美好的一面来暗指自己在德行、才华等方面的过人之处。下片最后两句"金殿选忠良。合赴君王意"更将主人公这种毛遂自荐的心理展露无遗。表面上看,这两句是在说宫殿的建造用这种坚韧挺拔的松树,一定能够使君王满意,其实有一层更重要的内涵,那就是暗指像自己这样品行高洁的人才,如果能够在任人选官的时候选择自己,那么一定能够达到君王对官员的期望。辞中主人公这种主动宣扬自己高洁品行的行为是征辟制中希望得官的常用手段,因为无论是朝廷征聘还是地方政府辟除,都要建立在认识了解一个人的基础上,如果都没听过这个人的名字和德行,则无从征辟。因此主人公的自我表扬无非是希望朝廷或地方政府认识了解自己,以便在征辟人才的时候能够考虑到自己。

那么,以上两首辞中所表现的征辟入仕的方式在唐代究竟流行如何? 具有多大的可行性和借鉴意义呢? 据《文献通考》载:

> 至唐,则仕者多由科目矣,然辟署亦时有之,而其法亦不一。
> 有既为王官而被辟者,若张建封之辟许孟容,李德裕之辟郑畋,白
> 敏中之辟王铎是也;有登第未释褐入仕而被辟者,若董晋之于韩

---

① 任中敏编著,何剑平、张长彬校理《敦煌歌辞总编》,上册,第249页。

退之是也；有强起隐逸之士者，若乌重允之于石洪、温造，张博之于陆龟蒙是也；有特招智略之士者，若裴度之于柏耆，杜慆之于辛谠是也。而所谓隐逸智略之士，多起自白衣。刘贡甫言："唐有天下，诸侯自辟幕府之士，唯其才能，不问所从来，而朝廷常收其俊伟，以补王官之缺，是以号称得人。"盖必许其辟置，则可破拘挛，以得度外之士，而士之偶见遗于科目者，亦未尝不可自效于幕府，取人之道，所以广也。①

　　从这段关于唐代征辟的记载中可以看出三个关键问题。其一，征辟的取仕手段应用非常广泛，而且不问出身，既可以是现任官，也可以是登第而未授官者、隐士、智士等。其二，征辟的选官手段是作为科举等常规的选官手段的重要补充，目的是要更加全面地网罗天下人才为政权所用。其三，从有志于为官从政的士子自身来说，如果其暂时不能通过其他途径入仕，那么征辟对他们来说也是非常值得考虑的选择之一，他们可以通过征辟直接进入朝廷为官，或者先进入幕府担任属官，进而由地方政府再向朝廷举荐担任更加重要的官职。由此看来，征辟在唐代确实不失为入仕为官的一个有效方式。

　　同时也应当知晓，正因为征辟制能够绕过科考、军功等较为困难的手段实现入仕为官，因此常常被高门大族作为网罗、发展自身势力，安置亲族子弟的有效手段，以至于真正有才华、符合征辟条件的优秀人才被挡在门外，而缺乏真才实学的高门子弟却成了征辟制下的常客。尤其是到了晚唐时期，由于节度使势力极度膨胀，各个使府的辟除在一定程度上成了他们编织关系网的工具，人际关系成了影响辟除的关键因素，而德才则是次要的。事实上，在唐代通过征辟手段进入幕府者，有

---

①［宋］马端临《文献通考》卷三九《选举考十二·辟举》，第1134页。

家族势力和政治背景的高门子弟占到绝大多数。如"李进贤者,善畜牧,家高资,得幸于绥,署牙门将。元和中,进贤累为振武节度使,辟绥子澈为判官。澈年少,治苛刻,军中苦之"①,又如李藩的祖父为玄宗开元时考功郎中,其父李承为湖南观察使,"藩少恬淡修检,雅容仪,好学。父卒,家富于财,亲族吊者,有挈去不禁,愈务散施,不数年而贫。年四十余未仕,读书扬州,困于自给,妻子怨尤之,晏如也。杜亚居守东都,以故人子署为从事"②等。正因为这些人际关系,亲朋故旧在征辟过程中被优先考虑,因此时人有言:"外州辟召,必是牧守亲故,或权势嘱托,或旁邻交质,多非实才。"③

由此看来,征辟在唐代虽然不失为入仕的一种重要方式,但由于太过看重人际关系而非所征辟之人的才能,因此总体来说还是对高门大族有利,普通人想要通过这一途径进入仕途则要困难很多。

(四)门荫入仕

门荫,是中国古代世袭制的一种变相,是因上辈有功而给予下辈在入学为官等方面特殊优待的制度,又称任子、荫补、世赏等。门荫制度从本质上来说是封建时期保障高门大族及士大夫等统治阶层的统治地位和社会影响实现代际交接的一种手段。门荫现象在唐代依然兴盛,且有完善的律法支持。在敦煌歌辞中,也有表现唐代门荫现象的内容,如S.1441中的《凤归云》(鲁女坚贞)二首其二:

---

① [宋]欧阳修、宋祁《新唐书》卷一二九《列传第五十四·严挺之》,第4486页。
② [晋]刘昫等《旧唐书》卷一四八《列传第九十八·李藩》,第3997页。
③ [唐]杜佑撰,王文锦等点校《通典》卷一八《选举六》,第447页。

　　儿家本是。累代簪缨。父兄皆是。佐国良臣。幼年生于闺
阁。洞房深。训习礼仪足。三从四德。针箦分明。

　　娉得良人。为国愿长征。争名定难。未有归程。徒劳公子肝
肠断。谩生心。妾身如松柏。守志强过。鲁女坚贞。①

上片主要描写这位少妇的家世,其中"儿家本是。累代簪缨。父兄皆
是。佐国良臣"四句,充分说明了其并非一般的官宦之家。"簪缨"为古
代官吏的冠饰,在唐代之前已较多运用于诗文。如萧统《锦带书十二月
启·姑洗三月》:"龙门退水,望冠冕以何年? 鹓路颓风,想簪缨于几
载?"②李白《少年行三首》(其三):"遮莫姻亲连帝城,不如当身自簪
缨。"③武元衡《台中题壁》:"会脱簪缨去,故山瑶草芳。"④杜甫《赠左仆射
郑国公严公武》:"空余老宾客,身上愧簪缨。"⑤诗中"簪缨"多有比喻显
贵之意。因此,歌辞中所言"累代簪缨",则说明所述主人公大概为官宦
世家,而且是国家重臣、累世为官的世家大族。不仅如此,即使到了她
这一代,其父兄仍然是"佐国良臣",足以见得其家世背景之深厚。那
么,像辞中女主人公这样家族世代为官,即使到了父兄这一代,仍然是
朝廷的栋梁之臣,是怎么做到的呢? 大概只有一种可能,那就是通过门
荫制度。门荫制度实际上与其他的入仕方式有重叠之处,即无论是通
过科举、军功还是辟署等方式入仕,只要在入仕之后达到一定的品级,
即有资格享受门荫的特殊待遇。唐代对门荫制度的有序施行有着详细

①任中敏编著,何剑平、张长彬校理《敦煌歌辞总编》,上册,第64—65页。
②[梁]萧统《昭明太子集》,《四部丛刊》景印乌程许氏藏明辽府刊本,第三十九叶左。
③[唐]李白著,瞿蜕园、朱金城校注《李白集校注》,上海:上海古籍出版社,1980
年,第458页。
④[唐]武元衡《武元衡集》卷上,明铜活字本,第十八叶右。
⑤[唐]杜甫著,[清]仇兆鳌注《杜诗详注》,第1389页。

的规定,据《新唐书》载:

> 凡用荫,一品子,正七品上;二品子,正七品下;三品子,从七品
> 上;从三品子,从七品下;正四品子,正八品上;从四品子,正八品
> 下;正五品子,从八品上;从五品及国公子,从八品下。凡品子任杂
> 掌及王公以下亲事、帐内劳满而选者,七品以上子,从九品上叙。
> 其任流外而应入流内,叙品卑者,亦如之。九品以上及勋官五品以
> 上子,从九品下叙。三品以上荫曾孙,五品以上荫孙。孙降子一
> 等,曾孙降孙一等。赠官降正官一等,死事者与正官同。郡、县公
> 子,视从五品孙。县男以上子,降一等。勋官二品子,又降一等。
> 二王后孙,视正三品。①

这种对于门荫制度的具体规定虽然在用荫的过程中将子孙所享受的特
权进行了降阶处理,而并非完全继承前辈的特权,但其最大的优势就在
于子孙后代可以不用通过科考、军功等途径而直接可以获得做官的资
格。这样一来,只要后世之人加以努力,就很有可能在前辈的基础上重
新达到高位,从而实现政治特权和身份的代际延续,出现像辞中所描述
的"累代簪缨"现象。

那么,门荫制度在唐代究竟有多大的影响力呢? 杨西云对《两唐书》
中列传所举人物做过大概统计,指出"门荫出身共177人以上(有隋代受
荫承袭至唐的),其中位至宰辅的48人,占唐宰相总数369人的13%。如
果以宪宗朝为界把唐分为前后两期,前期门荫出身的宰相45人,占唐朝
门荫出身宰相的90%以上"②,门荫制度在唐代的影响力可见一斑。之所

---

① [宋]欧阳修、宋祁《新唐书》卷四五《志第三十五·选举志下》,第1172—1173页。
② 杨西云《唐代门荫制与科举制的消长关系》,《南开学报》1997年第1期,第61页。

以宪宗之前的宰相,出身于门荫者高达45人,占门荫出身宰相的90%以上,宪宗后期则逐渐减少,这与唐代门阀士族势力的衰落是成正比的。但总体来说,门荫出身的高级官员在唐代仍占有很大的比重。

虽然门荫制度在唐代仍有很大的影响力,但是辞中的"儿家本是。累代簪缨。父兄皆是。佐国良臣"毕竟是一种文学创作,这种累世高官的情况在唐代真的出现过吗? 答案是肯定的,而且相比敦煌歌辞中的描述有过之而无不及。比如唐武宗时期的宰相李德裕,其出身于赵郡李氏西祖。赵郡李氏西祖为唐代赵郡李氏定著六房之一,作为中原门阀士族"五姓七族"之一,西晋以来家世非常显赫,世代冠冕,人物辈出。在唐代,赵郡李氏共出宰相十七位。由于其家族势力过于强大,唐显庆四年(659),唐高宗李治不得不下禁婚诏,禁止"七姓十家"之间互相通婚,以限制他们在社会上的影响力。类似这样真正实现了"累代簪缨"的家族不止李德裕一家,他们的存在应当就是敦煌歌辞中女主人公家族的创作背景。

由此可以看出,门荫制度虽然是唐代入仕的一大捷径,但却不是所有人都有权享受,实际上一般只能够保障社会上层之间的代际流动,而基本与社会下层人士绝缘。普通人要想享受这一特权,须得先通过科考、军功等方式入仕,达到一定的品级之后才有资格参与其中,因此也并非易事。

第二章　敦煌歌辞中的唐代民族关系

一、唐与吐蕃之关系

吐蕃,是由古代藏族在青藏高原建立的政权,自松赞干布至郎达玛,共经历了九代君主,延续了两百余年。唐代是我国封建社会发展的一大高峰,特别是唐朝前期,国力鼎盛,经济、政治、文化都达到了一个前所未有的新高度,而这一时期也恰是吐蕃王朝的快速发展和武力扩张时期,因此双方之间战和不断。敦煌歌辞中,有很多表现唐王朝和吐蕃之间关系的内容,其中既有武力冲突,也有和平交往,充分展现了当时时代背景下双方之间的交流与互动。

(一)吐蕃与唐中央政府的战和

唐王朝和吐蕃之间的战争,在敦煌歌辞中有很多体现,如P.3619中的《破阵乐》(破西戎):

> 西戎最沐恩深。犬羊违背生心。神将驱兵出塞。横行海畔生擒。
> 石堡岩高万丈。雕窠霞外千寻。一唱尽属唐国。将知应合天心。①

---

①任中敏编著,何剑平、张长彬校理《敦煌歌辞总编》,上册,第272页。

本辞表现的是唐王朝和吐蕃之间的重要战役石堡城之战,其作者正是这场战役的指挥者,唐玄宗时的名将哥舒翰。从辞中"横行海畔生擒""一唱尽属唐国"等内容可知,哥舒翰将此次战役描绘得十分轻松,似乎胜利获取得很容易。但是史书记载却是另外一番景象。据《资治通鉴》记载:"上命陇右节度使哥舒翰帅陇右、河西及突厥阿布思兵,益以朔方、河东兵,凡六万三千,攻吐蕃石堡城。其城三面险绝,惟一径可上,吐蕃但以数百人守之,多贮粮食,积檑木及石,唐兵前后屡攻之,不能克。翰进攻数日不拔,召裨将高秀岩、张守瑜,欲斩之,二人请三日期可克;如期拔之,获吐蕃铁刃悉诺罗等四百人,唐士卒死者数万。"①从该记载可知,石堡城之战远不是哥舒翰辞中所写的那样风轻云淡,唐军并非"神将",吐蕃也不尽是"犬羊",这是一场惨烈的胜利,唐军以伤亡数万人的代价,才最终攻下了石堡城。虽然关于石堡城之战中吐蕃和唐军的伤亡情况学界历来有争议,史书中也仅交代了唐军俘获"吐蕃铁刃悉诺罗等四百人",并未记载吐蕃的伤亡情况,但此战唐军打得极为艰难,损失也很惨重应当是不争的事实。

那么为何哥舒翰要在辞中对这场战役的胜利进行美化呢? 一是此战的最终结果是胜利的。《旧唐书》言:"吐蕃保石堡城,路远而险,久不拔。八载,以朔方、河东群牧十万众委翰总统攻石堡城。翰使麾下将高秀岩、张守瑜进攻,不旬日而拔之,上录其功,拜特进、鸿胪员外卿。"②前期因石堡城路远而险,王忠嗣久久不能攻占,而天宝八载,哥舒翰军不到十日便攻占石堡城,因其迅速的胜利成果而受到褒扬。二是较大可能为顾及唐玄宗的感受。在哥舒翰之前,唐玄宗曾有意让当时的河西、

---

①[宋]司马光编著,[元]胡三省音注《资治通鉴》卷二一六《唐纪三十二·玄宗天宝八载》,第6896页。

②[晋]刘昫等《旧唐书》卷一〇四《列传第五十四·哥舒翰》,第3213页。

陇右、朔方、河东四镇节度使王忠嗣攻石堡城,但王忠嗣凭借着和吐蕃多年的作战经验,认为石堡城易守难攻,不能轻易出兵。据《新唐书》记载:"帝方事石堡城,诏问攻取计,忠嗣奏言:'吐蕃举国守之,若顿兵坚城下,费士数万,然后可图,恐所得不仇所失,请厉兵马,待衅取之。'"①可是唐玄宗不仅没有听从王忠嗣的劝告,最后还把他贬为汉阳太守,又令哥舒翰率领四镇兵马强攻石堡城,战争的最终结果正如王忠嗣所言,唐军损失数万人马,失远大于得。大概是为了顾全唐玄宗的脸面,且哥舒翰作为功臣,自然在辞中会将唐军的胜利描绘得正义而又轻松。

有武力冲突就有和平交往,敦煌歌辞中,对向往和归顺大唐的吐蕃将领也有描绘,如S.2607中的《赞普子》(蕃家将):

> 本是蕃家将。年年在□头。夏日披毡帐。冬天挂皮裘。
> 语即令人难会。朝朝牧马在荒丘。若不为抛沙塞。无因拜玉楼。②

本辞所描写的即是一位想要归顺大唐的吐蕃将领形象。上片首句"本是蕃家将"点出了主人公的身份,"蕃"即吐蕃,说明主人公是一位吐蕃将领。辞中描写的这种游牧民族"夏日披毡帐。冬天挂皮裘"的特有生活方式和史书所记载的基本一致。如《新唐书》记载唐高宗咸亨三年(672),吐蕃使者仲琮来朝时曾说"吐蕃居寒露之野,物产寡薄,乌海之阴,盛夏积雪,暑骺冬裘。随水草以牧,寒则城处,施庐帐。器用不当中国万分一"③。自然,相较于定居的唐人,这种生活方式无疑是艰苦的,它远离繁华的城市和人群,基本上处于半封闭的生活状态。辞中对于

---

① [宋]欧阳修、宋祁《新唐书》卷一三三《列传第五十八·王忠嗣》,第4553页。
② 任中敏编著,何剑平、张长彬校理《敦煌歌辞总编》,上册,第278页。
③ [宋]欧阳修、宋祁《新唐书》卷二一六《列传第一百四十一上·吐蕃上》,第6076页。

吐蕃生活方式的描述,其实也是在侧面表现当时吐蕃和大唐之间在经济、文化、生活条件等领域的差距,为后文主人公想要归顺大唐做了铺垫。

下片"朝朝牧马在荒丘"表达的是主人公对现有处境的不满。主人公本是一位将军,按理说应当受到重用,在军前效力才对,可现在却被放逐到荒丘之上,年年都干着不属于自己职责范围内的牧马工作,这让他感到不公。尾句"若不为抛沙塞。无因拜玉楼"则展现了主人公立志归唐的坚定决心。"抛沙塞"指的是抛弃原本的边塞游牧生活;"玉楼"本指唐朝皇宫,如白居易《长恨歌》中就有"金屋妆成娇侍夜,玉楼宴罢醉和春"①之句,这里用来代指唐王朝。这两句话是说主人公想要归顺唐王朝的主要原因,就是厌倦了自己原有的在边塞沙漠地区的游牧生活。但笔者认为这并不是主人公内心真实的想法。吐蕃人以游牧为生,唐人以种田为业,这都是各自原有的生活方式,也是最适合本政权民众的生活方式。作为一位吐蕃的将军,其可能世世代代都是以游牧为生,这种生活方式早已深入骨髓,而主人公如果因为对游牧生活产生了厌倦和不满,对唐朝丰富的物质生活感到向往而决心归顺唐朝,既不符合主人公身份,也不符合常理。因此,主人公归唐的原因除了"为抛沙塞"之外,主要应当还是"朝朝牧马在荒丘",即在吐蕃受到了不公正的待遇,无法实现自己的理想,心中郁结。

(二)吐蕃对敦煌的攻占

在敦煌歌辞中,有一些反映吐蕃攻占敦煌时期的作品,这些作品的内容贯穿吐蕃占领敦煌前夕、吐蕃统治敦煌时期以及敦煌人民推翻吐蕃统治时期三个时间段,生动地再现了当时敦煌民众在不同时间段的心理活动和思想情感。如P.3128中的《望江南》(敦煌郡):

---

① [唐]白居易著,朱金城笺校《白居易集笺校》,第659页。

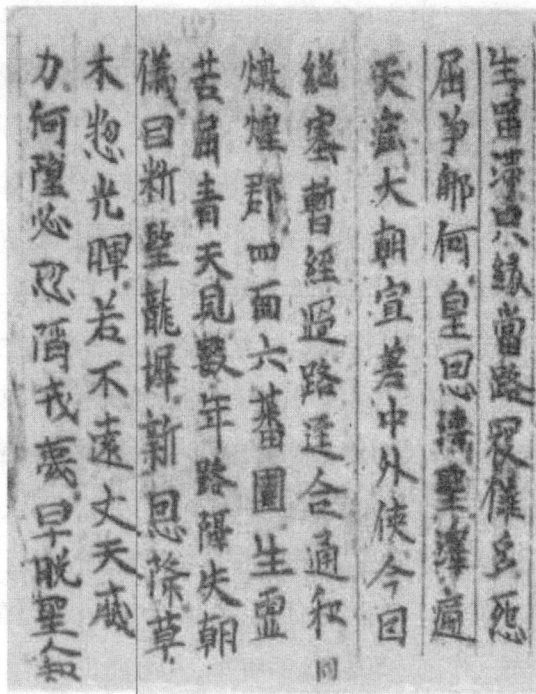

图2-1　P.3128《望江南》（敦煌郡）

　　敦煌郡。四面六蕃围。生灵苦屈青天见。数年路隔失朝仪。
目断望龙墀。

　　新恩降。草木总光辉。若不远伏天威力。河湟必恐陷戎夷。
早晚圣人知。①

　　关于这首辞的创作背景和时间，学界有不同看法。高国藩在《敦煌
曲子词欣赏》中认为此辞"显而易见表现了光复后，挣脱奴隶制枷锁的
敦煌人民的欢快心情，他们歌颂皇上，歌颂朝廷的恩惠"②，而任中敏在

————————

①任中敏编著，何剑平、张长彬校理《敦煌歌辞总编》，上册，第280页。
②高国藩《敦煌曲子词欣赏》，第175页。

《敦煌歌辞总编》中则提出"其作辞时代必在甘、凉、肃诸州陷蕃(766)以后数年,至迟不到德宗建中二年(781)沙州最后陷蕃之前"[①]。应该说,任中敏之说似更为可靠,该辞极有可能创作于敦煌沦陷前夕。

首先,上片"敦煌郡。四面六蕃围。生灵苦屈青天见。数年路隔失朝仪"指的是当时敦煌被吐蕃围困,数年没有和唐中央政府取得联系的场景,这符合吐蕃攻占敦煌前的历史记载。据《新唐书》所述:"又二岁,粮械皆竭,登城而呼曰:'苟毋徙他境,请以城降。'绮心儿许诺,于是出降。自攻城至是凡十一年。"[②]可以看出,当时敦煌军民在阎朝的带领下死守敦煌十一年,也就是说当时吐蕃围困了敦煌十一年。从阎朝可以"登城而呼曰:'苟毋徙他境,请以城降。'"可以看出,阎朝的无奈投降不是通过使者向吐蕃传达,而是登上城楼直接向吐蕃军喊话。这说明当时吐蕃对敦煌的围困是很严重的,其部队就驻扎在敦煌四周,因此阎朝的喊话才能被听到,这也印证了辞中所言"敦煌郡。四面六蕃围"的危急情况。

而"生灵苦屈青天见。数年路隔失朝仪"则更是符合敦煌陷落前的情况。天宝十四载(755),安史之乱爆发后,"唐廷将河陇地区的军队悉数东调平叛,吐蕃乘虚而入,在占领了陇右地区以后,又先后攻占了与内地隔绝的凉、甘、肃、瓜等州"[③]。可见,在敦煌被围之前,河西其他地区已经尽为吐蕃所占,敦煌与唐王朝联系的通道被切断了。而且吐蕃围困敦煌十一年,敦煌周围已经"四面六蕃围",想与外界取得联系都难,更遑论朝见唐中央政府,因此必然会造成辞中所说"数年路隔失朝仪"的结果。"生灵苦屈青天见"描绘的是敦煌被围时期民众生活的艰

---

①任中敏编著,何剑平、张长彬校理《敦煌歌辞总编》,上册,第282页。

②[宋]欧阳修、宋祁《新唐书》卷二一六《列传第一百四十一下·吐蕃下》,第6101页。

③郝二旭《敦煌陷蕃前夕人口变化浅析》,《敦煌学辑刊》2012年第4期,第16页。

苦。据《新唐书》"城守者八年，出绫一端募麦一斗，应者甚众"①，可大致看出敦煌城内民生之艰苦。因为粮食紧缺，麦一斗已经可以换绫一端，这在平时是不可想象的。其中"应者甚众"并不是说敦煌民众当时真的不缺粮，而是表达了他们众志成城抗击吐蕃的决心和精神，宁愿献出口粮支持抗蕃也不愿意投降。

"目断望龙墀"是上句"数年路隔失朝仪"的同义反复。"墀"为宫殿的台阶，"龙墀"则可引申为皇宫，这里用来指代唐朝京城长安。身处吐蕃包围之中的敦煌民众远远望着长安城的方向，可是到处都是吐蕃的占领区，就连望向长安的视线都被阻断了。这也再次呼应了上句，敦煌在吐蕃的包围下已经是"数年路隔失朝仪"。

其次，下片主要表现的是当时处于重重围困之中的敦煌民众从寄希望于唐中央政府的支援到对唐中央政府失望的情感转变过程。"新恩降。草木总光辉"是当时敦煌民众对唐中央政府的憧憬，他们想象着如果有朝一日皇帝能够想起来敦煌还处于吐蕃的围困之中，降恩派兵增援，那么形势一定会出现彻底的反转。"草木总光辉"表面上是指敦煌的一草一木都重新焕发生机，其实是希望敦煌能在唐中央政府的帮助下击退吐蕃，让敦煌重获新生。

但是他们的希望落空了。事实上，当时唐中央政府经历了安史之乱的冲击后，已经自顾不暇，更无力西顾敦煌。尾句"早晚圣人知"则是当时身处吐蕃围困中的敦煌民众对唐中央政府及唐朝皇帝又爱又怨的复杂内心情感的表达。说是爱，是因为敦煌民众仍然对唐朝皇帝抱有希望，"早晚圣人知"，说明"圣人"也就是当时的唐朝皇帝此时还"不知"，换句话说，敦煌民众将皇帝迟迟不派兵救援的原因归结为皇帝还不知道敦煌被围这件事，那么也就意味着皇帝一旦知道了，自然

---

① [宋]欧阳修、宋祁《新唐书》卷二一六《列传第一百四十一下·吐蕃下》，第6101页。

不会袖手旁观。说是怨,是因为当时的敦煌民众心里也十分清楚,吐蕃攻掠河西这么大的事情,皇帝怎么可能不知道呢?既然知道却不派兵营救,民众心中自然有怨意。因此,这里的"早晚圣人知"也可以理解为是一种讽刺,皇帝明明知道河西沦陷,敦煌危急,却要装作不知道的样子,那么等到敦煌陷落,整个河西都被吐蕃占领了,到那一天他迟早会知道的!

又如 P.3128 中表现吐蕃统治敦煌期间民众心理活动的《菩萨蛮》(敦煌将):

> 敦煌古往出神将。感得诸蕃遥钦仰。效节望龙庭。麟台早有名。
> 只恨隔蕃部。情恳难申吐。早晚灭狼蕃。一齐拜圣颜。①

关于这首辞的创作年代,学术界主要有两种不同观点。其一是以王重民、任中敏、程石泉等人为代表,认为本辞应当创作于敦煌最终陷蕃之前;其二是以高国藩等人为代表,认为其应当创作于敦煌陷蕃中。笔者认为这首辞主要表达的应当是敦煌陷蕃中身在吐蕃统治下的敦煌人民反对吐蕃奴隶主的高压政策,心向大唐的思想情感。辞中上片的"诸蕃"并不是一般意义上吐蕃、吐浑、回鹘等当时少数民族的统括,而是专指吐蕃。这种类似的用法在敦煌歌辞中很常见,如《望江南》(敦煌郡)"敦煌县。四面六蕃围"中的"六蕃",《望江南》(龙沙塞)"每恨诸蕃生留滞。只缘把劫寇仇多"中的"诸蕃"等。

下片中"只恨隔蕃部。情恳难申吐"则写出了在吐蕃奴隶主的高压统治下,敦煌人民内心的愤慨和委屈。"只恨隔蕃部"说明他们当时处在吐蕃"蕃部"统治之下。"蕃部"是吐蕃统治敦煌后依照吐蕃奴隶制在敦

---

①任中敏编著,何剑平、张长彬校理《敦煌歌辞总编》,上册,第283页。

煌建立的部落。吐蕃奴隶主于唐德宗建中二年(781)侵占敦煌后,为便于奴隶主的统治,把敦煌县原有十三乡一律改为奴隶制的编制,名为部落,有"上部落""下部落""悉董萨部落""曷骨萨部落""丝棉部落""行人部落""僧尼部落""擘三部落""撩笼部落""中无部落"等。"只恨隔蕃部"侧面表明了这首辞的创作时间,应当是在吐蕃统治敦煌时期。"情恳难申吐"说明当时处在吐蕃奴隶主高压统治下的敦煌民众有很多"情"想要表达,但是由于身在吐蕃治下,因而又难以言说。这里的"情"应当主要是指当时敦煌人民内心对吐蕃统治的不满以及对回归大唐的向往。

处在吐蕃奴隶主高压统治下的敦煌民众的生活无疑是悲惨和压抑的:吐蕃语言文字在这一时期被广泛推广,敦煌地区原有的唐代年号纪年方式也被禁用而改为蕃式纪年,汉人的种种风俗习惯大都受到打压和禁止。他们甚至不被允许穿汉族服饰,而只能穿吐蕃服装。据《新唐书》记载:"州人皆胡服臣虏,每岁时祀父祖,衣中国之服,号恸而藏之。"[1]说明他们只有每年祭祀父祖的时候才被允许穿上汉服,其余时间只能穿吐蕃服装。

关于吐蕃时期河西陷蕃民众的语言和衣服情况,《旧五代史》有不同的记载。据《旧五代史》载:"开成时,朝廷尝遣使至西域,见甘、凉、瓜、沙等州城邑如故,陷吐蕃之人见唐使者旌节,夹道迎呼涕泣曰:'皇帝犹念陷蕃生灵否?'其人皆天宝中陷吐蕃者子孙,其语言小讹,而衣服未改。"[2]"语言小讹"说明其说的并不是吐蕃语言,而仍为汉话,只不过口音与当时的中原音有些小的区别;"而衣服未改"则说明他们当时穿的仍是唐人传统服饰,并没有在吐蕃的强迫下被迫衣蕃服,这与《新

---

①[宋]欧阳修、宋祁《新唐书》卷二一六《列传第一百四十一下·吐蕃下》,第6101页。

②[宋]薛居正等《旧五代史》卷一三八《吐蕃》,北京:中华书局,1976年,第1839页。

唐书》中的记载是有出入的。这也说明了几个问题，其一，《新唐书》中记载的情况可能只是吐蕃统治前期至中期，那时吐蕃对河西地区的控制力较强，可以用强制手段推行吐蕃语、迫使当地汉民改易服饰，但是《旧五代史》记载唐廷遣使的时间是"开成时"，此时距张议潮起义推翻吐蕃统治至多不过十余年，此时的吐蕃国力已经衰弱，对河西地区的控制力大大减小，因此无力对汉民族文化风俗方面进行控制，在这种情况下，汉民们又说起汉话，穿起唐衣，应当是合理的；其二，从吐蕃统治中前期的广泛推行吐蕃语言文字和"州人皆胡服臣虏"到后期的"语言小讹""衣服未改"也说明了中原传统文化强大的生命力，无论遭受到多大的打击，都不能使其断绝，并且一旦有合适的时机，其必然会再次崛起。

尾句"早晚灭狼蕃。一齐拜圣颜"表达了敦煌民众归汉的决心和勇气。这里有两点需要注意。其一是"狼蕃"，"狼蕃"包括"胡虏""夷狄""犬戎""羊犬"等称谓，是当时汉族统治阶级在抗击少数民族奴隶主贵族集团的侵扰时，未能将这一小部分少数民族奴隶主贵族集团势力与广大少数民族人民群众区别开来的结果，是当时汉族统治阶级大汉族主义的表现。事实上当时的敦煌民众想要消灭的，是长期压迫、奴役他们的那一小撮吐蕃奴隶主，这点一定要清楚。其二是"一齐拜圣颜"中的"圣颜"，虽然表面上指皇帝，但是实际上是代指国家和民族，是站在当时敦煌民众的立场上表达对家国的怀念和热爱，而并不是专为拜一姓之皇帝，这与当时官僚士大夫阶层所提倡的儒家传统纯粹的忠君思想是有所不同的。

另外，对于张议潮带领敦煌民众推翻吐蕃奴隶主统治、光复敦煌后的场景，在敦煌歌辞中也有体现，如 P.3128 中的《望江南》（边塞苦）：

图2-2 P.3128《望江南》(边塞苦)

边塞苦。圣上合闻声。背蕃归汉经数岁。当为大国作长城。金榜有嘉名。

太傅化。永保更延龄。每抱沉机扶社稷。一人有庆万家荣。早愿拜龙旌。[1]

本辞主要表现的是敦煌民众在张议潮的带领下光复敦煌后重新接受唐朝统治的复杂心理。上片前两句"边塞苦。圣上合闻声"其实含有一种对唐中央政府的怨意和不满。这里的"边塞苦",指的不单单是敦煌地处边塞地区,自然条件和生存环境艰苦,更多的是指这些身在边地的民众内心的痛苦和烦恼。"圣上合闻声"就是希望皇帝听听他们的心声。那么敦煌民众想要皇帝听他们的什么心声呢?自然是后句"背蕃归汉经

---

①任中敏编著,何剑平、张长彬校理《敦煌歌辞总编》,上册,第289页。

数岁。当为大国作长城。金榜有嘉名"。关于敦煌民众"背蕃归汉"的艰辛历程，敦煌遗书中有很多记载。如《敕河西节度兵部尚书张公德政之碑》用"盘桓卧龙，候时而起。率貔貅之众，募敢死之师，俱怀合辙之欢，引阵云而野战；六甲运孤虚之术，三宫显天一之神；吞陈平之六奇，启武侯之八阵；纵烧牛之策，破吐蕃之围。白刃交锋，横尸遍野。残烬星散，雾卷南奔"①来形容张议潮率领的义军和吐蕃之间的惨烈战斗。《张议潮变文》中也用"星夜排兵奔疾道，此时用命总须擒"②来形容凉州之战的紧张过程，说明当时为了"背蕃归汉"，敦煌民众付出了极大的代价，经过数年苦战才结束了吐蕃的统治，光复了河西。他们的这种行为，实际上是在为唐朝作抵御外来侵略的屏障，也就是"当为大国作长城"，如此大的功绩，就好像是科举考试金榜得中那样显赫，理应得到朝廷的嘉奖和重用。

为什么敦煌民众会如此强调他们对于唐王朝的功劳和重要作用呢？我想更多的是出于对唐中央政府对他们漠视和不信任的不满和失望。事实上，对于唐王朝来说，陷蕃长达百年之久的河西旧地重归于其治下固然可喜，但是张议潮集团势力的做大也使其心怀不安，担心其封王裂土，成为下一个吐蕃政权。在这种不信任感和威胁感的驱使下，唐中央政府有意打压和漠视了张议潮以及敦煌民众在收复河西过程中的巨大贡献。因此才有了"边塞苦。圣上合闻声"的呐喊，才有了"背蕃归汉经数岁。当为大国作长城。金榜有嘉名"这样历数自己贡献的言辞，这一切都是希望皇帝能够肯定张议潮及敦煌民众的贡献，充分信任和重视他们。

下片重点写敦煌民众对张议潮的热爱以及希望能被朝廷重视的心理。前两句"太傅化。永保更延龄"是说张议潮厥功至伟，敦煌民众将永世报答他的恩德，并希望他能够健康长寿。"每抱沉机扶社稷。一人

①郑炳林《敦煌地理文书汇辑校注》，兰州：甘肃教育出版社，1989年，第127页。
②项楚《敦煌变文选注（增订本）》，北京：中华书局，2019年，第233页。

有庆万家荣"主要有两层意思,一是赞美张议潮以高超的智慧收复了河西,于社稷有功,得到了朝廷的表彰和加封,敦煌民众都为他感到高兴;二是收复河西是全体敦煌民众的功劳,而张议潮只是其中的代表人物,朝廷表彰了他,也就是表彰了千千万万的敦煌民众,侧面突出了敦煌民众在收复河西过程中所做出的巨大贡献。

尾句"早愿拜龙旌"其实也展现出了当时敦煌民众对唐王朝矛盾复杂的心理。一方面,唐王朝削弱、淡化张议潮及敦煌民众的贡献,而且对其充满了防备和不信任,这使得敦煌人民感到伤心和失落;另一方面,敦煌民众对唐王朝的归属感依然很强烈,仍旧希望朝廷能够信赖和重视他们,使他们能够早日为守卫唐王朝的西北边塞做出更大的贡献。

二、唐与周边其他少数民族关系

除了吐蕃外,敦煌歌辞中还有表现唐王朝与周边其他少数民族之间关系的内容。这些内容主要可分为两个方面,其一是表现周边少数民族朝见、拥戴唐王朝的情景;其二是表现周边少数民族出于对唐王朝的敬仰或其他种种原因从而由其原本的居住地迁居到唐王朝腹地的情形。

(一)少数民族的朝唐之旅

关于体现周边少数民族朝见、拥戴唐王朝的内容,如 P.2506 中《献忠心》(调名本意)二首其二:

> 蓦却多少云水。直至如今。陟历山阻。意难任。早晚得到唐国里。朝圣明主。望丹阙。步步泪。满衣襟。
> 生死大唐好。喜难任。齐拍手。奏乡音。各将向本国里。呈歌舞。愿皇寿。千万岁。献忠心。[1]

①任中敏编著,何剑平、张长彬校理《敦煌歌辞总编》,中册,第427页。

关于这首辞创作的背景及年代,学术界尚无确切定论。笔者认为从辞中内容看,极有可能表现的是唐玄宗千秋节之际,其属国使臣远来朝贺的情景。首先从上片"朝圣明主"四字可知,其认唐朝皇帝为"圣明主",也就是说他承认自己作为唐朝属臣的身份,那么就绝不可能是吐蕃使者,因为有唐一代,吐蕃虽多次向唐朝求和,但却没有称臣之举,因此辞中主人公只可能是来自当时唐朝属国的使者。其次,下片中写使者来到长安之后,又是"齐拍手。奏乡音",又是"呈歌舞",如此歌舞奏乐的目的只有一个,那就是"愿皇寿。千万岁",说明使者是来为皇帝祝寿的,而"愿皇寿。千万岁"正是千秋节为玄宗祝寿常用的贺词。敦煌歌辞中也不乏类似的表达,如《感皇恩》(四海清平)四首其一中"殿前卿相对。列诸侯。叫呼万岁愿千秋",其二中"呼万岁。尽在玉阶前"等。

而且周边少数民族政权不远万里前往长安祝贺玄宗千秋节,是符合当时历史事实的,这在唐代诗人诗歌作品中也有体现。如杜甫《千秋节有感二首》(八月二日为明皇千秋节)中就有"宝镜群臣得,金吾万国回"[1]的表达,又如戎昱《八月十五日》中也有"忆昔千秋节,欢娱万国同"[2]之句,说明当时确有不少周边少数民族政权特别是归附于唐朝的属国前往长安为玄宗祝寿。另外,类似这种"奏乡音""呈歌舞"的娱乐活动,在千秋节期间也很多,《新唐书》中记载过庆祝千秋节的盛况:"每千秋节,舞于勤政楼下,后赐宴设酺,亦会勤政楼。其日未明,金吾引驾骑,北衙四军陈仗,列旗帜,被金甲,短后绣袍。太常卿引雅乐,每部数十人,间以胡夷之技。内闲厩使引戏马,五坊使引象、犀,入场拜舞。宫人数百衣锦绣衣,出帷中,击雷鼓,奏《小破阵乐》,岁以为常。"[3]说明庆

---

① [唐]杜甫著,[清]仇兆鳌注《杜诗详注》,第1999页。

② [清]彭定求等《全唐诗(增订本)》卷二七〇,第3011页。

③ [宋]欧阳修、宋祁《新唐书》卷二二《志第十二·礼乐十二》,第477页。

祝千秋节期间,各种娱乐活动层出不穷,风格多样,而且多有"胡夷之技"。综上所述,认为这首辞的创作时代及背景为属国使臣远来朝贺玄宗千秋节应当是合理的。

"本国"在这里指唐朝,因为主人公是唐朝属国来的使者,因此称唐朝为"本国"。"各"有各自、分别之意,"各将向本国里"说明这些呈现歌舞、献寿词的活动是向皇帝进行的,众多的使团,分别向皇帝祝寿。因此,使团的这种表现只能说明一个问题,他们并不是来自一个属国,而极有可能是当时多个属国联合组成的祝寿使团。

这首辞同时也说明了当时的唐朝其实质上已经是一个多民族融合的国家,是各民族共同热爱和拥戴的"本国"。由各民族联合组成的使团来到大唐并不是为了追求享乐,而是出于对大唐社会政治、经济的高度向往和追求。他们被大唐强大的文化感染力所同化,并且希望向自己的"本国"学习先进的政治、经济、文化、技术等,从而促使本民族的发展能够走上一个新的台阶。同时,他们的这种朝圣行为也使得大唐在与各民族的交往与融合中进一步走向繁荣昌盛。

(二)迁居内地的少数民族

不仅仅是朝拜和祝寿,敦煌歌辞中甚至还涉及了唐代周边少数民族迁居内地的情况,如P.2506中《献忠心》(调名本意)二首其一:

> 臣远涉山水。来慕当今。到丹阙。向龙楼。弃毡帐与弓剑。不归边土。学唐化。礼仪同。沐恩深。
>
> 见中华好。与舜日同钦。垂衣理。教化隆。臣遐方无珍宝。愿公千秋住。感皇泽。垂珠泪。献忠心。①

---

① 任中敏编著,何剑平、张长彬校理《敦煌歌辞总编》,中册,第426—427页。

　　本辞的主人公是唐代一位迁居内地的少数民族人士。上片主要写主人公迁居内地的原因和过程。前两句"臣远涉山水。来慕当今"点明了主人公的身份和此行的目的，主人公以"臣"自称，说明其认同自己作为唐王朝属臣的身份。他不远万里来到唐朝，是因为仰慕"当今"。这里的"当今"所指的具体内容，从下面两句"到丹阙。向龙楼"可以看出。"丹阙"指的是赤色的宫门，"龙楼"指的是皇帝所居住的宫殿，可见"到丹阙。向龙楼"两句应当是以皇宫代指唐朝都城长安，说明主人公所仰慕的"当今"就是繁华的长安城。

　　"弃毡帐与弓剑。不归边土"两句描写的是其来到长安之后作出的决定。当他来到唐朝都城长安后，被大唐繁华的景象、高度的文明程度等所震撼，因此断然决定放弃自己原有的生活环境，不再回到边地，而选择从此定居在长安，学习汉人的风俗教化，适应汉人的文明礼仪，和汉人一样沐浴皇恩。

　　本辞最后"臣遐方无珍宝。愿公千秋住。感皇泽。垂珠泪。献忠心"五句则是表达对唐朝接纳自己的由衷感激以及对唐朝皇帝的忠心。主人公虽然是少数民族，但和汉人一同安定地生活在内地，一样享受着大唐盛世带来的种种便利，对此他是由衷感激的。他想表达自己对大唐的感激之情，但是又想到大唐国富民强，相比之下，自己实在是没有什么拿得出手的珍宝，最珍贵的就是自己忠于皇帝、感恩大唐的一颗真心，因此只能在心里默默祈祷大唐皇帝能千秋万世，并流着感激的泪水奉献出自己对大唐的一片忠心。

　　事实上，中唐一代，周边少数民族内迁的行为很常见，特别是唐前期，由于唐王朝的兴盛，再加上其怀柔的民族政策，和周边少数民族之间的关系大为改善。在唐代，东北的高丽、百济，西南的牂牁、昆明蛮、林邑，西北的突厥、党项、吐谷浑等诸多少数民族都有内迁的行为，虽然他们内迁的原因各不相同,比如东北的高丽、百济主要是由于唐初中原王朝的强大以及唐政府实行的诏谕政策而内附;西南的牂牁、昆明蛮、林邑等则是由于唐朝的招抚以及迫于唐军的势力等原因而内迁,这种行为无疑在促进唐代边疆地区的稳定、经济社会的发展、民族交流与融合以及少数民族地区社会经济文化进步等诸多方面起到了相当重要的作用。杨富学在《少数民族对古代敦煌文化的贡献》一文中提到"在漫长的历史长河中,诸民族间既有你死我活的利益冲突与争斗,也有和睦共处、友好往来的融融岁月,尤以后者为主,构成了历史上敦煌民族关系的主旋律"①,我想这句话放到唐代诸民族之间的关系中也同样适用。

---

①杨富学《少数民族对古代敦煌文化的贡献》,《敦煌学辑刊》2005 年第 2 期,第85 页。

第三章 敦煌歌辞所涉人口地域流动

　　唐朝开国以后,结束了隋末以来天下纷乱、群雄割据的局面,统一了全国。唐太宗和唐高宗时期又不断对突厥、吐谷浑、薛延陀以及西域诸国发动战争,或征服或消灭了这些政权,逐渐控制了漠南、漠北、西域等地区,疆域逐渐扩大。面积最大时,唐朝的领土范围和实际控制区域达到了惊人的一千两百余万平方公里。不仅是疆域面积,唐代的人口数量也大大超过了前朝。据学者统计,唐玄宗天宝十四载(755),人口数量达到最高峰,大约有八千万人口,即使是经历了安史之乱,到唐代宗广德二年(764),仍有人口四千七百万左右。辽阔的疆域和众多的人口,为唐代不同地域之间频繁的人口流动提供了极为有利的客观条件。在敦煌歌辞中,也有很多体现唐代人口地域流动的内容,本节即对敦煌歌辞中所涉唐代不同类型人群的地域流动情况及原因进行探究。

一、星夜赶科场与辞官归故里

　　清代文人吴敬梓在《儒林外史》中曾言"有人辞官归故里,有人星夜赶科场",一语道尽了中国古代仕宦之路的艰难与不易。而科举这一中国古代绵延千年的官员选拔制度,正是在唐代逐渐成熟。唐代科举的考场设在长安,初期由吏部主持,并没有专用的考场,一般是借用吏部办公区举行考试。唐玄宗开元二十四年(736),科举考试改为礼部主持,始设贡院,作为考试专门机构。此时的贡院仍然借用礼部或尚书省等衙门办公区临时搭设考场,考完恢复原状。但无论如何,对于居住在长安之外的考生来说,想要通过科举考试进入仕途,不仅要寒窗苦读,而且还必然要经历长途跋涉进京赴考之苦。因此,求宦的学子们往往还兼具远赴异乡的游子身份,科考对他们来说可谓是身心的双重考验。在敦煌唐代歌辞中,就有对因求宦跋涉千里的学子境况的描绘,如P.3333中的《菩萨蛮》(求宦)二首其一:

> 自从涉远为游客。乡关迢递千山隔。求宦一无成。操劳不暂停。
>
> 路逢寒食节。处处樱花发。携酒步金隄。望乡关双泪垂。[①]

本辞所描写的就是一位千里赶赴科考但名落孙山的学子在寒食节那天的心理感受。上片主要写其考场失意的不幸遭遇。"自从涉远为游客。乡关迢递千山隔"两句点出了其作为"游客"的艰辛。辞中学子的家乡与科考地长安相距甚远,但是为了求取功名,他历经艰难险阻,跋山涉水来到了与家乡远隔千山的长安。"求宦一无成。操劳不暂停"则是写他考场失意的悲惨结局。学子历经千辛万苦好不容易从家乡赶到了京城参考,可是结果却是"一无成",也就是说他不幸落第了。科考不中,就意味着他没有办法改变自己的命运,依然要为自己的生计操劳,这样的结局怎能不使人悲伤呢?

---

① 任中敏编著,何剑平、张长彬校理《敦煌歌辞总编》,中册,第416页。

　　下片则主要写他在归家途中正逢寒食节,触景生情的场面。寒食节
在暮春时节,这里的"樱花"应为百花之代指,百花盛开的春天本来应当
是最充满希望的季节,而学子自己的科考希望却在春天里破灭了,这不
得不令他触景生情,对自己的不幸感到伤心难过。所谓"何以解忧,唯有
杜康",失意的学子想到了用酒精来麻醉自己,于是他携酒来到了"金隄"
漫步。根据《文选》所注:"金隄在岷山都安县西,隄有左右口,当成都西
也。"①由此可知,"金隄"应当在成都附近。学子在归乡途中经过成都,说
明学子的家乡很有可能是在西南地区,也印证了上片中"乡关迢递千山
隔"所言不虚。即使是成都,距离考场长安也是千里之隔,而且其间关山
重重,更何况学子只是途径成都,还未回到家乡,这样看来,其家乡离长
安只会更远。尾句"望乡关双泪垂"更是增添了悲伤的氛围,学子站在金
隄上向故乡的方向望去,竟忍不住流下了眼泪。为何望到故乡会悲伤至
流泪呢? 笔者认为这里大概有三点原因。其一,学子的梦想开始于故
乡,他在故乡经历了十年寒窗才有机会进京赶考,却不幸遭遇了失败。
因此,看到家乡就想到了自己寒窗苦读的岁月,想到了自己艰辛奋斗的
过往,多年的奋斗和考场的失意之间形成了鲜明的对比,因此望到故乡
就忍不住流泪。其二,回到故乡,就意味着他的求宦梦破灭了,"操劳不
暂停"的生活仍要继续。想来这位学子的家境也并不富裕,也许一次千
里赴考所需的费用就已经让他的家庭难以承受了,考试的失利迫使他不
得不再次回到家乡,继续为自己和家人的生计操劳,也或许他今生再也
没有机会和勇气远赴千里之外去追逐自己的梦想了,想到这些,不禁使
他黯然落泪。其三,考场的失意使他无颜面对家乡父老。在古代教育水
平普遍不高的情况下,知识分子极为稀缺,特别是偏远地区,出一个读书

---

　　①[梁]萧统编,[唐]李善注《文选》卷四《蜀都赋》,上海:上海古籍出版社,1986年,
第187页。

人不容易。因此，家人指望着他光耀门楣，乡党指望着他能在做官后回馈家乡，可以说他身上背负了太多人的期待，可如今失意而归，如何能够面对家乡的父老乡亲呢？想到这些，他就忍不住为之流泪。

　　这首辞中的学子之所以如此伤心，与他千里赴考所经历的艰辛和科考落第所形成的巨大心理反差是分不开的。那么，在唐代，这些跋涉千里进京赴考的学子们究竟要经历怎样的艰辛呢？首先是旅途之中的饮食。据《通典》记载，玄宗开元年间"东至宋、汴，西至岐州，夹路列店肆待客，酒馔丰溢。……南诣荆、襄，北至太原、范阳，西至蜀川、凉府，皆有店肆，以供商旅"①，这些林立的沿途店肆，自然是为赶考的学子们提供了饮食上的极大便利。如《太平广记》中记载："任之良应进士举，不第，至关东店憩食。"②"江陵副使李君尝自洛赴进士举，至华阴，见白衣人在店。李君与语，围炉饮啜甚洽，同行至昭应"③，这些都是对当时进京赶考的举子在店肆中就餐的记载。但是需要注意的是，举子在店肆中就餐并不是普遍情况，而是对于那些有经济实力的举子而言的，相比之下，家境贫寒的举子们在千里赴考的途中，往往需要自备干粮果腹甚至是乞食。如刘禹锡《送裴处士应制举并引》中载举子裴昌禹为赴京应考"裹三月粮而西徂"④，就是对举子裴昌禹自携三个月的干粮赴京应考的描述。又如李商隐《上令狐相公状六》中"前月七日过关试讫。伏以经年滞留，自春宴集，虽怀归苦无其长道，而适远方俟于聚粮。即以今月二十七日东下"⑤，也是对其科考中第之后筹粮远归故乡的描述。

---

　　①［唐］杜佑撰，王文锦等点校《通典》卷七《食货七》，第152页。

　　②［宋］李昉等《太平广记》卷二二四《任之良》，第1724页。

　　③［宋］李昉等《太平广记》卷一五七《李君》，第1129页。

　　④［唐］刘禹锡著，卞孝萱校订《刘禹锡集》，北京：中华书局，1990年，第378页。

　　⑤［唐］李商隐著，刘学锴、余恕诚校注《李商隐文编年校注》，北京：中华书局，2002年，第118—119页。

但是如果干粮准备得不充足或者携带的银两用尽,长途跋涉的举子们就须得向途中人家或者店肆乞食。如《太平广记》载:"庐陵有人应举,行遇夜,诣一村舍求宿。有老翁出见客曰:'吾舍窄人多,容一榻可矣。'因止其家。……久之告饥,翁曰:'居家贫,所食唯野菜耳。'即以设,客食之。"①从上述记载可知,这位在行旅途中的举子,因没有吃的,腹中饥饿,不得不向投宿人家乞食以果腹。通过以上例证,我们能够知道,这些跋涉求官的举子们,除了家境特别好的可以每日食于店肆之外,其余大多数都要提前备好旅途所需的干粮,如果准备不充分或者出现特殊情况,沿途乞食也很有可能,旅途之艰辛由此可见。

又如旅途中的住宿。唐代行旅中的举子,除少部分富者可以住旅店外,其余大部分都要投宿于民家、寺院和驿馆。据《太平广记》记载,天宝末年的举子郑生"天宝末,应举之京。至郑西郊,日暮,投宿主人。主人问其姓,郑以实对"②;宰相牛僧孺,贞元年间进士落第返乡,途中也曾"至伊阙南道鸣皋山下,将宿大安民舍"③,说明了应考举子在行旅途中投宿民家是很常见的现象。但即使是投宿民家,也不是都能得到主人的同意,如《太平广记》载:"李业举进士,因下第,过陕虢山路,值暴雷雨,投村舍避之。邻里甚远,村家只有一小童看舍,业牵驴拴于檐下。左军李生与行官杨镇亦投舍中,李有一马,相与入止舍内。及稍霁,已暮矣。小童曰:'阿翁即欲归,不喜见宾客,可去矣。'业谓曰:'此去人家极远,日势已晚,不可前去也。'须臾老翁归,见客欣然。异礼延接,流连止宿。既晓又欲备馔,业愧谢再三。因言曰:'孙子云阿翁不爱宾客,某又疑夜前去不得,甚忧怪。不意过礼周旋,何以当此?'翁曰:'某家贫,

①[宋]李昉等《太平广记》卷四七九《蜂余》,第3948页。
②[宋]李昉等《太平广记》卷三五八《郑生》,第2834页。
③[宋]李昉等《太平广记》卷四八九《周秦行记》,第4018页。

无以伸宾,惭于接客,非不好客也。'"①从中可知,当时农家生活也很贫苦,想要留客又没有什么可招待的,因此这位小童在李业想要留宿时便以其祖父不喜欢见宾客为由拒绝了他的请求。像这样想要投宿民家而又因种种原因被拒的举子,应当也不在少数。除了投宿民家外,投宿寺庙的情况也比较常见,如《太平广记》载举子张偓在赴考途中"行及金天王庙前,遇大雨,于庙门避雨,至暮不止。不及诣店,遂入庙中门宿"②;又如举子祖价在落第后游商山"夕至一孤驿,去驿半里已来,有一空佛寺,无僧居,价与仆夫投之而宿"③。从这些记载可以看出,投宿寺庙也是当时行旅中举子的重要选择之一。此处不能忽略,当时祖价"去驿半里已来",即离驿站很近,为何不投宿条件更好的驿站,而选择在一所无人的寺院过夜?这便要牵扯到投宿驿站的资格问题。唐朝前期,有资格投宿驿站的一般都具有官员身份,如《唐律疏议》载:"私行人,职事五品以上、散官二品以上、爵国公以上欲投驿止宿者,听之。边远及无村店之处,九品以上、勋官五品以上及爵遇屯驿止宿,亦听。"④这就说明想要投宿驿站,即使是祖价所遇到的"孤驿",即地处偏远的驿站,最少也要"九品以上、勋官五品以上及爵"才有资格投宿,而对于祖价这样的落第举子来说,自然是达不到条件的。唐代中后期,随着藩镇势力的增强,当时有些举子凭借着地方节度使的"转牒",即介绍信,也可以在驿站中住宿。但这种情况毕竟是少数,对于一般举子来说,最常见的还是投宿于农家或寺庙。当然,在当时的生活水平和自然条件下,如果行至偏僻处,周围没有可供住宿的地方,或者遇到极端天气、乘坐的交通工

---

① [宋]李昉等《太平广记》卷八四《李业》,第544页。
② [宋]李昉等《太平广记》卷三一一《张偓》,第2464页。
③ [宋]李昉等《太平广记》卷三四四《祖价》,第2729页。
④ [唐]长孙无忌等撰,刘俊文笺解《唐律疏议笺解》卷二六《杂律》,第1833页。

具发生意外等情况,露宿街头野外也是常有的事。如《太平广记》载:"有东洛客张生,应进士举,携文往谒。至中路,遇暴雨雷雹,日已昏黑,去店尚远,歇于树下。逡巡,雨定微月,遂解鞍放马。张生与僮仆宿于路侧,困倦甚昏睡,良久方觉。"①文中的张生就是因为遇到了暴雨雷雹的极端天气,再加上地处偏僻,天色已晚,因此不得不在路旁露宿了一晚。

从上文所述可知,唐代举子千里赴京赶考的过程是极为艰辛的,不仅食宿都不方便,更重要的是道路本身也难行。古代没有现代这样发达的交通工具,主要靠马、骡、驴、车、船等行进,甚至有些家贫者还要依靠步行。而且当时没有现在的高速公路,路面崎岖不平,很多时候需要翻山越岭,这些都大大延迟了行进的速度,因此如果是上千里甚至是几千里的路程,往往要走上几个月。加上在行进的途中可能遇到的自然灾害、极端天气、突发疾病和劫匪等情况,致使有些举子还未到京城,就已经客死他乡。了解了上述这些情况,我们应当能理解上辞中的学子在千里赴考而惨遭落第之后悲伤失意的内心感受,理解他为了参加科举考试而付出的巨大努力。

除上文中星夜赶科场却遭落榜的举子,敦煌歌辞中也描述了一些仕途失意而辞归故里的官员。唐代时,一些文人士大夫出于对政局或者仕途的不满和失望,会主动向朝廷辞去官职,选择隐退,由此产生了文人士大夫们从庙堂到乡野田园的流动。如唐肃宗时期的著名隐士张志和就是其中的典型代表,据《新唐书》记载:"张志和字子同,婺州金华人。始名龟龄。父游朝,通庄、列二子书,为《象罔》《白马证》诸篇佐其说。母梦枫生腹上而产志和。十六擢明经,以策干肃宗,特见赏重,命待诏翰林,授左金吾卫录事参军,因赐名。后坐事贬南浦尉,会赦还,以

---

① [宋]李昉等《太平广记》卷三五七《东洛张生》,第2824页。

亲既丧，不复仕，居江湖，自称烟波钓徒。著《玄真子》，亦以自号。有韦诣者，为撰《内解》。志和又著《太易》十五篇，其卦三百六十五。……善图山水，酒酣，或击鼓吹笛，舐笔辄成。尝撰《渔歌》，宪宗图真求其歌，不能致。"①从该记载中可以看出，张志和就是因为看厌了宦海浮沉，再加上亲人亡故，所以主动选择辞官归隐，从官场流入江湖之中，后来成为一个成就颇高的道家隐士。在敦煌唐代歌辞中，也有表现类似张志和这样主动辞官归隐的内容，如P.3128中的《浣溪沙》(厌良贤)：

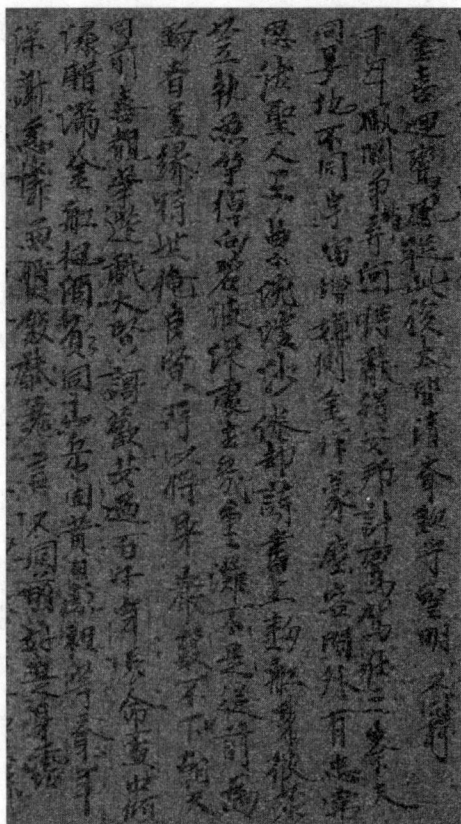

图3-1　P.3128《浣溪沙》(厌良贤)

①[宋]欧阳修、宋祁《新唐书》卷一九六《列传第一百二十一·隐逸》，第5608页。

卷却诗书上钓船。身披蓑笠执鱼竿。棹向碧波深处去。几重滩。

不是从前为钓者。盖缘时世厌良贤。所以将身岩薮下。不朝天。①

这首辞主要表现的是一个对时事不满、怀才不遇的士人辞官归隐后的隐逸生活。高国藩在《敦煌曲子词欣赏》中指出："'所以将身岩薮下。不朝天。''不朝天'三字,铿锵有力,是对压制知识分子的封建社会的强烈的反抗,作者突破了封建社会知识分子受儒家'忠君'观念的束缚,能够根据现实对百姓的功利来认识客观事物,他痛恨这社会的腐朽与黑暗,所以喊出了'不朝天'这样具有革命性的吼声。"②这种说法忽略了封建时期知识分子对仕途理想的强烈渴望而将其与封建统治政权彻底割裂开了。

事实上,唐代知识分子痛恨社会腐朽、针砭时弊、发出自己呼声的行为比较常见。有的知识分子甚至直接批评、抨击最高统治者,这在封建社会是可能引来杀身之祸的,也可以理解为是另外一种"不朝天"的表现,但并不能单纯地认为其是真的与封建统治政权划清界限。比如盛唐大诗人李白,在其诗歌作品中对最高统治者的昏庸、腐败、无能等也进行过相当大胆和深刻的揭露,在其《古风五十九首》中,对最高统治者爱女色、宠奸佞、不爱人才、不恤民生等昏庸无道的行为都做了批判,如"苦战功不赏,忠诚难可宣"③"珠玉买歌笑,糟糠养贤才"④"淫乐心不极,雄豪安足论"⑤等等,批判不可谓不深刻。甚至在《答王十二寒夜独酌有怀》中,因为愤慨于当朝贤臣李邕、裴敦复等人被无辜杀害,李白激

①任中敏编著,何剑平、张长彬校理《敦煌歌辞总编》,上册,第257页。

②高国藩《敦煌曲子词欣赏》,第127页。

③[唐]李白著,瞿蜕园、朱金城校注《李白集校注》,第104页。

④[唐]李白著,瞿蜕园、朱金城校注《李白集校注》,第120页。

⑤[唐]李白著,瞿蜕园、朱金城校注《李白集校注》,第167页。

愤地发出了"少年早欲五湖去,见此弥将钟鼎疏"①的呐喊。这句话其实也是表达了要与朝廷和仕途决裂的决心,与辞中的"所以将身岩薮下。不朝天"确有异曲同工之妙。但这些就真的说明其"突破了封建社会知识分子受儒家'忠君'观念的束缚",与封建统治政权彻底决裂了吗? 显然不是。

纵观李白的一生,其终生都没有与统治阶级决裂,甚至在生命的最后时刻,他还是希望能够追随李光弼征讨史朝义,为国平叛立功。如李白这样的人其实和辞中主人公是有相似之处的,他们可能痛恨政治黑暗、不满奸臣当道,甚至敢于批评最高统治者,敢于喊出类似"不朝天"的口号,但若因此就断定其"突破了封建社会知识分子受儒家'忠君'观念的束缚",与封建统治阶级决裂,其实是没有完全考虑到深植于他们内心的真实想法的。事实上辞中的主人公也是一样,他不是不想"朝天",而是时局不允许,或者说当时的环境即使他身在仕途也难以实现自己的政治抱负。这是一种暂隐的心理,或许有一天,等到政治清明之日,其会再次复出也未可知。

这首辞还有一点值得注意,那就是它所代表的是唐代隐居类诗歌的另一种思想倾向。在唐前期,以王维为代表的大官僚、大地主阶级的隐居诗十分盛行,由于其作者本身是当时的既得利益集团,选择隐逸生活多出于自愿,即使隐逸了,物质和精神生活仍旧充盈,因此诗中反映自然景观和隐逸情趣较多,对政权本身是支持和拥护的。而本辞则不同,从辞中内容来看,本辞并没有让人感到隐逸生活的美好,反而充满了无奈和被迫,他所突出的主题是对垄断政权的不满和愤懑。这两种不同类型的隐居诗歌作品背后其实反映的是唐代不同时期士人从政难

---

① [唐]李白著,瞿蜕园、朱金城校注《李白集校注》,第1146页。

度的变化。

唐前期,文人入仕虽说也不易,但是通向仕途的大门总体上是敞开的。而从唐敬宗和唐文宗时期开始,文人们入仕的途径被极大地阻断了,由于藩镇割据愈演愈烈,导致朝廷控制的州县减少,这样一来所需要的官员自然减少,而朝中清要职位又为宦官、朋党等所占据,一般士人在仕途中的进升机会少之又少。另一方面,由于科场风气的败坏,使得许多有真才实学但是出身寒微,不善钻营、不结朋党的士子们在科考中频频失利,唐前期那种凭借文才进入仕途甚至身居高位的情况逐渐消失了。面对仕途的暗淡,文人士子们的心理发生了很大的变化,他们入仕无门,即使侥幸入仕也不能得到重视,不能施展抱负,于是他们被迫遁入山林,隐居避世。在这种情况下,他们对政治的黑暗,对政权的垄断自然是深恶痛绝的,因此其隐居诗歌作品中所表现出来的主题多为愤怒和无奈,也就在情理之中了。

二、生存与爱恋

唐代经过太宗贞观之治,到玄宗开元盛世时,无论是经济还是文化都达到了顶峰,社会安定、都市繁荣、商业发展,由此带来了大批外出从商务工者,他们远离故乡,在外地寻找更适合自己的发财机会和生计门路。敦煌歌辞中,就有体现这一现象的内容,如P.4017中的《长相思》(三不归)三首:

其一

估客在江西。富贵世间稀。终日红楼上。□□舞著辞。

频频满酌醉如泥。轻轻更换金卮。尽日贪欢逐乐。此是富不归。

其二

旅客在江西。寂寞自家知。尘土满面上。终日被人欺。

朝朝立在市门西。风吹□泪双垂。遥望家乡肠断。此是贫不归。

其三

作客在江西。得病卧毫厘。还往□消息。看看似别离。

村人曳在道傍西。耶娘父母不知。身上剟牌书字。此是死不归。①

　　三首辞的首句皆以"某客在江西"为开头,说明他们并不是江西本地人,是因为经商、务工等原因而来到江西的。辞中主要展现了三类在外经商务工人员的形象,第一种即《长相思》其一中的成功商人形象,他凭借着自己超凡的商业头脑,离开家乡来到江西经商,已经达到了"富贵世间稀"的地步,说明其生意做得相当成功。经商取得成功之后,他终日流连于青楼伎馆,喝酒玩乐,甚少思考功成名就、衣锦还乡之事。这也符合当时人们对商人的一般认知。在中国古代传统认知中,商人的形象总是负面大于正面,他们重财货而轻感情,只顾自己享乐而对家庭不负责任,在他们的眼中只有利益而没有故乡。唐代著名诗人白居易对商人的印象尤其差,其《盐商妇》中的"每年盐利入官时,少入官家多入私"②,《琵琶引》中的"商人重利轻别离"③,《议盐法之弊》中的"上农大贾,易其资产,人为盐商。率多藏私财,别营稗贩。少出官利……此乃政之疵,国之蠹也"④,都是白居易眼中的商人形象,他们感情淡漠且损公肥私。白居易作品中的商人形象其实代表了当时很大一部分传统士大夫对商人的印象。李白在《江夏行》中也从一个商

　　①任中敏编著,何剑平、张长彬校理《敦煌歌辞总编》,中册,第374页。

　　②[唐]李白著,瞿蜕园、朱金城校注《李白集校注》,第241页。

　　③[唐]李白著,瞿蜕园、朱金城校注《李白集校注》,第686页。

　　④[唐]李白著,瞿蜕园、朱金城校注《李白集校注》,第3477—3478页。

人妻子的视角对外出经商常年不归的商人形象进行了批判,但是诗中的描述却给我们提供了关于商人的另一则重要信息。其诗中写道:"忆昔娇小姿,春心亦自持。为言嫁夫婿,得免长相思。谁知嫁商贾,令人却愁苦。自从为夫妻,何曾在乡土。去年下扬州,相送黄鹤楼。眼看帆去远,心逐江水流。只言期一载,谁谓历三秋。使妾肠欲断,恨君情悠悠。东家西舍同时发,北去南来不逾月。未知行李游何方,作个音书能断绝。适来往南浦,欲问西江船。正见当垆女,红妆二八年。一种为人妻,独自多悲凄。对镜便垂泪,逢人只欲啼。不如轻薄儿,且暮长相随。悔作商人妇,青春长别离。如今正好同欢乐,君去容华谁得知。"①由诗中的描述可知,这位商人的妻子对其丈夫的不满集中在一个主要的方面,那就是其流动性。商人和妻子结婚之后,几乎就没有在家乡待过,只下扬州一次,就外出了三年之久,且音信全无,这再次说明了一个问题,即当时商人的流动性之大。之所以有如此大的流动性,是由当时的商业模式决定的。在古代,没有今天这样复杂的商业模式,基本上是以低买高卖的模式谋取差价。当时的社会环境下,如果在本乡本土做生意,所面对的人群可能是世代长居于此的熟面孔,如果卖得价低,则无法牟利,卖得价高,则邻里议论,生意很难做下去,因此当时成功的商人所采取的方法一般都是流动经商,低买一地的货物,转而高价卖往另一地。这样一来,既可以避开邻里,又可以用一地之所有补另一地之所无,从而于中间谋取高额差价。但是需要看到的是,这些常年在外地流动经商的人,做到像其一那样"富贵世间稀"的成功者毕竟还是少数,大多数人都是像其二中的情况,他们可能是为了养家糊口而常年在外的流动商贩,靠着自己的辛劳,早出晚归赚些辛苦钱,而且还因为地位低下时常遭人欺负。

---

①[唐]李白著,瞿蜕园、朱金城校注《李白集校注》,第574页。

其三中所描写的则是一个悲惨的外出务工人员形象。从"村人曳在道傍西"一句来看,他原本的身份极有可能是个农民,因破产而流动到城市中谋求工作,而且当时和他一起来的还有同村的人。唐代均田制下,农民是国家赋税的主要承担者,但是由于均田制的日趋破坏,土地兼并、赋役繁重、天灾人祸等原因,使得农民不断丧失土地而破产。特别是唐高宗以后,"豪富兼并,贫者失业",这些破产的农民主要有以下几个流向。一是成为流民。如唐睿宗景云二年(711),监察御史韩琬上疏所言:"往年,人乐其业而安其土,顷年,人多失业,流离道路。若此者,臣粗言之,不可胜数。然流离之人,岂爱羁旅而忘桑梓,顾不得已也。然以军机屡兴,赋敛重数,上下逼促,因为游民。"①二是远避山林。如开元二十九年(741)唐玄宗诏书中所言:"其浮寄逃户等,亦频处分,顷来招携,未有长策。又江淮之间,有深居山洞,多不属州县,自谓莫徭。何得因循,致使如此,并与州县商量处置。"②三是成为富豪官员之家的佃户。如开元九年(721),唐玄宗诏书言及破产农民:"莫不轻去乡邑,共为浮惰,或豪人成其泉薮,或奸吏为之囊橐,逋亡岁积,流蠹日滋。"③四是成为贼寇强盗。如武则天时期的蜀中破产农民:"其中游手惰业亡命之徒,结为光火大贼,依凭林险,巢穴其中。若以甲兵捕之,则鸟散山谷,如州县怠慢,则劫杀公行。比来访闻,有人说逃在其中者,攻城劫县,徒众日多。"④还有一部分则是像敦煌歌辞《长相思》(三不归)三首所描述的那样,流动到经济较为繁华的城市充当雇工等工商业廉价劳动力。

---

① [宋]王溥《唐会要》卷八五《逃户》,上海:上海古籍出版社,2006年,第1851页。
② [清]董诰等《全唐文》卷三一《遣使分巡天下诏》,北京:中华书局,1983年,第351页。
③ [清]董诰等《全唐文》卷二二《科禁诸州逃亡制》,第256页。
④ [清]董诰等《全唐文》卷二一一《上蜀川安危事》,第2133页。

其三中的主人公和他同村的人应当就是流动到城市中寻求生计,但不幸的是,他刚刚来到江西就生病了,最终不得不将自己卖身为奴。从他生病后的选择来看,更加证实了他破产农民的身份。因为在当时,农民的地位是远远高于奴隶的,但凡家乡还有够他生存所需的土地,其绝不会选择卖掉自己,正是因为其已经失去了土地,进退无路的情况下,才会选择卖身求得生计。

　　如果说上文中的商贩们是为了养家糊口才不得已流落异乡谋生,那么相较而言敦煌唐代歌辞中因婚恋而产生的地域流动就显得有些奢侈了。如P.3128中的《浣溪沙》(为君王):

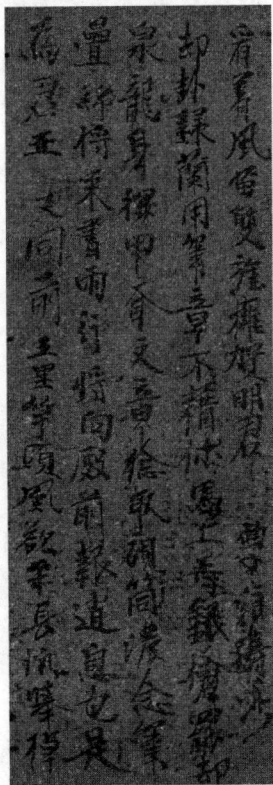

图3-2 P.3128《浣溪沙》(为君王)

　　却挂绿襴用笔章。不藉你马上弄银枪。罢却龙泉身解甲。学文章。

　　你取砚筒侬捻笔。叠纸将来书两行。将向殿前报消息。也是为君王。①

　　这首辞是以一位将军妻子的身份,写将军边塞凯旋之后,卸下宝剑铠甲,学写文章以便亲自上书向君王报喜的场面。该辞下片首句"你取砚筒侬捻笔"中有一个关键字眼,即"侬"字。"侬"是古代吴语语系中的自称,如李白《秋浦歌十七首》(其一)"寄言向江水,汝意忆侬不。遥传一掬泪,为我达扬州"②,刘禹锡《竹枝词》"山桃红花满上头,蜀江春水拍山流。花红易衰似郎意,水流无限似侬愁"③,都曾以"侬"作为江南女子的自称。本辞中妻子也以"侬"自称,说明其应当也是江南一带的女子,是因为嫁给了辞中的将军才随他离开了家乡。同时,一个"侬"字也点出了当时唐朝的繁荣昌盛、地域广大,从南到北人口流动频繁,甚至江南女子远嫁北方的情况也不罕见。

　　又如P.2838中的《拜新月》(荡子他州):

　　荡子他州去。已经新岁未还归。堪恨情如水。到处辄狂迷。不思家国。花下遥指祝神祇。直至于今。抛妾独守空闺。

　　上有穹苍在。三光也合遥知。倚屏帏坐。泪流点滴。金粟罗衣。自嗟薄命。缘业至于斯。乞求待见面。誓不辜伊。④

---

①任中敏编著,何剑平、张长彬校理《敦煌歌辞总编》,上册,第254页。
②[唐]李白著,瞿蜕园、朱金城校注《李白集校注》,第533页。
③[唐]刘禹锡著,卞孝萱校订《刘禹锡集》,第359页。
④任中敏编著,何剑平、张长彬校理《敦煌歌辞总编》,上册,第158页。

本辞所表现的是一位被丈夫抛弃的妇人对丈夫的思恋。上片首句"荡子他州去。已经新岁未还归"即指明了其丈夫的去处，是去往其他州县了，而且已经到了新春佳节之际仍未还家。"堪恨情如水。到处辄狂迷"，则道出了其丈夫去往他州的原因。原来丈夫是一位花心之人，家中已经有了妻子，但是仍不能专注于家庭和事业，反倒到处拈花惹草，这次去往他州就是因为在外面有了新的恋情，因此一直在外游荡，不思回家。而下片中"自嗟薄命。缘业至于斯"则是妇人对丈夫负心在外的自我排解。她无法管住丈夫在外面拈花惹草，于是只能从自身找原因，认为今天这一切都是因为自己的命运不好。"缘业"本为佛教用语，"缘"指的是因缘注定，"业"则指人的行为及产生的后果，这里的"缘业"用来指命运的安排，即和丈夫走到今天都是上天注定，半点不由人。妇人这样的自我排解和归咎于命运的行为在当时的社会环境下是相当普遍的现象。在唐代，平常人家女子的婚姻往往从一开始就是被父母安排，由不得自己做主，到嫁到男方家后，又成了丈夫的从属，一旦和男方的关系出现裂痕，除非男方犯下大错或者主动提出解除夫妻关系，否则女性很难重获自由，只能逆来顺受。因此，在当时的社会环境下，妇女从始至终都无法掌控自己的婚姻，所以只好将这一切都推脱给命运，归结为命中注定。

三、军事与战乱

军事、战乱，历来是造成人口流动的一大要因。在敦煌歌辞中，有很多表现因唐代军事制度或战乱情况造成人口流动的内容，如 S.2607《捣衣声》（三载长征）中的"良人去。住边庭。三载长征"，S.1441《凤归云》（征夫数载）中的"征夫数载。萍寄他邦。去便无消息"，又如 S.1441

《凤归云》（儿家本是）中的"娉得良人。为国远长征。争名难定。未有归程"等等。这些辞中都展现了一个共同的信息，那就是在唐前期府兵制度的实施过程中，承担兵役的所谓府兵们不得不远离家乡去往外地从征，每年大量去外地从征的府兵是唐代人口地域性流动的重要组成部分。

我们先来看府兵每年流动在外的时间。关于府兵上番的具体规定，如《新唐书》所载："凡当宿卫者番上，兵部以远近给番，五百里为五番，千里七番，一千五百里八番，二千里十番，外为十二番，皆一月上。若简留直卫者，五百里为七番，千里八番，二千里十番，外为十二番，亦月上。"①以"五百里为五番"为例，即一个折冲府的府兵分为五组，轮流上番，若按照上府一千二百人计算，则每次派出两百四十人，每次的番上基本期限为一个月，那么这些府兵平均下来一年要离家去往京城番上至少两次，也就是说一年当中至少要有两个月在京城度过，还不算往返京城的时间。如果以整五百里计算，府兵每年两次番上途中的往返时间在四十八天左右，加上两次番上时间的两个月，府兵每年有至少一百零八天在外地，占到了全年时间的三分之一左右。这是距离京城较近的折冲府，如果以距离京城两千里的偏远折冲府来计算，每年平均番上时间在三十六天左右，然而光往返途中就要花去至少八十四天，全年累计在外至少一百二十天。这还是固定的番上任务，如果是遇到临时征行，则在外时间更长，特别是武则天以后，府兵长征不归的很多。虽然临时征行可以免于番上，最多可免除三番，即九十天左右，但是像敦煌歌辞中"三载长征""征夫数载"的情况在当时很常见，免去的番期根本不能抵消征期，这实际上就造成了人口长期流动

①［宋］欧阳修、宋祁《新唐书》卷五〇《志第四十·兵》，第1326页。

在外的情况。

　　其次是府兵流动的规模。府兵制度推行达到最盛时,全国大概有折冲府六百三十所,即使全以中府每府一千人计算,全国府兵总人数保守也在六十三万左右,但府兵制度推行后期冗兵严重,实际当远不止此数。因此若仍以五百里内五番为例,每次外出番上的人数至少在十三万人,其中,去往京城担任日常番上任务的人数应在数万人,其余则免番参与出征或去往他地防守。这样看来,每月都要有十几万府兵流动在全国各地,全年累计在六十余万。当然,这只是在府兵规模固定且不误番期的理想状态下,事实上,到唐玄宗开元年间,府兵制度弊端丛生,兵员过多,制度涣散,应征在外的府兵们往往不能按期回归,而是被迫长期流动在外。据《资治通鉴》记载:“先是,缘边戍兵常六十余万,说以时无强寇,奏罢二十余万使还农。上以为疑,说曰:‘臣久在疆场,具知其情,将帅苟以自卫及役使营私而已。若御敌制胜,不必多拥冗卒以妨农务。陛下若以为疑,臣请以阖门百口保之。’上乃从之。”①据此来看,当时很多府兵到了边地之后不是用于戍边,而是被将帅们用于自卫和营私,这些由于长期不被放归而被迫滞留边地的府兵竟达六十万之众。这样巨大规模的丁壮人口流出,不仅会使得府兵的流出地人口锐减,而且会造成府兵家庭的支离破碎,且严重影响了农业生产。

　　综上所述,无论是从时间还是规模上来看,府兵在全国各地的流动都是当时人口地域性流动的重要内容之一。

　　除了军事制度形成的人口地域性流动之外,战乱也是造成地方居民流动的重要原因。如S.2607中的《献忠心》(却西迁):

---

　　①[宋]司马光编著,[元]胡三省音注《资治通鉴》卷二一二《唐纪二十八》,第6753页。

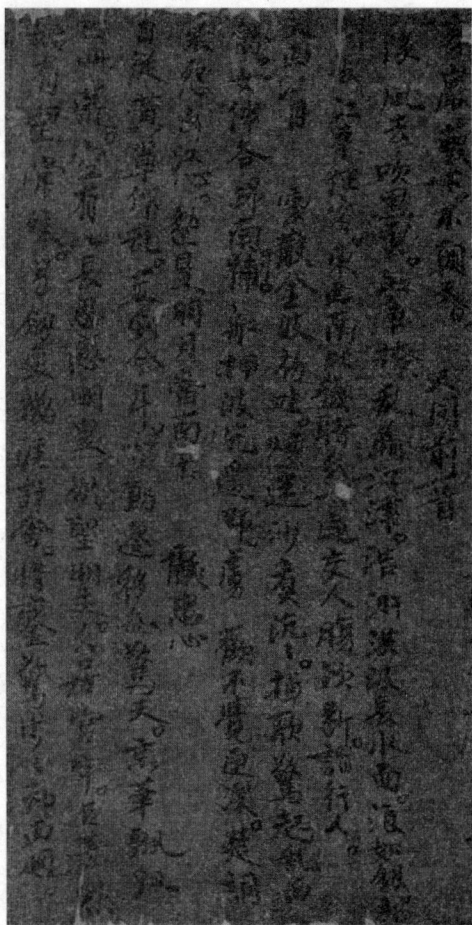

图3-3　S.2607《献忠心》(却西迁)

自从黄巢作乱。直到今年。倾动迁移。每惊天。京华飘摇。因此荒□。空有心。长思恋。明皇□。

愿圣明主。久居宫宇。臣等默佑。有望□。常输弓剑。更抛涯计。会将銮驾。一步步。却西迁。①

---

① 任中敏编著,何剑平、张长彬校理《敦煌歌辞总编》,上册,第290页。

辞中所展现的就是黄巢起义中唐僖宗率众出逃四川的场景。这种出逃,其实本质上也是一种人口的流动。事实上,黄巢起义对唐朝晚期的人口流动影响巨大。黄巢是唐代曹州冤句县(今山东菏泽)人,其前半期主要在今河南、安徽、山东、湖北等地进行流动作战,虽然接连取得胜利,但农民军人数却一直不多,对人口流动的影响还不是很大。但经今江西、浙江、福建转战至广州后,其率领的农民军人数已经发生了质的增长,至乾符六年(879),黄巢已经以"义军百万都统"自居。据《新唐书》载:"自桂编大栟,沿湘下衡、永,破潭州,李係走朗州,兵十余万爨焉,投骸蔽江。进逼江陵,号五十万。"①也就是说到黄巢军进逼江陵时,其人数已经达到五十万,除去夸大成分,实际上其所率义军至少也有数十万之众,其中相当大一部分都是在江西、浙江、福建作战时所招募的南方人。这实际上已经形成了很大的一股流动人口基数。但是等到黄巢兵败退出长安时,却只剩下了十八万人,那么另外数十万人到哪去了?

据《新唐书》记载,黄巢军北上到今湖北荆门时,"官兵伏于林,斗而北,贼急追,伏发,大败之,执贼渠十二辈。巢惧,度江东走,师促之,俘什八,铎招汉宏降之"②,即黄巢在荆门遭遇了唐军的伏击,部队损失了十之八九。于是"巢畏袭,转掠江西,再入饶、信、杭州,众至二十万"③,说明其再次转入南方作战。到后来攻潼关时,"承范以强弩三千防关,辞曰:'禄山率兵五万陷东都,今贼众六十万,过禄山远甚,恐不足守。'帝不许"④,说明其转战南方后,兵力经过补充,再次达到了惊人

---

① [宋]欧阳修、宋祁《新唐书》卷二二五下《列传第一百五十下·逆臣下》,第6455页。
② [宋]欧阳修、宋祁《新唐书》卷二二五下《列传第一百五十下·逆臣下》,第6455页。
③ [宋]欧阳修、宋祁《新唐书》卷二二五下《列传第一百五十下·逆臣下》,第6455页。
④ [宋]欧阳修、宋祁《新唐书》卷二二五下《列传第一百五十下·逆臣下》,第6457页。

的六十万。应当注意的是,这六十万人中,绝大多数还是黄巢从江南带过来的南方兵。渡过长江以后,起义军一路势如破竹,并没有遭遇很惨烈的战斗,伤亡人数应该也不会很多。从其进入长安到兵败离开,一共两年多时间,其间虽多次与唐军交战,但损失军士也并不多,见于史书记载的在六七万人左右,假设还有一些未见于史册,就按一共损失了十万人计算,那么应当还有四五十万人,减去其从长安撤退时所带走的十八万人,仍有二三十万人。这二三十万人中,有一部分投降了唐军,如《新唐书》载:"温数困,又度巢势蹙且败,而孟楷方专国,温丐师,楷沮不报,即斩贼大将马恭,降重荣。"①说明黄巢手下大将就投降了唐将王重荣,还有一部分则应当是散落在关中或附近其他地区了。就是黄巢从长安带走的这十八万人,也有很多都留在了北方,如唐僖宗中和四年(884)三月,朱温于王满渡(今河南中牟北)大败黄巢,黄巢的手下李谠、葛从周、杨能、霍存、张归霸、张归厚、张归弁等人率领其部投降了朱温。通过上述分析,我们可以认为黄巢起义本身就具有大规模的人口流动性质,在其转战南北过程中,必将带来大规模的人口流动,特别是其率领的数十万江南士卒,最终都通过战争的形式而大部分留在了关中、河南等北方地区,实质上形成了一次南北人口的大迁移。

　　如果说黄巢起义所引发的人口流动是由南至北流动,那么,对唐朝来说影响更加深远的另一场动乱——安史之乱所引起的人口流动,则呈现出由北向南的特征。关于安史之乱,敦煌歌辞也有所描述,如P.3128中的《菩萨蛮》(回鸾辂):

---

①[宋]欧阳修、宋祁《新唐书》卷二二五下《列传第一百五十下·逆臣下》,第6461页。

图3-4　P.3128《菩萨蛮》（回鸾辂）

再安社稷垂衣理。寿同山岳长江水。频见老人星。万方休战征。
良臣安国步。今喜回鸾辂。从此后泰阶清。齐□呼圣明。①

据任中敏考证，这首辞所表现的应当是安史之乱期间，长安收复后唐肃宗回銮长安的情景。辞中所用"再安社稷""万方休战征"等句，虽

①任中敏编著，何剑平、张长彬校理《敦煌歌辞总编》，上册，第279页。

然是对唐肃宗的颂谀之辞,但也可见这场动乱规模之大、破坏之烈。安史之乱引发的强烈社会动荡,对当时人口流动产生的影响极大。这一时期的人口流动,有一个极其显著的特点,即包括河南、河北及关中等北方地区大量人口向南方作长距离流动,这主要是由安史之乱波及的主要地区所决定的。唐玄宗天宝十四载(755)末安史之乱爆发后,安禄山率军十五万于范阳起兵,在两个月内席卷河北、河南的大部分地区,并占领了东都洛阳;短短半年后,又攻陷长安。从其叛乱的范围来看,主要集中在北方地区。特别是西京长安所在的关中地区、东都洛阳所在的河南地区等,都是当时唐朝的中心腹地,人口众多,经济繁荣,因此受到的破坏也尤其严重,迅速从经济繁荣、人口稠密的繁华之所变成了一片萧条之地。而同北方相比,秦岭—淮河以南的大部分南方地区则要安定得多,虽然也有一些小规模的战事,但对于身处安史之乱风暴中心的北方人来说,其仍是躲避战乱的最好选择。因此在这种特殊情况下,大量人口由北方流向南方在所难免,而当时人口流动的目的地,主要集中在蜀中和江淮地区。

在流向蜀中的人口中,最为人所津津乐道的应当是唐玄宗的"幸蜀"。当时跟随唐玄宗逃亡蜀地的人并不多,据《旧唐书》记载:"车驾至蜀郡,扈从官吏军士到者一千三百人,宫女二十四人而已。"[1]但是唐玄宗逃往蜀地带来的影响是巨大的。于是在玄宗之后大批北方人口因躲避战乱流向蜀中,由于是逃难,再加上人数众多,乃至于衣食住行都要求助当地人,如《旧唐书》记载:"山南、剑南,道路相望,村坊市肆,与蜀人杂居,其升合斗储,皆求于蜀人矣。"[2]至德二载(757),长安收复,玄宗于蜀中回銮,但是经过两年的时间,好多流往蜀地的北方民众已经在蜀

---

①[晋]刘昫等《旧唐书》卷九《本纪第九·玄宗下》,第234页。

②[晋]刘昫等《旧唐书》卷一一一《列传第六十一·高适》,第3330页。

地开启了新的生活,于是自此定居蜀地者甚多。除了蜀中,江淮地区是当时北方人的另一处主要流向地。据《旧唐书》所载:"自至德后,中原多故,襄、邓百姓,两京衣冠,尽投江、湘,故荆南井邑,十倍其初,乃置荆南节度使。"①可见当时流往江淮地区的人口之多。

除此之外,安史之乱还间接引起了另一场祸乱,即吐蕃对唐朝河西、陇右地区的占领。安史之乱爆发后,由于原驻守河西的唐朝精锐部队大多前往中原靖难,吐蕃乘虚而入,攻掠唐朝属地,先是攻占陇右,切断了河西地区与唐朝的联系,继而于唐代宗广德二年(764)攻占凉州。永泰二年(766),吐蕃又攻陷甘、肃二州。大历十一年(776),吐蕃攻陷瓜州,旋即围困沙州(即敦煌)。敦煌军民奋起抵抗,抗蕃战争长达十年之久,在经过长时间的对蕃斗争后,最终于贞元二年(786)陷入绝境。双方经过谈判,吐蕃答应敦煌军民"勿徙他境",敦煌则"寻盟而降",至此,敦煌进入吐蕃统治时期。

在吐蕃蚕食河西、陇右之地的过程中,有很多居住在河西、陇右之地的唐人为了躲避战乱不得不沿着河西走廊,一步步西迁,直至到达敦煌。这一时期向敦煌地区的人口流动,在敦煌歌辞中也有体现,如P.3123中的《秋夜长》(在他乡):

> 天暮芦花白。秋夜长。庭前树叶黄。旋草霜。
> 门前客来了。绣盖裆。夫妻在他乡。泪千行。②

这首辞后题有时代题记"壬辰年正月佛十七日便物历",据任中敏考证:"此壬辰依'干支指实',仅有宪宗元和七年、公元八一二相符,此

①[晋]刘昫等《旧唐书》卷三九《志第十九·地理二》,第1552页。
②任中敏编著,何剑平、张长彬校理《敦煌歌辞总编》,上册,第243页。

时河湟诸州尚未全复。若推至下一壬辰，已届懿宗咸通三年，瓜沙并回唐治，且二十年之久，断无不称年号、而称干支之理，为不合矣。"①笔者深以为然。当然，从这个时代题记并不能准确判断其作辞年代，因为这首辞既有可能是"壬辰年正月佛十七日"奉佛者所作，连同贡物一同献于佛前，也有可能只是当时敦煌奉佛者在奉佛时所抄的歌辞抄本。"壬辰年正月佛十七日"记录的有可能只是抄本的年代，而非准确的作辞年代，若如此，则本辞的作辞年代应该还要更早一点。但无论是哪种情况，其作辞年代至迟应不会晚于唐宪宗元和七年（812）。之所以不用年号而采用干支纪年，是因为此时敦煌正处在吐蕃统治之下，中原王朝的年号被禁用。若依上述第一种可能性，即这首辞是"壬辰年正月佛十七日"奉佛者所作，则该辞的创作地点毫无疑问就在敦煌。辞中的夫妻既然以敦煌为"他乡"，那么其肯定不是敦煌本地人，有可能就是在吐蕃占领河西、陇右过程中一步步退居到敦煌的，本打算在敦煌暂避一时，可是没想到吐蕃最后又攻占了敦煌，因此被迫在敦煌开始了长达数十年的客居生活。从辞中可见，这对夫妻虽身在敦煌，但是却没有归属感，始终认为自己是异乡之人，对家乡仍十分眷恋。这也是当时因战争流动在外的人们的心理常态，毕竟如果不是出于无奈，又有谁愿意离开自己的故土远走他乡呢！

有离乡就有回乡。吐蕃赞普郎达玛于842年被僧人刺杀后，吐蕃统治集团内部争斗不休，其在敦煌的统治已经风雨飘摇。唐宣宗大中二年（848），沙州豪强张议潮率部起义，赶走吐蕃守将节儿，夺回了瓜、沙二州，并迅速向东西方向扩展，与此同时，又分遣几路使者前往长安报捷。855年，唐朝同意设归义军，以张议潮为节度使兼领十一州观察使，敦煌自此进入张氏归义军时期。敦煌重新回归唐朝怀抱之后，许多

---

①任中敏编著，何剑平、张长彬校理《敦煌歌辞总编》，上册，第244页。

在吐蕃统治时期因故滞留敦煌的人,纷纷开始了自己的回乡之路。在敦煌歌辞中,对这类人的心境也有描写,如《浣溪沙》(万里迢停):

> 万里迢停不见家。一条黄路绝鸣沙。自忆家乡心意乱。日长斜。
>
> 海水亲圖来往□。远闻孤雁转思多。惆怅年年归北路。曲子催送浪淘沙。①

据任中敏考证,辞中所言"归北路","即以蕃归汉之路"②。其实这也是敦煌唐代歌辞中的常用写法,如《望江南》其六(边塞苦)中以"背蕃归汉经数岁"来形容张议潮领导下的敦煌人民脱离吐蕃统治的过程。如果诚如任中敏所言,"归北路"与"以蕃归汉之路"的用法类似,那么辞中主人公回乡的时间极有可能是在张议潮推翻吐蕃统治,重新归附唐朝之后。上片"万里迢停不见家。一条黄路绝鸣沙"说明了其与家乡相隔之远,同时"一条黄路绝鸣沙"的描述也与敦煌境内鸣沙山以及敦煌的代称"龙沙塞"的地理特征相符,因此主人公应当是敦煌光复之后从敦煌出发返乡。主人公一想起自己的家乡就心意凌乱,思绪万千,可见其对家乡的深厚感情。对于下片首句"海水亲圖来往□"的"亲圖"二字,任中敏言"下片'亲圖'费解,待校"③,笔者认为"海水亲圖来往□"应是主人公对自己家乡具体位置的描述。"圖"应当为"圖山",在今江苏省镇江市附近,濒临长江入海口,自古以来就是海防重地。"亲"则为亲近、靠近之意,故"海水亲圖"应为海水靠近圖山,符合圖山濒临长江入海口的地理位置,而且圖山距离敦煌相去甚远,也符合辞中首句"万里迢停

---

①任中敏编著,何剑平、张长彬校理《敦煌歌辞总编》,下册,第1117页。

②任中敏编著,何剑平、张长彬校理《敦煌歌辞总编》,下册,第1118页。

③任中敏编著,何剑平、张长彬校理《敦煌歌辞总编》,下册,第1117页。

不见家"的描述。因此,辞中主人公的家乡应当在圌山附近,也就是今天的江苏省镇江市周边地区。当然,因为缺乏其他有力证据支撑,权且当作笔者的一种推测。"远闻孤雁转思多"是指主人公在归乡途中路遇孤雁悲鸣,故而心生许多感慨。也许是在敦煌的日子里日日都盼望鸿雁送来故乡的消息,可是每次都失望,如今真正踏上了回乡的旅程,恰又遇到孤雁悲鸣,使得主人公又想起客居敦煌时的种种往事,不由感伤。最后两句"惆怅年年归北路。曲子催送浪淘沙"则是由孤雁悲鸣所引起感思的具体内容。主人公想起这些年里年年都为如何踏上归乡之路而惆怅不已,但都无计可施,只好吟唱曲子聊以自慰。主人公对那些年想回乡而不得的往事的回忆,恰好也衬托出了他此时终于得以回乡时心理上的快慰和解脱。

第四章 敦煌歌辞中的世俗人物形象赏析

一、敦煌歌辞中的世俗男性人物形象

敦煌歌辞中,涉及大量唐代男性人物形象,他们或是漂泊在外的游子,或是求取功名的儒生,又或是隐居山林的隐士,等等。这些男性人物形象的塑造,极大地丰富了敦煌歌辞的内容,同时也为我们进一步了解唐代男性在不同阶层、不同角色、不同境遇下各自的命运走向提供了不可多得的鲜活材料。在本章中,我们将通过敦煌歌辞中的具体篇章,对其所涉及的唐代世俗男性人物形象进行分类研究。

(一)儒生

汉武帝"罢黜百家,独尊儒术"后,儒家学术思想逐渐占据了统治地位,儒生遂成为天下知识分子的代表。东汉文学家王充《论衡·超奇篇》载:"故夫能说一经者为儒生,博览古今者为通人。"①可见,汉唐以来,知识分子内部也有着越来越严格的界限划分,儒生不再是天下知识分子

_____

① [汉]王充《论衡》,长沙:岳麓书社,1991年,第213页。

的通称,而仅指那些学问不高、读书不多的"能说一经"的下层知识分子。这些下层知识分子因为不能享受到特权阶层的待遇,常常混迹于下层民众之中,能体会到民间疾苦,所以每当战乱来临之际,他们往往有更加直观和切实的感受。如《菩萨蛮》(问龙门):

> 自从宇宙充戈戟。狼烟处处熏天黑。早晚竖金鸡。休磨战马蹄。
> 淼淼三江水。半是儒生泪。老尚逐经才。问龙门何日开。①

根据任中敏考证:"右辞首二句所指,当是安史乱后情况,则作辞时代须早在中唐之初。"②深以为然。辞中所描绘的应当就是一个典型的身处安史之乱战火中的唐代下层知识分子形象。上片主要以儒生的视角写战乱之苦,前两句"自从宇宙充戈戟。狼烟处处熏天黑"即言战争规模之庞大。自从战乱发生以来,战火遍及四面八方,狼烟遍地,将天都熏黑了。这并不是什么夸张手法,而是一个亲历者对安史之乱的真切感受。据《旧唐书·郭子仪传》记载:"夫以东周之地,久陷贼中,宫室焚烧,十不存一。百曹荒废,曾无尺椽,中间畿内,不满千户。井邑榛棘,豺狼所号,既乏军储,又鲜人力。东至郑、汴,达于徐方,北自覃怀,经于相土,人烟断绝,千里萧条。"③可见当时安史之乱规模之大,对民众所造成的伤害之深。而在这遍地狼烟里,儒生本人肯定亦身在其中,他也是饱经战乱之苦的受害者,可是因为他身份低微,没有办法改变这种局面,因此只能发出"早晚竖金鸡。休磨战马蹄"的无奈呼喊。"竖金鸡"为古时天下大赦时的一种仪式,据《新唐书》记载:"赦日,树金鸡于仗

---

① 任中敏编著,何剑平、张长彬校理《敦煌歌辞总编》,上册,第253页。
② 任中敏编著,何剑平、张长彬校理《敦煌歌辞总编》,上册,第254页。
③ [晋]刘昫等《旧唐书》卷一二〇《列传第七十·郭子仪》,第3457页。

南,竿长七丈,有鸡高四尺,黄金饰首,衔绛幡长七尺,承以彩盘,维以绛绳,将作监供焉。击搁鼓千声,集百官、父老、囚徒。"①这里用来代指和平。"早晚"表现了儒生本人对和平何时才能到来的不确定性。什么时候和平才能到来呢? 不要再让战马的蹄子因为战争而磨损了!

下片"森森三江水。半是儒生泪"中的"三江"为虚指,并非确定的三条江。波涛奔涌的三江水里,一半都是儒生的眼泪啊! 这自然是极其夸张的表述。儒生之所以如此伤心,一方面是由于他身处战乱之中,接近下层民众,对战争给民众带来的苦难有切身的体会,是同情底层民众的表现。另一方面,他也为自己而哭,在战争中他所处的境况是尴尬的,他空有一腔报国的热血,但是又报国无门,只能痛哭流涕。最后两句"老尚逐经才。问龙门何日开"是儒生的自白。这两句话语意双关,表面上看,是表达自己虽然已经年老,但是仍不放弃对仕途的追求,其实是表达自己想要报效朝廷的决心。这里的"经才"不仅能理解为在儒家经典方面的文才,更应当理解为"经世致用之才"。儒生想要表达的深层次内涵是自己虽然年老,但仍然想为朝廷和百姓贡献出自己的一份力量,使民众免于战火之苦,希望有一天自己能够有这样的机会得到朝廷的赏识。

全辞成功地塑造了一个有坚定意志、有爱国情怀、有爱民之心的底层知识分子形象。天下战乱蜂起之时,儒生本人亦深受其害,但他没有因此而沉沦,而是坚定自己的信念,希望有朝一日能够为天下的安定和民众的幸福出一份力,这是极为难得的。同时从辞中我们也应当注意到中国古代知识分子的浪漫情怀,辞中儒生所要追求的"挽狂澜于既倒,扶大厦之将倾"的人生抱负实际上与他的身份和能力是不相匹配的,但他没有放弃对这种人生境界的追求,仍然保持着积极向上的心态,这也正是其可爱之处。

①[宋]欧阳修、宋祁《新唐书》卷四八《志第三十八·百官三》,第1269页。

(二) 将军

中国古代对不同类型将领的评价有相当大的区别。如果只是空有一身武艺、一腔热血，那么即使是立有战功也大多会被认为是匹夫之勇，不会被认为是最一流的将军；只有智勇双全、文武兼备，才能称得上是有大将之才。因此，自古以来"上马治军，下马治民，腹中有韬略，笔下有文章"一直是将军们所追求的人生境界。P.3128 的《浣溪沙》(为君王)中的主人公正是迎合了这种思想：

　　却挂绿襴用笔章。不藉你马上弄银枪。罢却龙泉身解甲。学文章。

　　你取砚筒侬捻笔。叠纸将来书两行。将向殿前报消息。也是为君王。①

全辞以一位妻子的口吻写成。辞中上片前两句即交代了故事发生的背景，以及主人公的身份。"绿襴"指的是将军的战袍，说明主人公的身份是一位战将。"却挂绿襴"即指将战袍收挂起来，将军挂起战袍，说明战事已经结束了，这便是故事发生的背景。战事结束后，妻子看到身为武将的丈夫挂起战袍拿起笔来写文章，不禁娇嗔地开玩笑说："你难道忘记你是个在马背上舞枪杀敌的将军了吗？"而丈夫回答："我放下宝剑卸去铠甲，正是下定决心要学写文章。"这几句话将一位将军的志向表露了出来，他不甘心做一个只会"马上弄银枪"的武夫，而立志要成为一个文武兼备的大将。

下片前两句则具体写将军"学文章"的过程。将军拿来砚台和笔筒，由妻子捻笔折纸，让其试着"书两行"，着重表现了将军和妻子之间

①任中敏编著，何剑平、张长彬校理《敦煌歌辞总编》，上册，第254页。

的深情厚爱,也令人耳目一新,毕竟在世俗看来,战将一般为人都粗犷
豪迈,谁会想到其也会有如此铁汉柔情的一面呢? 这也再次暗示了,
这位将军并非一般的粗莽武夫,而是具备文人情感细腻的一面,是有
可能成为一位文武全才的将军的。最后两句"将向殿前报消息。也是
为君王"是本辞的重点所在,它直接点明了这场战事的结果,即取得了
胜利,因此才要急于向君王奏报胜利的消息。同时也交代了其学文章
的直接目的,那就是要将自己亲手写的捷报递送到君王的手中。当然,
这之间是否也暗藏了将军自己的一点私心呢? 试想一下,当君王看到
胜利的消息,本就应当十分欣喜,而当他知道赢得这场胜利的爱将如
今不仅仅会打仗,也能够提笔写文章了,是否会对其更加赏识呢?

本辞主要突出了两个主题,第一是将领对自己文武双全的理想的
不懈追求,他没有因为打了胜仗就居功自傲,而是想要提高自己的文化
修养,使自己变得更加完美。第二则是忠君爱国的思想主题,在中国古
代,忠君与爱国是不能拆分的整体概念,忠君即爱国。将军在外征战打
了胜仗,第一个想到的就是让君王知道这一大好消息,甚至自己学写文
章最直接的目的也是讨得君王的欢心,一位忠君爱国的将领形象被成
功地塑造了出来。

有关本辞还有一点需要多加赘言,即它与当时文学创作的主流是
相反的。唐代诗歌作品中,由文人至武将是主流,比如杨炯的《从军
行》"宁为百夫长,胜作一书生"①,李贺的《南园十三首》(其五)"男儿何
不带吴钩,收取关山五十州。请君暂上凌烟阁,若个书生万户侯"②,又
如祖咏的《望蓟门》"少小虽非投笔吏,论功还欲请长缨"③等。这与当

---

①[唐]杨炯著,徐明霞点校《杨炯集》,北京:中华书局,1980年,第21—22页。
②[清]彭定求等《全唐诗(增订本)》卷三九〇,第4414页。
③[清]彭定求等《全唐诗(增订本)》卷一三一,第1335页。

时唐王朝的兴盛有关,初唐至盛唐时期,唐王朝对周边民族的影响力达到了前所未有的新高度,只要是对其产生威胁或不臣服于它的民族基本都被其以武力或其他政治途径平定,唐太宗甚至被周边民族冠以"天可汗"的尊称。因此,在这种时代背景下,效命疆场、杀敌报国、提高大唐的影响力成为了当时文人普遍追求的人生理想。而本辞所表现的思想却是由武将至文人,这也透露了一个现实,由武将到文人易,由文人到武将难。从现存史料来看,唐代对征战沙场、为国效命有所憧憬的文人虽多,表现这方面主题的文学作品也占有很大比例,但是真正将这一理想变为现实的却极少,这主要是因为知识分子想要从军报国大多是出于一种浪漫主义情怀,实际上他们对战争的残酷性和军事技能的专业性是缺乏一个全面的认识的。相反,武将想要成为文人却要简单得多,特别是如果不是一心想要成为大家名流,而是如本辞中主人公所追求的那样,仅仅是想学写文章等文人的基本技能,无疑是更容易实现的。

(三)隐士

魏晋南北朝时期,受到道家思想影响,玄学渐盛,儒学渐衰,加上当时时局动荡,大量知识分子为避战祸,选择隐迹于山林之间,山水田园诗遂开始兴起。可以说,山水田园诗的兴起,道家思想特别是道家追求清净无为,向往神仙世界的思想起到了关键作用。于是此后大量描写道家神仙生活、隐逸志趣以及追求长生等思想观念的山水田园诗不断涌现。这种山水田园诗的风格也影响了敦煌歌辞的创作,在敦煌歌辞中,出现了一些描绘道家隐逸生活的作品,它反映了道家之隐士们对理想的精神世界的追求。如 P.3821 中的《浣溪沙》(幽径):

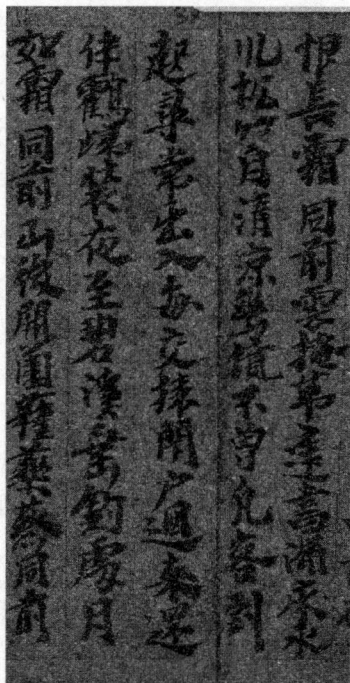

图4-1 P.3821《浣溪沙》(幽径)

云掩茅庭书满床。冰川松竹自清凉。幽境不曾凡客到。岂寻常。

出入每教猿闭户。回来还伴鹤归装。闲至碧溪垂钓处。月如

霜。①

本辞所写的对象正是一位隐居在山林之中的道家隐士。上片主要写其隐居期间的居住环境。虽然住的是茅草屋,但是满床的书说明主人公的精神世界是充盈的,加上处于云山雾绕之中,又有清溪松竹相伴,像极了仙境。像这种幽静又没有凡俗之辈打扰的地方,岂是寻常之所? 上片通过对主人公隐居读书环境的描写,塑造了一个令人向往的人间仙境。

①任中敏编著,何剑平、张长彬校理《敦煌歌辞总编》,上册,第259页。

下片则暗藏着主人公对道家神仙世界的追求。在道家神仙世界里，仙人一般都有祥瑞的动物相伴左右，而在主人公的想象中，自己出入也有猿鹤相伴。这种猿鹤相伴的生活也更加体现了其隐逸的志趣，以及他不屑于混迹于尘世之间的追求。最后两句"闲至碧溪垂钓处。月如霜"，主人公反常理行之，一般来说，垂钓要在白天进行，为何要夜晚去呢？可见其目的不是钓鱼，而是率性而为，表现了其不受凡俗约束的思想。这也与道家任其自然的思想倾向相符。

需要注意的是，道家之隐士并不等同于道士。唐代对于出家的管理十分严格，据《唐律疏议》记载："诸私入道及度之者，杖一百（若由家长，家长当罪）。已除贯者，徒一年。本贯主司及观寺三纲知情者，与同罪。若犯法合出观寺，经断不还俗者，从私度法。即监临之官，私辄度人者，一人杖一百，二人加一等。"[1]可见在唐代，想要出家入道需要经过官方的严格审查和批准，并不是对道家隐逸思想有所追求就可以私自入道，因此当时很多道家之隐士其本质仍然是世俗中人，只不过有不同于寻常人的精神追求。从辞中所反映的精神志趣来看，主人公也确实并非属于想要彻底与世俗世界脱离关系的出家人，他所向往的是"幽境不曾凡客到。岂寻常"，也就是没有凡夫俗子打扰的不同寻常的高雅生活。这也侧面表明了主人公并没有与世隔绝，因为他所不希望的只是被"凡客"打扰，而与"凡客"相对应的"雅客""高客"等等，其并不反对甚至是热衷于与他们交往的，因为他们符合主人公的精神追求，且正好可以反映主人公"茅庭"的"岂寻常"。

本辞中所展现的主人公身居"茅庭"但自得其乐，且对精神世界有崇高追求的旨趣和唐代诗人刘禹锡有极大的相似之处。刘禹锡在《陋室铭》中曾言："山不在高，有仙则名。水不在深，有龙则灵。斯是陋室，

---

[1][唐]长孙无忌等撰，刘俊文笺解《唐律疏议笺解》卷一二《户婚》，第931页。

惟吾德馨。苔痕上阶绿,草色入帘青。谈笑有鸿儒,往来无白丁。"①本辞中的"茅庭"其实本质上来说就是《陋室铭》中所言的"陋室",而"幽境不曾凡客到。岂寻常",与《陋室铭》中所表现的"谈笑有鸿儒,往来无白丁"的高雅志趣也是一致的。《陋室铭》开篇即言"山不在高,有仙则名。水不在深,有龙则灵",充满了道家神仙思想的氛围,而本辞中下片前两句"出入每教猿闭户。回来还伴鹤归装",所展现的正是一个猿鹤相伴的道家神仙世界。因此,可以说这种对高雅淡泊的精神世界的追求,也许是当时相当一部分知识分子们所追求的普遍理想,只不过儒家道德观念中对这种思想追求是不提倡的,因而他们只能从道家思想中寻找精神寄托。表面上看,儒道两家都有隐士存在,但实际上两者是完全不同的两个概念。道家之隐居大多数是主动的,是出于对道家神仙世界和清净无为思想的追求,他们沉浸在自己的精神世界里,自得其乐。而儒家之隐居则不然。受到入世观念的影响,儒家知识分子们崇尚对世俗世界有所追求,崇尚在社会和民众中间寻找自我价值,实现人生理想。在这种思想的引导下,隐迹山林是对现实的逃避,是不可取的。因此,除非万不得已,做隐士不是儒家知识分子们的第一选择,他们的隐居大多是不得已的,是被动的,或为避战乱,或政治上遇到大的坎坷等等。

相比于儒家,可以说道家之隐居目的相对单纯,最终是为了达到某种境界,比如希望自己能够长生不老,希望自己能够做到天人合一等。而儒家则不同,如晋代苻朗《苻子·方外》载:"太公涓钓于隐溪,五十有六年矣,而未尝得一鱼。鲁连闻之,往而观其钓焉。太公涓跪石隐崖,不饵而钓,仰咏俯吟,及暮而释竿。"②姜太公垂钓五十六年未得一鱼,鲁

①[唐]刘禹锡著,卞孝萱校订《刘禹锡集》,第630页。
②[清]严可均《全晋文》卷一五二《全上古三代秦汉六朝文》,北京:商务印书馆,1999年,第1588页。

连听说了连忙过去观看,结果发现其并不设鱼饵,甚至连鱼钩都是直的。这说明姜太公的目的并不是钓鱼,而是将钓鱼作为一种手段,为其实现自己的人生理想而蛰伏,等待时机。儒家之隐士大多如此,他们的隐居更多的是一种暂时的权变之策,是为了更好地实现自我价值而采取地一种谋略。

(四)游子

在敦煌歌辞中,有大量描写唐代客居异乡的游子生活的篇章,他们或因战乱流落他乡,或因投军滞留边地,或因谋生游走四方,但无论是因何原因,对故乡的眷恋和对亲人的思念都是他们心中永恒的主题,也是这一类型歌辞所要极力展现的中心思想。如P.4017的《鹊踏枝》(他邦客):

> 独坐更深人寂寂。忆念家乡。路远关山隔。寒雁飞来无消息。教儿牵断心肠忆。
>
> 仰告三光珠泪滴。教他耶娘。甚处传书觅。自叹宿缘作他邦客。辜负尊亲虚劳力。①

辞中展现的正是一位因故流落他乡的游子形象。上片主要描写游子在深夜里思念故乡与亲人的情景。夜深人寂之时,游子一人独坐,难以入睡,心中无限忆恋自己的家乡。每次看到大雁飞来,都急切地希望有来自故乡和父母的消息,可是每次都令他失望,这种与父母隔绝的日子怎能不让人痛断肝肠呢! 在此处,作者不用常见的"鸿雁"而改用"寒雁",是为了更有效地突出游子一人在异乡,其内心的寒冷与悲凉,大有点睛之意。

关于主人公的身份,高国藩在《敦煌曲子词欣赏》中指出:"'关山'

---

①任中敏编著,何剑平、张长彬校理《敦煌歌辞总编》,上册,第304页。

一词,则令我们推测他可能是一位征夫,这从古乐府民歌《木兰辞》'万里赴戎机,关山度若飞'的诗句可见一斑;另古乐府中更有《关山月》横吹曲名,多写边塞士兵久戍之苦,以及与家人互伤离别之情。"①这是根据第三句中"关山"一词的常用意象,判断这位游子的身份应当是一位远在边塞的征夫,笔者认为未必准确。虽然与"关山"有关的诗歌作品也确有相当大一部分是描写边塞景象,如张籍《关山月》"可怜万国关山道,年年战骨多秋草"②,又如杜甫《登岳阳楼》"戎马关山北,凭轩涕泗流"③等,但由于关山又具有奇险的特征,是古时著名的难以跨越之山,故也被文人们用来形容道路遥远且险阻重重,难以到达,并不完全专用于军旅。如王勃《滕王阁序》"关山难越,谁悲失路之人;萍水相逢,尽是他乡之客"④,又如骆宾王《忆蜀地佳人》"东西吴蜀关山远,鱼来雁去两难闻"⑤,就此二诗来看,皆为借关山来形容道路之艰难遥远,难以到达,并无与军事相关联之含义。而且结合下片"教他耶娘。甚处传书觅"来看,主人公的"耶娘"(敦煌俗词,指父母)甚至连他在哪都不知道,因此想与他通一封家信也不知该寄往何处,这不符合征夫的特征。征夫作为唐代府兵制的产物,戍守何处、何时出发都有具体规定,而且征夫出发应征投军为全家之大事,所需之衣物、干粮等皆需家人与其备齐,因此父母家人不知其身在何处的可能性很低。敦煌歌辞中表现征夫与家人之间互相联系的词句也很多,如《凤归云》二首其二(绿窗独坐)中"绿

---

① 高国藩《敦煌曲子词欣赏》,第155页。

② [唐]张籍著,徐礼节、余恕诚校注《张籍集系年校注》,北京:中华书局,2016年,第81页。

③ [唐]杜甫著,[清]仇兆鳌注《杜诗详注》卷二二《登岳阳楼》,第1947页。

④ [唐]王勃著,[清]蒋清翊注《王子安集注》,上海:上海古籍出版社,1995年,第233页。

⑤ [唐]骆宾王著,[清]陈熙晋笺注《骆临海集笺注》,上海:上海古籍出版社,1985年,第151页。

窗独坐。修得君书。征衣裁缝了。远寄边隅"①,又如《捣练子》四首其三(送征衣)中"造得寒衣无人送。不免自家送征衣"②等,都表现了征夫和家人之间能够书信来往,寄送征衣,甚至能够亲自去往征夫戍所递送寒衣的事实。因此,辞中主人公极有可能不是征夫,而只是一位因其他原因滞留他乡的普通游子。

下片则主要写来自这位游子内心深处的独白。游子满含泪水向三光(指日、月、星)祈祷,这里祈祷的主要目的应当是希望日月星辰能够转达自己对故乡和父母的牵挂。类似借日月星辰特别是明月传达自己对故乡和亲人思念的诗词很多,如白居易《望月有感》"共看明月应垂泪,一夜乡心五处同"③,又如苏轼《水调歌头》"但愿人长久,千里共婵娟"④等。紧接着主人公表达了他祈求日月星辰为其递送消息的原因,即"教他耶娘。甚处传书觅",也就是说父母不知道他身在何处,不能与他联系。最后两句"自叹宿缘作他邦客。辜负尊亲虚劳力"则是表达游子对旅居他乡的无奈和对父母的愧疚。萍居异乡,自然不是主人公的意愿,毕竟如果不是因为生活所迫,没有人愿意背井离乡,远离家人,因此主人公只能将眼下这种境遇归结于"宿缘"。"宿缘"为佛教用语,意为前世命定,用于此处主要是想表达主人公的内心想法,即都是命中注定的,怨不得他人,同时也透露出这位游子在与命运抗争中的一种虚弱与无力感。虽然自己已经认命了,这一切都是上天注定的结果,但这并不妨碍他对父母的愧疚。在传统儒家思想中,孝道是一个人的立身之本,《论语·里仁》言:"父母在,不远游,游必有方。"⑤父母历尽艰辛将他养大

①任中敏编著,何剑平、张长彬校理《敦煌歌辞总编》,上册,第37页。
②任中敏编著,何剑平、张长彬校理《敦煌歌辞总编》,中册,第304页。
③[唐]白居易著,朱金城笺校《白居易集笺校》,第781页。
④邹同庆、王宗堂《苏轼词编年校注》,北京:中华书局,2002年,上册,第174页。
⑤杨伯峻《论语译注》,北京:中华书局,1980年,第40页。

成人,如今自己却客居他乡,家中只剩下年迈的双亲,该由何人来奉养,这岂不是辜负了父母的养育之恩吗?

全辞将一位远在异乡的游子形象雕琢得立体丰满,既有对故乡的思念,也有对父母的愧疚,同时还暗含了在当时的时代背景下,一个普通人在与命运抗争中的虚弱和无力。这位游子虽然没能在父母床前尽孝,但我们仍然应将他视为一位孝子,因为孝道属儒家的传统道德体系,是一种道德标准,而道德最大的特点就是发自内心,其行为是本心的外在表现,作者对父母的深情正是从其内心深处涌现出来,只不过受到客观条件的限制,无法用行动的方式去呈现。

(五)商人

敦煌歌辞中,有表现唐代商人生活状态的篇章,其中对不同商人的人生境遇和生活状态做了迥然不同的描绘,重点突出了不同阶层商人之间截然不同的命运走向,使人对当时社会贫富差距有更加深切的感受。如《长相思》(三不归)三首:

> 其一
> 估客在江西。富贵世间稀。终日红楼上。□□舞著辞。
> 频频满酌醉如泥。轻轻更换金卮。尽日贪欢逐乐。此是富不归。
> 其二
> 旅客在江西。寂寞自家知。尘土满面上。终日被人欺。
> 朝朝立在市门西。风吹□泪双垂。遥望家乡肠断。此是贫不归。
> 其三
> 作客在江西。得病卧毫厘。还往□消息。看看似别离。
> 村人曳在道傍西。耶娘父母不知。身上剔牌书字。此是死不归。①

①任中敏编著,何剑平、张长彬校理《敦煌歌辞总编》,中册,第374页。

其一主要塑造的是一个在异乡经商成功的富商形象。首句中的"江西",有可能是唐玄宗开元二十一年(733)后设立的"江南西道"的简称,辖境主要包括今江西、湖南大部及湖北、安徽南部地区(除徽州),且最有可能就是指今天江西省的某一具体地区。"江西"当时是商业重地,白居易《琵琶引》"商人重利轻别离,前月浮梁买茶去"[①]中的"浮梁",就在今江西省景德镇辖区,可见"江西"商业之繁荣。但因缺少其他有力证据支撑,故作一个模糊的地域位置解,在此且暂称为异乡。这位商人已经成功到什么程度了呢?"富贵世间稀",也就是说他的富有程度已经到了天下少有的境地。"红楼"在此指青楼会所,这位富商因为已经功成名就,因此整天的生活就是留恋于青楼之上,在推杯换盏之间喝得烂醉如泥。"金卮"指金杯,喝酒的杯子都是金做的,在此点出了这位商人的富贵身份。终日醉生梦死,这便是当时这位富商的生活。

另外有一点不可忽略,任中敏在《敦煌歌辞总编》中说到"饶编(一一一页)云:'按此三首联章,末句分言富、贫、死三者之痛。'原文明明曰'尽日贪欢逐乐',不知'富不归'者究有何'痛'? 饶氏应为代言一番"[②],说明任中敏认为第一首中表现的仅为富者贪欢逐乐的腐朽生活场景,而不同意饶宗颐富者的享乐生活中可能也夹杂着痛楚和无奈的观点,而饶氏只是提出观点,并没有对这一"富者之痛"的观点作进一步的合理解释,这也是引起任中敏质疑的原因所在。笔者认为,饶氏的所谓"富者之痛"的观点是有一定道理的,其着眼点极有可能是当时商人低下的社会地位。我们从辞中可以看出,这位富商的生活环境虽然很优渥,但是其活动范围却很狭隘,仅仅是流连于青楼伎馆之间,饮酒作乐,接触的人地位也不高,大多是伎女乐工之流,这很有可能是受到当时商人地位的限制。在

---

①［唐］白居易著,朱金城笺校《白居易集笺校》,第686页。
②任中敏编著,何剑平、张长彬校理《敦煌歌辞总编》,中册,第375页。

中国两千多年的封建社会里,商人的社会地位一直都比较低下,排在"士农工商"的末尾。唐代也是一样,民间的工商业者经常被视为杂类、杂流、贱类,这样的观念在官僚士大夫甚至平民百姓的意识中都很深入。

在中国古代,有没有入仕权即做官的权利是衡量一个阶层社会地位高低最重要的标准之一。而在唐代,商人入仕这条路基本是走不通的,特别是唐中央政府以法令的形式多次明确表示商人不得入仕。如唐高祖武德七年(624)令规定:"士农工商,四人各业。食禄之家,不得与下人争利。工商杂类,不得预于士伍。"①这就明确规定了商人不得入仕。《唐律疏议》又在《选举令》的基础上再次将商人不得入仕的规定细化,并制定了对违反者的相应处罚,"依《选举令》:'官人身及同居大功以上亲,自执工商,家专其业者,不得仕。其旧经职任,因此解黜,后能修改,必有事业者,三年以后听仕。其三年外仍不修改者,追毁告身,即依庶人例。'其有官及无官之人,依令不得仕而诈求得官及未满三年隐状选得官者,并同'增减功过年限预选得官',合徒一年。其三年外仍不修改,若方便不输告身,依旧为官者,亦同'不应为官'之坐。若追纳之后,却盗及私赎得以为官者,依上条'诈假官'论"②。这条律令对限制官商之间身份的流动不可谓不严谨细致,不仅规定了做官者如果经商,则面临罢官的处罚,要根据其表现,三年后才能再次入仕,三年后如果继续经商,则销毁告身(古代授官的文凭),贬为庶民,不得再入仕。而且规定若商人诈求得官,或者因经商而被罢官未满三年,隐瞒自己的实际情况得官者,处以徒刑一年的刑罚;因经商而被解职三年后仍不改正,并且采取不正当手段不缴纳告身继续为官者,一经发现,处以徒刑二年;若以偷、私下赎买的方法获得告身为官者,流放两千里。这些严格的规定和相应的

①[晋]刘昫等《旧唐书》卷四八《志第二十八·食货上》,第2089页。

②[唐]长孙无忌等撰,刘俊文笺解《唐律疏议笺解》卷二五《诈伪》,第1713页。

惩罚措施使得商人想要为官几乎成为不可能之事。

　　虽然有唐一代富商巨贾通过"助军"捐款、结交权贵藩镇等其他手段获得官职的也有其例,甚至有时竟有泛滥之势,如《资治通鉴》就记载唐中宗时"安乐、长宁公主及皇后妹成国夫人、上官婕妤、婕妤母沛国夫人郑氏、尚宫柴氏、贺娄氏,女巫第五英儿、陇西夫人赵氏,皆依势用事,请谒受赇,虽屠沽臧获,用钱三十万,则别降墨敕除官,斜封付中书,时人谓之'斜封官';钱三万则度为僧尼。其员外、同正、试、摄、检校、判、知官凡数千人。西京、东都各置两吏部侍郎,为四铨,选者岁数万人"①,但这种用钱买官的手段对商人社会和政治地位的提升裨益不大,相反会使其更加受到鄙视,认为其违反律令,是"商人乱政"的典型表现。而且这些官职一般也是边缘化的虚职,关键显要的职位依然与他们绝缘。

　　不过也不是没有例外。如《太平广记》中就记载过一则关于唐太宗年间大商人裴明礼的故事:"唐裴明礼,河东人。善于理生,收人间所弃物,积而鬻之……贞观中,自古台主簿,拜殿中侍御史,转兵吏员外中书舍人。累迁太常卿。"②从该记载来看,裴明礼原本的身份是一位商人,但却"自古台主簿,拜殿中侍御史,转兵吏员外中书舍人。累迁太常卿",可谓是一路官运亨通,最后竟然做到了宰相级别。这其实很大程度上和唐太宗本人的执政理念有关,唐太宗以"天下英雄入吾彀中矣"为傲,十分重视对各个领域人才的笼络。因此,知道民间有如此非凡的经营能力和头脑的人物,破格提拔录用是可以理解的。虽然裴明礼这样成功由"商"转型为"官"的人在当时依然存在,但因为其中有很大的际遇和运气成分,因此仍然属于不具有代表性的个例。或许正是因为唐代对商人的限制太多,所以才导致了这位富商只能混迹于风流之地,

---

①[宋]司马光编著,[元]胡三省音注《资治通鉴》卷二〇九《唐纪二十五》,第6623页。
②[宋]李昉等《太平广记》卷二四三《裴明礼》,第1874—1875页。

只有在这里他们才不会遭受到权贵的白眼和鄙视。辞中富商这种整日推杯换盏、烂醉如泥的状态或许并不是他想要的,但是在当时的社会环境下,他又无法发挥其他方面的才能,因此只能借美酒佳人麻痹自己吧。

其二则描绘了一个客居异乡的城市小商贩的日常生活情景。其客居异乡,内心的苦痛与寂寞只有自己知道,由于终日奔波劳苦,常常都以一副蓬头垢面的样子示人,不仅如此,还因为地位低下而整天受人欺负。"市"指的是集中买卖货物的固定场所,"朝朝立在市门西",说明其身份为最底层的小商贩,在集市中连个固定的摊位或者铺面也没有,只能每天站在集市的西边沿路叫卖。"遥望家乡肠断",像这种漂泊在异乡的小商贩,是城市里最没有归属感的人之一,因此每每想起自己的家乡都痛断肝肠。可是又有什么办法呢,并不是自己不愿意回去,而是没有赚到什么钱,回去无颜面对自己的亲人。这位小商贩宁愿忍受着别人的欺负和对家乡的无比思念,也选择留了下来,想必其中肯定有难言之隐,或许是因为自己的家乡太穷了,难以过活,而在异乡做一个小商贩虽然也赚不到什么大钱,但起码能维持温饱,说不定还能省下些余钱供养远在故乡的亲人,因此才会选择独自承受着身体和精神上的双重折磨而选择坚守在这里。辞中这位小商贩的遭遇其实也是唐代很多小商贩的真实写照。这些小商贩们无疑是唐代商人群体中庞大的一支,他们大多来自农民群体,没有想过能够依靠经商发家致富,只不过是想要维持温饱而已。那么,既然商人地位低下,这些小商贩们又难以靠经商发家致富,又是什么原因导致他们弃农经商,甘于在市井之中遭人白眼呢? 唐代诗人张籍在《估客乐》中有"农夫税多长辛苦,弃业宁为贩宝翁"[1]之句,或许是一个合理的解释。安史之乱后,唐王朝由盛转衰,均田制的破坏与两税法的推行,使得广大农民趋于破产,天下本就不安定,加上苛捐杂税,土地兼并,

①[唐]张籍著,徐礼节、余恕诚校注《张籍集系年校注》,第96页。

农民往往一年所入还不够缴纳税赋所用,生存压力很大,这就导致他们不得不弃农经商,靠贩卖小商品来维持生计。

其三则主要写一位乡下来的雇工。主人公从乡下来到城市务工,可是不幸染病。"毫厘"本指细微的事物,这里应当指主人公居住环境之局促,生病了只能躺在狭小的床上。"还往□消息。看看似别离"指的是去市场上往来招工的人看到这种场景,心里也不禁生出一种离别之感。那么那些招工的人究竟看到了什么呢?下片有交代,即"身上劘牌书字",也就是主人公将卖身为奴的牌子挂在自己身上,准备在市场上将自己卖掉。其刚想来城里务工,就不幸染病,本身就是因贫穷想要在城里谋个出路,可是现在屋漏偏逢连夜雨,生病了不能去干活,看病又需要花钱,无可奈何只能出此下策。"村人曳在道傍西"应当是指同村与他一起进城谋生的人看到他想要卖掉自己,连忙将他拉到道旁劝慰他,可以想见,这些跟他一起进城的村民们比他的境遇好不了太多,因此无法给予他实质性的帮助,只能劝他再好好考虑一下。尾句的"死不归"似乎已经暗示了主人公最后的决定,即为了求生,他最终还是卖掉了自己,而一旦卖身为奴,就意味着成了主人的附属品,即使是死了,也难以再叶落归根,安葬故乡了。

以上三首辞对唐代工商业者的境遇做了较为全面的概括。富商巨贾们腰缠万贯,享受着醉生梦死的生活,可是另一方面他们也因为社会地位的低下而有着种种无奈;小商贩们则需要历尽艰辛,尝尽冷眼才能在城市里勉强维持生计;刚进城务工讨生计的人抵御风险的能力则更为低下,一旦出现意外,只能卖身为奴才能求得一线生机。这三首辞主要透露出两个信息,一是当时社会贫富差距程度令人惊叹,富者金杯美酒,无限奢靡,穷者则连自己的身家性命都不属于自己。二是当时工商阶层整体地位低下,富商尚且受到阶层特征的束缚,遑论小工商业者和雇工。

(六)侠客

侠客是我国古代的一类特殊群体,他们不隶属于统治阶级的任何一个部门,但却发挥着重要的社会功能。他们往往具备勇武过人、快意恩仇、锄强扶弱等特征,不以儒家传统道德中的"忠"为基本遵循,而是以"仁"为最主要的行动指南。在敦煌歌辞中,对侠客形象也有所体现,如S.6537v《何满子》(长城侠客)四首其一:

> 平夜秋风凛凛高。长城侠客逞雄豪。手执刚刀利如雪。腰间
> 恒垂可吹毛。[1]

从第二句"长城侠客逞雄豪"可知,本辞塑造的是一个侠客形象。唐代以前,对侠客的评价不一,战国时期法家代表人物韩非子就说:"儒以文乱法,而侠以武犯禁。"[2]东汉史学家班固也认为其"皆以取重诸侯,显名天下。扼腕而游谈者,以四豪为称首。于是背公死党之议成,守职奉上之义废矣"[3]。这就将游侠当作扰乱社会治安、破坏统治秩序的极端分子来看待。中国古代侠客的起源,受墨家思想影响较大,侠客们身怀绝技,以"兴天下之利,除天下之害"为己任,常常为了实现自己心中除暴安良、替天行道等信念而罔顾政府的法令,但同时又多具备言出必行、舍生忘死以及赴士之厄困的精神。

到了唐代,侠客的形象被无限放大,唐人对侠客的喜爱程度达到了历史的最高峰,这主要是与统治者养士的风气以及高官显贵们的推崇

---

① 高国藩《敦煌曲子词欣赏》,第83页。

② 《韩非子》校注组编,周勋初修订《韩非子校注(修订本)》,南京:凤凰出版社,2009年,第555页。

③ [汉]班固《汉书》卷九二《游侠传第六十二》,北京:中华书局,1962年,第3697页。

有关。早在唐朝开国前期，太祖李渊的帐下就聚集着一批武艺高强的侠客，而太子李建成也交往了一批"博徒大侠"，秦王李世民更是豢养了一大批敢死之士。不仅如此，唐朝的高官显贵们很多也以自己早年的侠客身份为傲，如唐代开国元勋徐懋功在评价自己一生时曾说："十二三时为亡赖贼，逢人则杀。十四五为难当贼，有所不惬则杀人。十七八为佳贼，临阵乃杀之。二十为大将，用兵以救人死。"①这实际上就是将自己的一生总结为从草寇到临阵杀敌的侠士再到为国为民的侠之大者的成长过程。唐玄宗时期的名相姚崇也曾经颇为自豪地对玄宗说："臣年三十，居泽中，以呼鹰逐兔为乐，犹不知书。"②说明他对自己年轻时呼鹰逐兔、任性恣肆的侠客经历相当满意。这种统治阶级内部对侠客精神的推崇行为很快便扩散到了民间。

　　唐代文学作品中的侠客形象大致可以分为三类。第一种是城市中放浪形骸的高门子弟。他们是城市中的"游侠"，游走于城市巷陌之间，大都是高门贵族之后；他们是放浪于红尘之中的年轻人，是李白笔下"五陵年少金市东，银鞍白马度春风"③那飘飘欲仙的五陵少年，呼朋唤友、义薄云天是城市游侠的重要特征。如王维的《少年行四首》(其一)中就有"新丰美酒斗十千，咸阳游侠多少年。相逢意气为君饮，系马高楼垂柳边"④的表达，银鞍白马，胡姬压酒，何等快意的人生；又如卢照邻《长安古意》"挟弹飞鹰杜陵北，探丸借客渭桥西。俱邀侠客芙蓉剑，共宿娼家桃李蹊"⑤，与三两侠客相约，飞鹰架鸟，挽弓搭箭，又何尝不快哉！第二种是身怀绝技的江湖艺人。如杜甫《观公孙大娘弟子舞剑器

---

① [宋]司马光编著，[元]胡三省音注《资治通鉴》卷二一〇《唐纪十七》，第6361页。
② [唐]刘肃著，许德楠、李鼎霞点校《大唐新语》，第9页。
③ [唐]李白著，瞿蜕园、朱金城校注《李白集校注》，第436页。
④ [唐]王维著，[清]赵殿成笺注《王右丞集笺注》，第258页。
⑤ [唐]卢照邻著，李云逸校注《卢照邻集校注》，北京：中华书局，1998年，第81页。

行》中的公孙大娘形象,杜甫说她:"昔有佳人公孙氏,一舞剑器动四方。观者如山色沮丧,天地为之久低昂。㸌如羿射九日落,矫如群帝骖龙翔。来如雷霆收震怒,罢如江海凝清光。"①在这里,杜甫将她高超的技艺描写得淋漓尽致,类似这种身怀绝技游走于民间的艺人,可称之为艺侠。第三种则是征战于边关战场,为国干城的边地侠客。他们为了实现自己心中的理想抛却身家,凭借自己高超的才能杀敌立功,是有唐一代的知识分子所梦寐以求的人生。如杨炯的《紫骝马》"侠客重周游,金鞭控紫骝。蛇弓白羽箭,鹤辔赤茸鞦。发迹来南海,长鸣向北州。匈奴今未灭,画地取封侯"②,就生动地描述了边地之侠的形象;又如李白《侠客行》"赵客缦胡缨,吴钩霜雪明。银鞍照白马,飒沓如流星。十步杀一人,千里不留行。事了拂衣去,深藏身与名"③,也是希望自己能像身怀绝技的侠客一样,在战场上杀敌立功。

　　本辞中所写的是唐代常见侠客形象中的第三种,即边地之侠客。首句"凛凛"为双关,既指秋夜之寒冷,同时又指侠客威风凛凛的形象,在寒冷的秋夜里,这位在长城边塞之地卫国御敌的侠客豪气干云。"手执刚刀利如雪",说明他的刀经常使用,因此磨得锋利无比,而"手执"两字仿佛已经严阵以待,随时准备和敌人拼杀,这句主要对其勇猛的形象进行描写。"腰间恒垂可吹毛"一句,高国藩在《敦煌曲子词欣赏》中将其解为:"'垂'者,指'垂橐'(音高),即指垂着空袋子,古时用来装兵器。《左传·昭公元年》云:'伍举知其有备也,请垂橐而入。许之。'表示空着袋子,没有兵器方可入内。而此句尚不止垂橐,而是'恒垂',即长久都在空着,这表示随时随地刀总出鞘,箭总出袋,具有高度的警惕性,兵器

①［唐］杜甫著,［清］仇兆鳌注《杜诗详注》卷二〇《观公孙大娘弟子舞剑器行》,第1816页。

②［唐］杨炯著,徐明霞点校《杨炯集》,第25页。

③［唐］李白著,瞿蜕园、朱金城校注《李白集校注》,第275页。

袋空得垂下到了可以'吹毛'的地步,极言其轻,作了合理的艺术夸张。"①这是将"恒垂"作长久空着的武器袋子解,将"吹毛"作极言武器袋子轻便的夸张描写解,笔者认为尚可斟酌。首先,"手执刚刀利如雪。腰间恒垂可吹毛"两句所用为对偶的修辞手法,结构意义应当接近,因此下句中的"恒垂"相比装刀的袋子,似应解为与"刚刀"更为接近之含义。从唐宋诗词作品来看,腰间悬挂之物多为剑而非刀,如李白《塞下曲六首》(其一)"愿将腰下剑,直为斩楼兰"②,而刀则多为手执,如宋代陆游《金错刀行》"丈夫五十功未立,提刀独立顾八荒"③,因此"恒垂"在此应当指腰间长期垂挂之宝剑的省略。而"吹毛"一词应解作锋利之意似更为合适,形容腰间垂挂之宝剑的锋利,这样则与上句"利如雪"含义更加接近,对仗更为工整。而且"吹毛"一词用来形容武器之锋利程度在唐诗中很常见,如唐代诗人汪遵《渑池》"何事君王亲击缶,相如有剑可吹毛"④,便是以"吹毛"来形容宝剑之锋利。总体来看,全辞只用寥寥数语便将一位手执大刀,腰悬宝剑,在长城边卫国杀敌的爱国主义侠客形象塑造得光彩夺目,是敦煌歌辞中不可多得的佳作。

　　以上所列儒生、将军、隐士、游子、商人、侠客共六种男性人物形象只是敦煌唐代歌辞中众多世俗男性人物形象中较富代表性者,事实上在敦煌歌辞中还有许多其他的男性人物形象,如医生、渔夫、乐工、建筑工等。且即使是在这六种人物形象中,根据不同歌辞中内容之差别,同一种人物形象所要表现的人物情感和际遇也有所不同,在此仅是取其中较有特色的篇章对其所涉人物形象予以赏析。

----

　　①高国藩《敦煌曲子词欣赏》,第85页。

　　②[唐]李白著,瞿蜕园、朱金城校注《李白集校注》,第362页。

　　③[宋]陆游著,钱仲联校注《剑南诗稿校注》,上海:上海古籍出版社,1985年,第361页。

　　④[清]彭定求等《全唐诗(增订本)》卷六〇二,第7019页。

二、敦煌歌辞中的世俗女性人物形象

在敦煌唐代歌辞作品中,涉及很多世俗女性人物形象,包括思妇、怨妇、弃妇、少女、歌伎、乐工等,几乎囊括当时世俗社会背景下女性所能扮演的绝大多数角色,而对这些女性形象的刻画也是敦煌歌辞中最具吸引力的部分之一。本节中,我们将结合敦煌歌辞中的具体篇目,对其中所涉及的世俗女性人物形象进行分类和赏析。

(一)思妇

敦煌歌辞中有很多表现独守家中的思妇对远在异地的丈夫的思念之情的作品,这些作品多是从思妇们的内心活动出发,展现她们对爱情的态度,对丈夫的忠贞,以歌颂她们的美好品行。如S.1441中的《凤归云》二首其二(绿窗独坐):

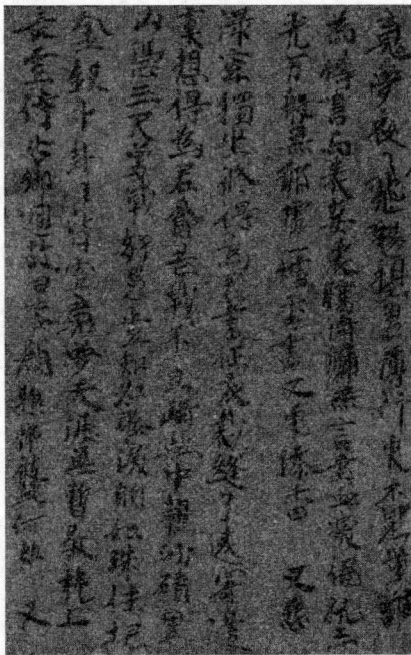

图4-2 S.1441《凤归云》二首其二(绿窗独坐)

> 绿窗独坐。修得君书。征衣裁缝了。远寄边隅。想你为君贪苦战。不惮崎岖。终朝沙碛里。止凭三尺。勇战单于。
>
> 岂知红脸。泪滴如珠。枉把金钗卜。卦卦皆虚。魂梦天涯无暂歇。枕上长嘘。待公卿回故里。容颜憔悴。彼此何如。①

这首辞是唐代府兵制下典型的表达思妇对从军在外的丈夫思念之情的思妇辞。上片首句"绿窗"点出了思妇修书的地点。在唐代诗歌作品中,"绿窗"主要有两层含义,其一是指女子居室,如李绅《莺莺歌》"绿窗娇女字莺莺,金雀娅鬟年十七"②;其二则专指贫家女的居所,如白居易《秦中吟十首》(议婚)"红楼富家女,金缕绣罗襦……绿窗贫家女,寂寞二十余"③,此处应取其一。结合辞中所透露出来的信息来看,这位思妇应当为具有一定知识涵养的富贵人家之妻。首先,"修得君书"说明这位思妇识字,且会写书信,在古代教育不发达的情况下,即使是男性,识字率也极低,遑论女性。唐代虽说社会风气开放,女性地位较前代有所提高,女子也可以接受一定的文化教育,但终唐一代,官学和私学的大门始终未对女性开放,对女子的教育主要是以家庭教育为主,这就需要其家庭有一定的物质基础和文化储备。这位思妇的文化程度可以达到从容给丈夫修书的程度,说明其并非一般的家庭妇女,而是出身于富贵人家。其次,这位思妇在为丈夫制作好征衣之后,是通过"远寄"也就是驿递的方式寄送给丈夫,这也绝非普通人家所能办得到的。贫苦人家一般都是托人代捎或者自己去送,敦煌歌辞中,就有描写贫苦人家妇人为丈夫送征衣的句子,如《捣练子》四首其三(送征衣)中"造得寒衣无

---

①任中敏编著,何剑平、张长彬校理《敦煌歌辞总编》,上册,第37页。
②[清]彭定求等《全唐诗(增订本)》卷四八三,第5529页。
③[唐]白居易著,朱金城笺校《白居易集笺校》,第80—81页。

人送。不免自家送征衣"①。

从上片"想你为君贪苦战"和下片"待公卿回故里"两句中,能够看出这位思妇的丈夫是出于忠君爱国之心而去从军,他所追求的是通过建立军功而位至公卿。唐代府兵制前期,贫困人家的子弟从军的意愿不如富贵人家子弟高,这是因为府兵制度的本质是一种强行摊派,且服役期间所需之衣物、干粮、牲畜,甚至部分武器皆需自备,这对下层百姓来说无疑是一种巨大的负担,再加上因为身份低微,立功封侯之事也基本与他们无关,所以他们从军的意愿并不高。相反,富贵人家的子弟因为没有物质上的负担,加上本身社会地位就高,很容易通过建立军功达到封官进爵的目的,因此反而更热衷于从军。

与丈夫在战场上的奋勇拼杀相对应的,则是思妇因为思念和担忧丈夫而在家中默默流泪。下片首句"岂知红脸",高国藩在《敦煌曲子词欣赏》中解为:"她想到丈夫久戍不归,自己独倚窗前,空守闺房,也顾不得因总想着自己的丈夫而脸红了。"②这就是将"红脸"释为"因总想着自己的丈夫而脸红",笔者认为这样的解释是不准确的。事实上,"红脸"是指唐代女性化完妆之后的脸色。唐代女性爱美之风尤盛,尤其喜爱红色的妆容,据《开元天宝遗事》记载:"(杨贵妃)每至夏月,常衣轻绡,使侍儿交扇鼓风,犹不解其热。每有汗出,红腻而多香,或拭之于巾帕之上,其色如桃红也。"③也就是说杨贵妃脸上涂的是红色的胭脂,因此一到夏天,连脸上出的汗都是红色的;王建在《宫词一百首》中也描写过宫女卸妆的场景:"归到院中重洗面,金盆水里泼红泥。"④宫女在卸掉面

---

①任中敏编著,何剑平、张长彬校理《敦煌歌辞总编》,中册,第349页。

②高国藩《敦煌曲子词欣赏》,第249页。

③[五代]王仁裕著,曾贻芬点校《开元天宝遗事》,北京:中华书局,2006年,第51页。

④[清]彭定求等《全唐诗(增订本)》卷三〇二,第3442页。

部的妆容之后,脸盆里的水都好像变成了"红泥",可见其所施红妆之厚。"岂知红脸。泪滴如珠"其实是一种对比的用法,思妇年轻貌美,妆容姣好,可是这么漂亮的脸庞,却只能每日流泪不止,突出了思妇独自一人独守空房的不幸和孤独。

"枉把金钗卜。卦卦皆虚"和"魂梦天涯无暂歇。枕上长嘘"则表明她伤心流泪的原因。第一是出于对丈夫在外作战的担忧。她因为担心丈夫而以金钗卜卦,可是卦卦都不合心意,因此为丈夫的人身安危感到忧心。第二则是对丈夫强烈的思念之情。每天晚上都梦到远在天涯的丈夫,可是醒来之后发现只是一场梦。关于最后"待公卿回故里。容颜憔悴。彼此何如"所蕴含的旨趣,任中敏在《敦煌歌辞总编》中说道:"乃谓流年似水,衰老侵寻,欲待位列公卿之极贵以后,始衣锦还乡,将虚掷半生,彼此俱老矣!若仅望早归,不求荣达,为期尚不至久,何至沦于此种无可奈何之'憔悴'?"[1]这是将辞中思妇置于既希望丈夫能够位列公卿后衣锦还乡,又害怕耗时日久,自己容颜老去的矛盾心理上去分析的。笔者认为,事实上辞中的思妇并没有表现出这种矛盾的心理,她的内心其实是不希望丈夫花费太长时间去追寻位至公卿的,因为那样只会增大她和丈夫之间的地位差距,她只希望丈夫能早日回到自己的身边。但是丈夫的选择并非她能够左右,因此这句话其实透露出来的是思妇对自己未来的一种隐忧。如果有朝一日丈夫真的实现了自己的人生理想,建功立业,到那时可能自己已经容颜不再,青春已逝,若真是这种情况,一面是意气风发的丈夫,一面是渐渐老去的自己,两个人彼此之间差距如此之大,又该如何相处呢? 每每想起这些,思妇的心中总是感到不安。

本辞主要歌颂了思妇对征战在外的丈夫的一片深情厚爱,同时也

---

①任中敏编著,何剑平、张长彬校理《敦煌歌辞总编》,上册,第53页。

透露出了当时的时代背景下留守妇女的普遍隐忧。在府兵制度之下，男人外出征战不知何时才能归来，而妻子一人留守家中，一旦丈夫征战而死，或者建立军功之后改变心意，对于妻子来说都将是一个巨大的打击。而且伴随着丈夫外出时间的增加，妻子则不可避免地又将面临年老色衰之苦，对丈夫是否会嫌弃自己衰老而内心不安也在情理之中。

(二)怨妇

与思妇主要表达对丈夫的思念之情不同，敦煌歌辞中的怨妇辞主要描写的是独守空闺的妇人对长期在外的丈夫的不满和怨愤。这些怨妇辞的产生实际上跟唐代府兵制的实行有很大的关系。敦煌怨妇辞并非全为发泄妇人的不满和怨恨，而是怨中有爱，以爱为主，主要展现的是其既对现实遭遇不满，同时又深爱丈夫的矛盾、痛苦的内心世界。如P.3137中的《南歌子》(风流婿)：

图4-3 P.3137《南歌子》(风流婿)

　　悔嫁风流婿。风流无准凭。攀花折柳得人憎。夜夜归来沉
醉。千声唤不应。

　　回觑帘前月。鸳鸯帐里灯。分明照见负心人。问道些须心
事。摇头道不曾。[1]

　　本辞主要表现的是一位妻子对不忠丈夫的不满与怨意。上片主要
写其丈夫所做的种种对感情不忠之事。首句"风流"二字在唐代诗歌作
品中多有使用,有形容男子风度翩翩、气质不凡之意,如杜甫《咏怀古迹
五首》(其二)中"摇落深知宋玉悲,风流儒雅亦吾师"[2],在此处则是形容
丈夫私生活的不检点,喜欢出入风月场所,"攀花折柳"。不仅如此,丈
夫整日在花街柳巷里醉生梦死,夜夜回家都是一副酩酊大醉之状,叫都
叫不醒,又怎能与他交流,长此以往,何谈夫妻间的恩爱和默契。这已
经超出了妻子的忍耐力,遇到这样的丈夫,谁又能不心生恨意,谁又能
不后悔嫁给他呢?

　　夜晚,妻子独自一人望着帘前皎洁的月光,再看看帐中的烛光,分
明都告诉自己这是个负心之人。"问道些须心事"应当指的是第二天丈
夫酒醒以后,妻子将藏在自己心中已久的一些心事问了出来,而丈夫只
是敷衍了事地摇头否认。我们在为这位妇人的遭遇感到叹息的同时,
也应当想到其应该怨恨的并不单单是丈夫,而是当时男权社会中畸形
的夫妻关系,正是这种不正常的夫妻关系造成了她的这种悲剧。在我
国古代,"一夫一妻制"的实行基本上是为了约束女性而存在,男性虽然
也只能有一个妻子,但是却可以纳妾,而且可以出入风月场所甚至狎
伎,这种情况下就极容易造成妻子的悲剧结局。

---

①任中敏编著,何剑平、张长彬校理《敦煌歌辞总编》,上册,第220页。
②[唐]杜甫著,[清]仇兆鳌注《杜诗详注》卷一七《咏怀古迹五首·其二》,第1501页。

但是与之相对的是,女性想要与负心的丈夫断绝关系,另觅佳偶,则极为困难。在唐律中,夫妻之间离婚的合法途径只有三条,一是休妻。按照唐律规定男子休妻的合法条件为"七出",即"七出者,依令:一无子,二淫佚,三不事舅姑,四口舌,五盗窃,六妒忌,七恶疾"①。但事实上,休妻的理由远不止于此,比如,如果男方的父母对儿媳感到不满意,则也可以做主令男子将妻子休掉,即使夫妻之间感情和睦,琴瑟和鸣。休妻的主导权完全掌握在男方手中,如唐律明确规定:"妇人从夫,无自专之道,虽见兄弟,送迎尚不逾阈。若有心乖唱和,意在分离,背夫擅行,有怀他志,妻妾合徒二年。因擅去而即改嫁者,徒三年,故云'加二等'。"②就是说如果妻子不听丈夫的,擅自提出离婚或者怀有二心,极有可能就会面临牢狱之灾,这就将妻子通过主动请求丈夫休妻而重获自由的可能性彻底扼杀了。

二是义绝。义绝是唐代一种由政府强制执行的离婚制度,《唐律疏议》对"义绝"的定义是:"谓殴妻之祖父母、父母及杀妻外祖父母、伯叔父母、兄弟、姑、姊妹,若夫妻祖父母、父母、外祖父母、伯叔父母、兄弟、姑、姊妹自相杀及妻殴詈夫之祖父母、父母,杀伤夫外祖父母、伯叔父母、兄弟、姑、姊妹及与夫之缌麻以上亲,若妻母奸及欲害夫者,虽会赦,皆为义绝。"③简而言之,义绝是指夫或妻的一方,出现了杀伤对方及直系尊亲或者旁系尊亲,或夫妻双方一定范围内的亲属之间出现了相互殴打、通奸、杀人等重大的刑事案件,或严重违反了人伦道德的行为,即认为夫妻恩义已绝,判定"义绝"。《唐律疏议》又载"诸犯义绝者离之,违

①[唐]长孙无忌等撰,刘俊文笺解《唐律疏议笺解》卷三《名例》,第259页。
②[唐]长孙无忌等撰,刘俊文笺解《唐律疏议笺解》卷一四《户婚》,第1061页。
③[唐]长孙无忌等撰,刘俊文笺解《唐律疏议笺解》卷一四《户婚》,第1055页。

者,徒一年"①,即这种情况是必须离婚的,违者要被政府处以徒刑一年。义绝的核心在于强调宗法制度下家庭伦理关系对婚姻关系的决定性作用,是将夫妻关系放到宗族关系的整体中去进行考量,这种情况下的离婚不由夫妻双方自身的意志决定,而由宗法伦理制度决定,且这种离婚形式的出现往往都伴随着对社会制度和道德体系的破坏,自然也不是女性求得自由之身的可行之法。

三为和离。在唐代,和离似乎已然成为女性合法取得自由的最佳手段,《唐律疏议》规定:"诸犯义绝者离之,违者,徒一年。若夫妻不相安谐而和离者,不坐。"②也就是说夫妻双方如果因为感情不和难以维系这段夫妻关系的,可以双方商议和平分手,这种离婚的形式不会受到法律的惩罚。唐代敦煌遗书中发现的丈夫写给妻子的《放妻书》就曾写道:"凡为夫妇之因,前世三生结缘,始配今生夫妇。若结缘不合,比是冤家,故来相对。妻则一言十口,夫则反木(目)生嫌,似猫鼠相憎,如狼犬一处。既以二心不同,难归一意,快会及诸亲,各还本道。愿娘子相离之后,重梳婵鬓,美扫娥眉,巧逞窈窕之姿,选聘高官之主。解怨释结,更莫相憎。一别两宽,各生欢喜。于时年月日谨立除书。"③在这封《放妻书》中,丈夫不仅深情地对妻子说两人是前世有缘,今生无分,既然没有感情就不能强行在一起,所以放其自由,而且还鼓励妻子另觅佳偶,希望她以后能过得幸福。这样看似开明的夫妻离婚形式不禁令人感到惊异,甚至于已经和现代离婚制度有一定的相似之处了,但是仍应当看到的是和离制度中压倒性的男权主导性。因为按照唐律的规定,妻子是不能主动向丈夫提出离婚的,否则就有徒刑二年的惩罚,那么这

①[唐]长孙无忌等撰,刘俊文笺解《唐律疏议笺解》卷三《名例》,第259页。
②[唐]长孙无忌等撰,刘俊文笺解《唐律疏议笺解》卷一四《户婚》,第1060页。
③胡同庆《盛女敦煌》,北京:中国旅游出版社,2014年,第128页。

种情况下和离实际上就变成了丈夫主导下的和平离婚，放妻书既然是由丈夫书写，那么是否离婚的决定权自然仍在丈夫手中。这点从敦煌《放妻书》中的"放"字也可以看出，若是丈夫同意放其离去则皆大欢喜，若不同意，则妻子仍然难获自由。

由此可以看出，唐代时，女子一旦嫁为人妇，再想要重获自由之身是很难办到的，因此如意郎君的选择对她们来说是重中之重的事。正因为如此，当本辞中的妇人发现自己的丈夫是个浪荡之人时，心中不禁怨悔不已，所以才说出"悔嫁风流婿"这样的话来。

（三）弃妇

弃妇，顾名思义就是指因为某种原因被丈夫或情郎抛弃的妇女。中国古代以弃妇为主题的诗歌作品起源很早，且长盛不衰。早在《诗经》中，涉及弃妇或疑似弃妇的诗歌作品就有11首之多，分别是《召南·江有汜》《邶风·柏舟》《邶风·日月》《邶风·终风》《邶风·谷风》《卫风·氓》《王风·中谷有蓷》《郑风·遵大路》《小雅·我行其野》《小雅·谷风》《小雅·白华》，在后世研究中这些诗歌作品都被归为弃妇诗。三国时期，以曹植等人为代表的文人群体创作了数量众多的弃妇诗。及至两晋，弃妇诗的创作数量更多，内涵也更加丰富，正是经过魏晋时期的快速发展，弃妇诗这一诗歌主题开始走向成熟。到了唐代，弃妇诗的发展达到了高峰，据统计，仅《全唐诗》所录弃妇诗就达110首之多，这些弃妇诗内容丰富，内涵深刻，或是表达对弃妇的同情，或是表达对当时社会畸形男女关系的讽刺，又或是借弃妇之口来表达作者自己郁郁不得志的心理。但无论其表达的主要思想是什么，这些弃妇诗都或多或少透露出一个共同的信息，即当时社会环境下男女地位的不平等。

在敦煌歌辞中，也有很多以弃妇为主题的篇章，如《渔歌子》（玉郎至）：

　　绣帘前。美人睡。庭前猧子频频吠。雅奴白。玉郎至。扶下骅骝沉醉。

　　出屏帏。整云髻。莺啼湿尽相思泪。共别人好。说我不是。得莫辜天负地。①

　　本辞上片主要写妇人在睡梦之中正逢情人归来的场景。在绣花床帘下，妇人睡得正香，突然院子里的"猧子"（唐代对小狗的俗称，如《酉阳杂俎》载："上夏日尝与亲王棋，令贺怀智独弹琵琶，贵妃立于局前观之。上数枰子将输，贵妃放康国猧子于坐侧。猧子乃上局，局子乱，上大悦。"）频频吠叫，听仆人来报才知道，原来是自己的情郎来了。于是连忙让仆人将喝醉的情郎从"骅骝"（周穆王"八骏"之一，唐代诗歌作品中常用来指代骏马，如李白《答王十二寒夜独酌有怀》"骅骝拳跼不能食，蹇驴得志鸣春风"）上搀扶下来。

　　下片则主要写妇人被情人抛弃的过程。趁着仆人去扶情人下马的时间，妇人慌忙从屏风后出来，整理好自己的妆容，想要给情人一个好印象。从妇人"女为悦己者容"的表现来看，她是深爱着自己的情郎的，可谁知等来的却是"莺啼湿尽相思泪"。"莺啼"在唐人诗词中有离别之意，如韦庄《清平乐·莺啼残月》"莺啼残月，绣阁香灯灭。门外马嘶郎欲别，正是落花时节"②，在此暗指情郎已经变心，且对她提出了分手，因此她才"湿尽相思泪"。但这种相思泪只是单相思罢了，因为情郎已经有了新欢，不会再在意她的泪水了。"共别人好。说我不是"是妇人得知自己被抛弃之后对情郎丑恶嘴脸的无情揭露，意思是他不仅抛弃了自己有了别人，甚至在新欢面前数落自己的不是。从中可知这位"玉郎"品行之低劣，并

　　①任中敏编著，何剑平、张长彬校理《敦煌歌辞总编》，上册，第217页。

　　②[五代]韦庄著，聂安福笺注《韦庄集笺注》，上海：上海古籍出版社，2002年，第428页。

非值得托付的良善之辈。最后一句"得莫辜天负地"为双关的用法,一方面是提醒情郎不要忘记在当初恩爱之时对自己发下的种种誓言,另一方面则是以否定加强肯定之意,其实情郎已经变心,已经"辜天负地",一个"莫"字是对情郎这种喜新厌旧,抛弃自己的行为的强烈谴责。

又如 P.2838 中的《渔歌子》(五陵渺渺):

> 洞房深。空悄悄。虚抱身心生寂寞。待来时。须祈祷。休恋狂花年少。
>
> 淡匀妆。周旋少。只为五陵正渺渺。胸上雪。从君咬。恐犯千金买笑。①

上片首句中"洞房"一词在先秦时期仅指空间深邃的内室,到唐代时开始用于代指新婚夫妇的婚房,因此可以断定辞中的主人公是个新婚少妇不久的妇人。按理说这对新人才刚刚结婚不久,新婚燕尔,应该是你侬我侬才对,可是妇人却说新房里空荡无人,只有她自己忍受着身心的双重煎熬,说明其新婚不久就遭到了丈夫的抛弃。"待来时。须祈祷。休恋狂花年少"是女主人公对自己的一种期许和愿望。"来时"应作佛教之"来世"解,而不是今生的某个时间,因为受到唐代婚姻制度的约束,只要丈夫没有主动提出解除婚姻关系,即便是实际上已经抛弃她另寻新欢了,她也不能自作主张寻找新的如意郎君,否则就会受到严厉的惩罚。因此她只能将希望寄托于佛教的轮回思想,祈祷自己下辈子不要再爱上这种拈花惹草的少年郎。这一方面表达了当时妇女在寻找有情郎君方面的艰难不易,另一方面也反映出了当时社会上佛教思想的流行。

下片主要写女主人公想象中遇到如意郎君的情景。"周旋"一词,

---

①任中敏编著,何剑平、张长彬校理《敦煌歌辞总编》,上册,第172页。

任中敏在《敦煌歌辞总编》中解为"应接酬对，种种进退"①，笔者认为不甚恰当。这首辞中并没有涉及"应接酬对"的场景，女主人公"淡匀妆。周旋少"是为了给自己的情郎看的。因此，此处之"周旋"应指舞姿，妇人化着淡淡的妆容，跳着曼妙的舞姿，只为了梦想中的"五陵年少"。对于此处"五陵年少"的解释，高国藩在《敦煌曲子词欣赏》中认为："五陵子弟当然是富豪子弟……显然，这位女子将风俗豪侈的五陵少年看成自己理想中的情郎。"②这是遵循了对"五陵年少"的传统定义，认为其就是唐代风俗豪侈的富豪子弟的代称，但是这种解释却忽视了本辞女主人公的思想情感。如按照高国藩对"五陵年少"的传统解释，其早在唐代就已经是贵族风流公子的代称，白居易在《琵琶引》中就曾以"五陵年少争缠头，一曲红绡不知数"③来描绘这些浪荡公子们的浮华生活。在敦煌歌辞中，表现"五陵年少"们负心薄情的内容不在少数，试想一下，女主人公已经对今生遇到"狂花年少"而懊悔不已，怎会寄希望于来生遇到负心风流的"五陵年少"。因此，辞中的"五陵"应不能作传统意义上风俗豪侈的富豪子弟解，而应当引申为意气风发、年轻有为的少年豪杰，这才是女主人公来世所要追求的"五陵年少"。"胸上雪。从君咬"是自己对爱情态度的大胆显露，女主人公对自己以前对待爱情保守的态度感到不满，如果有来世的话，她愿意通过"胸上雪。从君咬"这样的行动来表达自己对爱情主动追求的态度。尾句"恐犯千金买笑"则再次强调了如果有来世，自己对待爱情要转变态度，她不希望自己像古时的美女一样，被动地等待男子们花费千金博她一笑，而是要主动出击。本辞摈弃主流弃妇诗词主题中的伤感悲

①任中敏编著，何剑平、张长彬校理《敦煌歌辞总编》，上册，第177页。
②高国藩《敦煌曲子词欣赏》，第299页。
③[唐]白居易著，朱金城笺校《白居易集笺校》，第686页。

凉情调,为我们展现了一个令人耳目一新的弃妇形象。辞中的主人公并没有因遭到丈夫抛弃而完全消沉下去,也并没有对爱情失去信心,而是积极地憧憬自己来世的美好爱情际遇,希望自己能在来世有一段美好姻缘。

"胸上雪。从君咬"两句在表达主人公爱情态度转变同时,也为我们判断这首辞的创作时代提供了一定的依据。唐代女性以胸为美的风尚和文学作品中对女性胸部的赞美基本形成于中唐之后。在初唐画家阎立本所画唐太宗《步辇图》中可以看出,初唐时期宫女的着装都很保守,最多只露出脖子;唐高宗时期韦贵妃墓中所出土壁画中的女性同样也是包裹得严严实实,并无以胸为美的风尚。同时期的文学作品中也是如此,没有太多对女性胸部大胆露骨的美化欣赏之句。这种情况的打破是在中晚唐时期,这一时期妇女的着装开始以袒胸为美,与此同时,文人们对美人之胸的着笔也开始多了起来。比如唐宪宗时期进士施肩吾就曾写过"漆点双眸鬓绕蝉,长留白雪占胸前。爱将红袖遮娇笑,往往偷开水上莲"[1],唐敬宗宝历年间诗人方干也曾写过"粉胸半掩疑晴雪,醉眼斜回小样刀"[2]"常恐胸前春雪释,惟愁座上庆云生"[3]等诗句,其中有一个共同的特点,就是将美女之胸比作"白雪",这都与辞中"胸上雪"有异曲同工之妙,据此判断,本辞创作于中晚唐时期的可能性较大。

(四)少女

对少女的赞美是我国古代诗词作品中永恒的话题,少女们姣好的容颜,曼妙的身姿以及对爱情的炙热追求等都是人们歌颂的对象。在敦煌歌辞中,也有不少以少女为题材的作品,如S.1441中的《浣溪沙》(五陵恳切):

---

①[清]彭定求等《全唐诗(增订本)》卷四九四,第5649页。
②[清]彭定求等《全唐诗(增订本)》卷六五一,第7529页。
③[清]彭定求等《全唐诗(增订本)》卷六五一,第7529页。

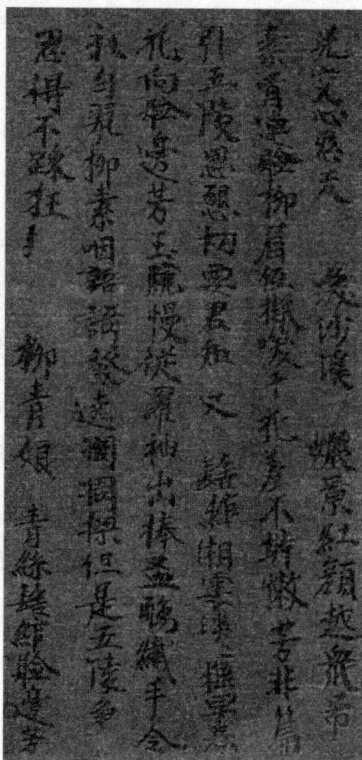

图4-4　S.1441《浣溪沙》（五陵恳切）

丽质红颜越众希。素胸莲脸柳眉低。一笑千花羞不坼。嫩芳菲。

□□□□□□□。□□□□□□□。偏引五陵思恳切。要君知。①

　　首句中"红颜"二字的使用在唐代诗歌作品中较为常见，既可以形容男子的青春年少，如刘希夷《代悲白头翁》"此翁白头真可怜，伊昔红颜美少年"②，又如李白《赠孟浩然》"红颜弃轩冕，白首卧松云"③，皆以"红颜"

---

①任中敏编著，何剑平、张长彬校理《敦煌歌辞总编》，上册，第115—116页。

②［清］彭定求等《全唐诗（增订本）》卷八二，第884页。

③［唐］李白著，瞿蜕园、朱金城校注《李白集校注》，第1145页。

代指少年男子。同时也可以借指女子年轻貌美,如白居易《后宫词》"红颜未老恩先断,斜倚薰笼坐到明"①,以及李白《长干行》(其一)"感此伤妾心,坐愁红颜老"②等,都是指女子的貌美,辞中的"红颜"也是这样的用法。"丽质红颜越众希"主要形容少女倩丽的身影和姣好的容颜即使在同龄人当中也是佼佼者。"素胸莲脸柳眉低"是极言少女身姿之曼妙,"莲脸"是指圆润貌美的脸庞。唐人以丰腴为美,拥有像莲花一样圆润娇艳的脸庞也是唐代美女的重要标志,如唐代诗人李华在《咏史十一首》中就曾写有"电影开莲脸,雷声飞蕙心"③之句。而"柳眉"更是古人赞美美女常用的词语,如李商隐《和人题真娘墓》"柳眉空吐效颦叶,榆荚还飞买笑钱"④,唐代诗人赵鸾鸾还专门写了《柳眉》⑤一诗来歌咏美人。可见,辞中少女集"素胸""莲脸""柳眉"于一身,是作者为了极言其貌美。可是到底美到什么程度呢?作者接着又写道"一笑千花羞不坼","坼"有裂开之意,此句意为少女一笑,连"千花"都感到自愧不如,不敢开放了,这句话将美人与娇艳的花朵作对比,使少女的貌美形象更加丰满立体。

"偏引五陵思恳切。要君知"为本辞的升华之句。"君"是为情郎之代指,说明少女是有心上人的,那么之前极言少女之貌美是为了表达什么呢,原来是为了引出"偏引五陵思恳切",像少女这样的如花美人,又怎能不让五陵原上的高门子弟们趋之若鹜呢? 同时此句也是少女对自己情郎说的,言外之意是虽然有很多豪门子弟追求自己,但她丝毫不为所动,让情郎要懂得珍惜自己。本辞通过对少女外貌和心理活动的生动刻画,将

---

①[唐]白居易著,朱金城笺校《白居易集笺校》,第1221页。

②[唐]李白著,瞿蜕园、朱金城校注《李白集校注》,第1145页。

③[清]彭定求等《全唐诗(增订本)》卷一五三,第1589页。

④[唐]李商隐著,[清]冯浩笺注《玉谿生诗集笺注》,上海:上海古籍出版社,1979年,第753页。

⑤[清]彭定求等《全唐诗(增订本)》卷八〇二,第9129页。

一位美丽动人同时又对爱情忠贞不渝的少女形象成功地塑造了出来。

又如S.1441中的《竹枝子》(萧娘相许):

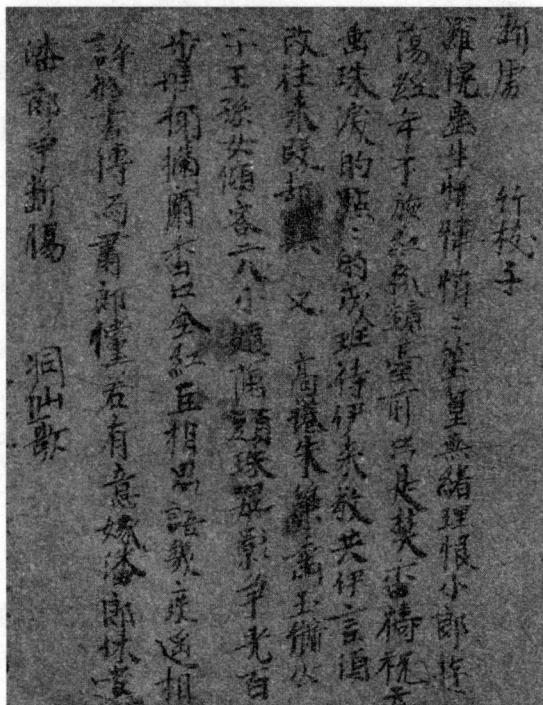

图4-5　S.1441《竹枝子》(萧娘相许)

高卷珠帘垂玉牖。公子王孙女。颜容二八小娘。满头珠翠影争光,百步惟闻兰麝香。

口含红豆相思语。几度遥相许。修书传与萧娘。倘若有意嫁潘郎。休遣潘郎争断肠。①

本辞是一首表现少女恋情的爱情辞。上片极言少女出身之尊贵和生活环境之优渥。"玉牖"为窗户的美称,唐代诗歌中常用,如唐代诗人

①任中敏编著,何剑平、张长彬校理《敦煌歌辞总编》,上册,第91—92页。

吴融《玉堂种竹六韵》中的"引风穿玉牖,摇露滴金盘"①,本辞中用"高捲
珠帘垂玉牖"来说明她生活环境之优渥。"公子王孙女"则直接点明了其
出身于贵族家庭。"满头珠翠影争光"描绘了当时贵族家庭女子的妆容
之盛,各种名贵的头饰扎满了头,熠熠生辉。"百步惟闻兰麝香",再次体
现了她的身份之高贵。"兰麝"指的是兰草和麝香两种香料的合称,这两
种香料在唐代极其稀少和昂贵,特别是麝香,在唐代被作为皇宫中的御
用香料来使用。白居易《江南遇天宝乐叟》中就曾用"金钿照耀石瓮寺,
兰麝熏煮温汤源"②来形容宫中麝香使用之盛,唐代诗人王建《宫词一百
首》中也曾以"供御香方加减频,水沈山麝每回新"③来形容唐宫内对麝
香的偏爱。在贵族之间麝香的使用也很流行,或用来增加居室内的香
气,或作为香薰为衣裙被褥等增香。唐代还流行一种香囊,名叫"兰麝
囊",囊中香料为兰草和麝香混合而成,很为当时富贵人家的女性所喜
爱。辞中少女能够使自己"百步惟闻兰麝香",在表达出其青春洋溢的
少女气息的同时,也暗示了她的尊贵身份。上片中"颜容二八小娘"在
点明主人公少女的身份之外,还有更深一层的含义,即少女到了该谈婚
论嫁的年纪。唐人普遍有早婚的风俗,并且这种早婚的风俗在政府的
法令中也有所体现。在唐代,中央政府先后两次以法令的形式规定女
性的适婚年龄。第一次是唐太宗时期,据《通典》记载,太宗贞观元年
(627)二月,诏令"男年二十女年十五以上""须申以婚媾,令其好合"④,
因此当时女性年满十五岁就可以结婚。第二次是在玄宗开元年间,据
《唐会要》记载,开元二十二年敕"男年十五,女年十三以上,听婚嫁"⑤,

①[清]彭定求等《全唐诗(增订本)》卷六八五,第7937页。
②[唐]白居易著,朱金城笺校《白居易集笺校》,第632页。
③[清]彭定求等《全唐诗(增订本)》卷三〇二,第3444页。
④[唐]杜佑撰,王文锦等点校《通典》卷五九《礼十九》,第1676页。
⑤[宋]王溥《唐会要》卷八三《嫁娶》,第1811页。

可见在盛唐时期,女性合法婚龄进一步降低,竟然降至了惊人的十三岁,由此可见唐人早婚风尚之盛。回头来看辞中的少女,已经是"颜容二八小娘","二八"指的是十六岁,说明其早已到了应该嫁人的年龄,这也为下片少女的恋爱情节做了铺垫。

　　下片主要写少女与情郎之间的爱情故事。处在婚嫁年龄的少女,春心萌动是情理之中的事,她的感情表达也带有少女的婉转和羞涩。"口含红豆相思语。几度遥相许",展现了她对情郎传递爱意的情节。"红豆",在唐代指相思,这在很多唐代诗歌作品中都有体现,如王维《相思》"红豆生南国,春来发几枝。愿君多采撷,此物最相思"①。那么她是通过什么方式将相思之语传递给自己的爱人的呢?"修书传与萧娘",为我们揭开了谜底,原来是写好书信后递给中间人"萧娘",由其代为转交给情郎。"萧娘"在唐代本为年轻女子的泛称,但此处结合上下文判断,其应为少女和情郎中间的红娘。此句也表现出了少女的羞涩,想表达对情郎的爱恋可又不好意思直说,只能写好书信由"萧娘"代为转交。或许是少女虽对情郎有爱意,但始终没有明确表示要嫁给他,又或许是这样代为传书的时间太长了,无论是何原因,总之少女的行为连红娘也感到不耐烦了,于是嗔怪"倘若有意嫁潘郎。休遣潘郎争断肠"。"潘郎"本指西晋时期才貌双全的美男子潘岳,此处用来代指其情郎,意思就是让少女早点做决定,如果想要嫁给这位少年,就给个明白的答复,免得少年整天坐卧不宁,相思断肠。

(五)歌伎

　　中国古代的歌伎制度起源很早,最早可以追溯到先秦时期的女乐,据《管子·轻重甲》记载,夏桀有"女乐三万人,晨噪于端门,乐闻于

---

① [唐]王维著,[清]赵殿成笺注《王右丞集笺注》,第273页。

三衢"①。但先秦时期的女乐并不完全等同于后世的歌伎,《尚书·伊训》载"敢有恒舞于宫,酣歌于室,时谓巫风"②,说明当时的女乐们承担了"巫"的角色。所谓巫,指的是原始宗教中的非专业神职人员,男女都可以从事,他们具有与神灵沟通、传达神的指令以及人的愿望等宗教职能。因此,在先秦时期,女乐们不仅要娱人,更重要的是要娱神,所以较后世的歌伎应当有更高的社会地位。先秦之后,随着社会生产力的发展和男性社会地位的不断提高,女性神职人员越来越少,女乐们逐渐由服务于神转向服务于人,发展至汉代,几乎已经完全成了取悦帝王、诸侯和富豪之家的一种职业。魏晋南北朝时期,歌伎制度基本形成,官伎和家伎都大量存在,官伎主要由乐户和营户组成,据《魏书·刑罚志》载:"诸强盗杀人者,首从皆斩,妻子同籍,配为乐户。"③说明犯罪者的妻女成了当时乐户的重要来源。而据《魏书·高祖纪》载:"冬十月丁亥,沃野、统万二镇敕勒叛……灭之,斩首三万余级;徙其遗进于冀、定、相三州为营户。"④说明营户的来源中多有战争中俘获的敌方妻女。而这一时期蓄养家伎之风更盛,各地官僚、富豪皆争相蓄养家伎,如西晋时期的石崇,东晋时期的谢安,都以家伎众多闻名于世。

至唐代,歌伎制度最终走向成熟,并形成了较为稳定的结构形态。唐代歌伎主要分为四种,分别为教坊伎、官伎、家伎以及私伎。教坊伎,顾名思义,即为教坊制度约束下的歌伎。教坊作为政府管理歌伎、乐工的音乐机构,其设置是从隋代开始,唐承隋制,沿用了这一制度。唐建国初,高祖李渊便在宫中设教坊,至玄宗时期,为了满足宫廷歌舞娱乐活动

---

①黎翔凤《管子校注》,北京:中华书局,2004年,第1398页。

②[唐]孔颖达等《尚书正义》卷八《伊训》,北京:中华书局,2009年,第345页。

③[北齐]魏收《魏书》卷一一一《刑罚志》,北京:中华书局,1974年,第2888页。

④[北齐]魏收《魏书》卷七上《高祖纪第七上》,第135页。

的需要,在西京(长安)和东京(洛阳)两地广设教坊,据《教坊记》载:"西京右教坊在光宅坊,左教坊在延政坊。右多善歌,左多工舞,盖相因成习。东京两教坊俱在明义坊,而右在南,左在北也。"①这些在教坊中习练歌舞技艺的歌伎,被称为教坊伎。教坊伎在唐代属于技艺最为高超、容貌最为优美、训练最为有素的一类歌伎,其主要用于内廷的享乐和外朝的庆典,是御用歌伎。当然,安史之乱后,由于唐廷无力维持数量众多的教坊伎,大量教坊伎被裁减,沦落为官伎、家伎以及私伎的也应当不在少数。

在敦煌歌辞中,也有很多表现唐代歌伎形象的作品,这些作品主要集中于表现歌伎们纷繁复杂的感情世界。歌伎作为一种从事娱乐服务的职业,在和文人、士大夫,甚至是普通市民的交往过程中,也免不了和普通女性一样,产生感情上的纠葛,只不过对于歌伎来说,她们的感情更加脆弱,失败的可能性也更大。如 P.2838 中的《抛球乐》(五陵负恩):

> 珠泪纷纷湿绮罗。少年公子负恩多。当初姊妹分明道。莫把真心过与他。子细思量着。淡薄知闻解好么。②

这是敦煌唐辞中一首描写歌伎失恋的典型作品。歌伎的眼泪不住流淌,打湿了绮罗制作的衣服,她为何如此伤心难过呢?原来是因为"少年公子负恩多",也就是说她的一片真心被公子哥玩弄了。这也是当时歌伎最为悲惨的地方之一,作为一位女性,她们从事歌伎的职业大多是身不由己,或是出于生存所需,但这并不代表她们没有女性所向往的爱情生活,相反,因为她们职业的特殊性,漂泊无依的歌伎们比任何

---

①[清]徐松《唐两京城坊考》卷三,北京:中华书局,1985年,第70页。
②任中敏编著,何剑平、张长彬校理《敦煌歌辞总编》,上册,第164页。

人都更渴望爱情,渴望自己能够有所依靠。正因为如此,辞中的歌伎对这位"少年公子"付出了真心,可是却被其欺骗、玩弄了感情,怎能不使她伤心流泪呢！她的遭遇也反映了当时人们对歌伎这个行业的态度,即大多数人都是将歌伎视为玩物,他们可以和歌伎风花雪月甚至谈情说爱,但是却不会真正爱上她们,待到兴致过后,便会将其无情抛弃。上片"珠泪纷纷湿绮罗。少年公子负恩多"两句中其实还暗含了对比的手法,即将歌伎物质生活上的富足和精神世界的空虚做了强烈的对比。"绮罗",泛指华贵的丝绸衣服,一般为贵妇所穿,歌伎能够穿得起华贵的衣服,说明她物质上并不贫乏甚至比较富有。事实上也的确如此,但正是这样外表光鲜亮丽的歌伎,内心却时常承受着被人抛弃的痛苦,这样鲜明的对比使得其悲惨的形象更加突出。

"当初姊妹分明道。莫把真心过与他"则点出了歌伎的懊悔。可以看出这是一位刚入行不久的新人,涉世未深,还不知道对于她们来说想要得到一份真挚的爱情难如登天。而反观其同行的姐妹们,早就劝她不要对"少年公子"们付出真心,尤其是一些入行已久、饱经世事的歌伎,因为经过了多年的磨砺之后,对这些"少年公子"的心理早已看穿,因此才会劝其不要付出真心。或许是当时她正处于热恋中,对姐妹们的劝告并没有听进去,现在回头想想,真是后悔莫及！"子细思量着。淡薄知闻解好么"两句指的是歌伎失恋之后的反思。"子细思量着"是指她在认真地反省自己,认为自己最大的错误就是太容易轻信别人了,因此才会毫无保留地付出自己的真心。当她反思后,不禁长叹"淡薄知闻解好么"。"知闻"在唐代有表达知音、朋友之意,如白居易《黄石岩下作》"教他远亲故,何处觅知闻"[1]。"淡薄知闻"在这里指歌伎的感悟,她认为自己应当将知音、朋友等对她来说很奢侈的东西看得淡薄一些,言下之

---

①[唐]白居易著,朱金城笺校《白居易集笺校》,第1038页。

意也就是不会再轻易表露自己的真心。"解好么"为敦煌俗语,意为"这样行吗"。

　　本辞除了表现歌伎在感情生活方面的悲惨经历之外,还展现了一个主题,即人性由单纯变复杂的过程。辞中的歌伎一开始是一位相当单纯的女性,她对待爱情的态度是真诚的,也是用心的,甚至是在同行姐妹都劝诫自己的情况下,还是毫不犹豫地选择了相信那位"少年公子"。可现实给了她重重一击,那位她眼中的情郎居然是在玩弄她的感情,厌倦后就将她无情地抛弃了。在这样的打击下,她的心态也开始发生变化,出于保护自己的需要,她不得不将真心深深地掩藏起来,于是说出了"淡薄知闻解好么"这样看透人心之后的无奈之语。想必从此以后,这位歌伎也会像她的姐妹们一样,看透风月场上的戏言,开始逢场作戏,游走于公子王孙之间吧!

　　从表现歌伎恋情的敦煌歌辞来看,几乎无一不是以其被无情抛弃为结局。这样的结果,除了男子的不负责任和薄情寡义之外,还有别的原因吗? 我认为,造成歌女艺伎在恋爱中被动局面的原因主要还是唐代婚姻制度对歌伎的约束。唐代的歌女艺伎按照户籍和管理部门来看主要分为官伎、私伎以及直接隶属于太常寺统辖管理的专职乐工"太常音声人",而无论是官伎、私伎,还是"太常音声人",都同属唐代社会地位较低的构成部分。据《唐律疏议》载:"杂户及太常音声人,各附县贯,受田、进丁、老免与百姓同。其有反、逆及应缘坐,亦与百姓无别。若工、乐、官户,不附州县贯者,与部曲例同。"①由此可知,"太常音声人"属于底层体系中的上层,他们的地位和"杂户"相同。而从"若工、乐、官户,不附州县贯者,与部曲例同"可以看出,那些籍贯不在州县的私伎,则等同于"部曲"(即家奴),地位在官伎之下。但是无论是官伎还是私

①[唐]长孙无忌等撰,刘俊文笺解《唐律疏议笺解》卷一七《贼盗》,第1248页。

伎,按照唐代律法规定,她们都要"当色为婚",即只准和自己在同一阶层的人建立婚姻关系。据《唐律疏议》"诸杂户不得与良人为婚,违者,杖一百。……知情娶者,与同罪。各还正之"①可知,唐代对户色之间通婚的规定是相当严格的,杂户、官户等均不能嫁与良人,良人也不能明知其户色而娶,否则都要受到相应的重罚。虽然上述这些律法条文中没有专门列出对歌伎与良人之间通婚的具体惩罚措施,但是《唐律疏议》又对其做了补充,即"其工、乐、杂户、官户,依令'当色为婚',若异色相娶者,律无罪名,并当'违令'"②。这也就是说,虽然没有对百工、乐伎这类户色做出单独的处罚规定,但她们也要遵从"当色为婚",若有违反,即使没有违反律法,也要按照违法处理。只有隶属于太常寺直接管理、专职服务于宫廷的"太常音声人"才被特例恩准可以与良人通婚,如《唐律疏议》中所载:"太常音声人,依令'婚同百姓',其有杂作婚姻者,并准良人。"③可就是这点优待,在门第等级观念森严的唐代,想要实现也是很难的。

从《唐律疏议》中的记载可知,当时乐工歌伎的地位是极其低下的,她们大多是高门大族和"五陵子弟"所玩弄的对象,而这些人并不会对她们付出真心。一来是受到律法的限制,与她们成婚会遭到法律的惩处;二来,唐代门第观念深入人心,娶这样地位低下的女子会为人所耻笑。我想这些因素应当才是造成敦煌歌辞中歌女艺伎爱情悲剧的本质原因吧。诚然,由于敦煌歌辞中有很大一部分是演唱给戍边将士听的,是用以"劳军"的歌辞,因此在表现女性的情感生活时,便重点突出她们忠贞不渝和相较于男性地位低下的一面,以照顾将士们的情绪。

---

①[唐]长孙无忌等撰,刘俊文笺解《唐律疏议笺解》卷一四《户婚》,第1067页。
②[唐]长孙无忌等撰,刘俊文笺解《唐律疏议笺解》卷一四《户婚》,第1067页。
③[唐]长孙无忌等撰,刘俊文笺解《唐律疏议笺解》卷一四《户婚》,第1067页。

　　上文看似论述较多"负面"的女性形象,但是从现实生活来看,敦煌歌辞对于唐代女性相关内容的反映只是当时社会生活的一个侧面,具有一定的单一性,我们可以从歌辞中看出当时社会和时代背景对女性的影响,但绝不能由此得出当时妇女社会地位低下的结论。事实上,除敦煌歌辞外,很多敦煌遗书写卷中都有涉及女性生活的内容,如陈丽萍《敦煌文书所见唐五代婚变现象初探(一)——以女性为中心的考察》①,刘少霞《敦煌出土医书中有关女性问题初探》②,买小英《敦煌愿文中的家庭伦理管窥》③,石小英《唐五代宋初婚姻开放性初探——以敦煌妇女为中心考察》④等都曾对这些文书写卷进行过详细的考察。通过对敦煌遗书的考察,我们能够了解到当时女性婚姻和情感生活中的更多侧面,通过对比这些敦煌遗书和敦煌歌辞,或许我们对当时女性的社会地位、生活状态等信息才能够有更加客观全面的把握。

---

　　①陈丽萍《敦煌文书所见唐五代婚变现象初探(一)——以女性为中心的考察》,《敦煌学辑刊》2005年第2期,第164—172页。
　　②刘少霞《敦煌出土医书中有关女性问题初探》,《敦煌学辑刊》2005年第2期,第173—179页。
　　③买小英《敦煌愿文中的家庭伦理管窥》,《敦煌学辑刊》2015年第1期,第13—21页。
　　④石小英《唐五代宋初婚姻开放性初探——以敦煌妇女为中心考察》,《敦煌学辑刊》2015年第4期,第45—54页。

第五章 敦煌歌辞与唐人日常生活

一、敦煌歌辞的日常功用

艺术来源于现实,同时也是现实生活的一种折射和反映,任何艺术形式的产生都是审美价值和实用价值的有机统一,敦煌歌辞也不例外。毫无疑问,敦煌歌辞的创作与传播,有其实际的功能,正如饶宗颐所言:"曲子词的兴起,在五代至北宋,不是纯为抒情的,而是兼以施用于说理的,这样的作品,有它大量的数字,单以《望江南》一体而论,论兵要的有七百首之多,其他失传的亦有相当篇幅。至于用之宗教场合和应用技术方面,都作为便于记诵的韵语。"①对于时代相对更早的敦煌唐代歌辞来说,这句话也同样适用。敦煌歌辞的实用性体现在当时社会生活的方方面面,本节即通过敦煌唐代歌辞中的具体内容对其在唐人日常生活中的作用进行探讨。

---

①饶宗颐、戴密微《敦煌曲》,第37—38页。

(一)娱乐功能

1.宴饮娱乐

宴饮娱乐功能,是敦煌歌辞最基本的功能之一。作为目前已知最早的燕乐歌辞,敦煌歌辞最初是被应用于一些宴饮娱乐场合的,而它的应用者多为歌伎之类。唐代宴饮娱乐之风盛行,无论是宫廷还是民间,国宴还是家宴,皆以歌辞为手段进行侑觞,增添宴席间的娱乐氛围,而这些吟唱歌辞、担当劝酒任务的又以歌伎为多,如《耆旧续文》曾记载:"刘禹锡字梦得,为太子宾客,累官苏州刺史。李司空罢镇日,慕其名招至之,出伎佐觞,刘赋'春风一曲杜韦娘,恼乱苏州刺史肠',司空呼伎归之。"[1]其中的"出伎佐觞"即遣歌伎在宴饮中进行劝酒助兴活动。敦煌唐代歌辞中,也有歌伎在宴饮娱乐活动中劝酒所用的唱辞,如《浣溪沙》(五陵恳切)二首其二:

> 髻绾湘云淡淡妆。早春花向脸边芳。玉腕慢从罗袖出。捧杯觞。
> 纤手令行匀翠柳。素咽歌发绕雕梁。但是五陵争忍得。不疏狂。[2]

从辞中内容来看,女主人公应当不是一位普通的歌伎,而是专门陪酒助兴的"酒伎"(又称"饮伎")。在唐代,不少地方州镇乐营女子为专业性的酒伎,两京从事陪酒职业的女伎则更多,孙棨《北里志》云:"京中饮伎,籍属教坊。凡朝士宴聚,须假诸署曹行牒,然后能致于他处。……其中诸伎,多能谈吐,颇有知书言话者。"[3]说明当时上流社会在宴饮娱乐活动中很流行借酒伎助兴。而且,成为一名好的酒伎并不

---

①李剑亮《唐宋词与唐宋歌伎制度》,杭州:浙江大学出版社,2006年,第145页。
②任中敏编著,何剑平、张长彬校理《敦煌歌辞总编》,上册,第116页。
③[唐]孙棨《北里志》,上海:古典文学出版社,1957年,第22页。

容易,除了要有相貌和专业技能外,还须得"知书言话"才行。本辞"玉
腕慢从罗袖出。捧杯觞。纤手令行匀翠柳。素咽歌发绕雕梁"四句中
的"捧杯觞""令行(行酒令)""歌发"正是展现了当时酒伎劝酒的场景,
即歌伎一边吟唱歌辞并行酒令,一边劝酒。值得一提的是,辞中还暗含
着歌伎的品评标准。唐宋时期对歌伎的品评,主要围绕"色、艺"两个重
要标准,既注重其容貌、仪态,同时又注重其歌舞功底,以"色艺双绝"为
上。如《开元天宝遗事》中"宁王宫有乐伎宠姐者,美姿色,善讴唱"[①],
《乐府杂录》中"开元中,内人有许和子者,本吉州永新县乐家女也,开元
末选入宫,即以永新名之,籍于宜春院。既美且慧,善歌,能变新声"[②],
都是以外貌姿色和歌舞技艺两方面来评判歌伎的优劣。本辞中"鬓绾
湘云淡淡妆。早春花向脸边芳"正是对歌伎美好仪态姿容的评价,而
"素咽歌发绕雕梁"则是对其过人唱功的品评。"素咽"应当是指不做任
何修饰的清唱,"绕雕梁"则是指其歌声的雄浑有力,这也是古时歌伎在
歌唱技法上所追求的最高境界。古代歌伎将运气视为唱功的根本,讲
究气沉丹田,以气托腔,从而使气息贯通,使发声浑然天成,以达到余音
绕梁、声遏行云等效果。由此可见,《浣溪沙》辞中所言之歌伎能够做到
"素咽歌发绕雕梁",应为歌伎中的佼佼者。

　　辞中最后两句"但是五陵争忍得。不疏狂"是本辞的点睛之句。
女主人公作为一名酒伎,这个职业可能并非她自愿为之,或许是由于
生活贫苦,也或许是其他原因,但是她并没有因此而自甘堕落。出于
职业特点,她必然要和大量的所谓"五陵子弟"打交道,而她美丽的容
颜和精湛的才艺也必然会引起这些富家公子的争相追求,可她心里清
楚,这些纨绔子弟们根本就没有什么真心,断然不能和他们有什么瓜

---

　　①[五代]王仁裕著,曾贻芬点校《开元天宝遗事》,第52页。
　　②[唐]段安节著,罗济平点校《乐府杂录》,沈阳:辽宁教育出版社,1998年,第5页。

葛,因此她才告诫自己,不要放纵,不要和这些所谓的"五陵子弟"相互纠缠。

2.寺院娱乐

唐代时期,敦煌民间娱乐活动经常在寺院举行,敦煌寺院不仅是佛教徒的宗教活动空间,同时也是敦煌民众的娱乐活动场所。而杂抄于佛教典籍、佛事应用文中的敦煌歌辞,有很多都可能是当时寺院娱乐活动所要用到的唱辞。如S.381《龙兴寺毗沙门天王灵验记》中就记载了寒食节期间,沙州官僚、百姓专门在龙兴寺内设乐庆祝的场景:"本寺大德僧日进附口抄:大蕃岁次辛巳润(闰)二月廿五日,因寒食,在城官僚百姓就龙兴寺设乐。寺卿张闰子家人圆满,至其日暮间,至寺看设乐。"①"大蕃"二字,说明了这份文书记载的时间是在敦煌陷蕃以后。所谓"设乐",也就是进行乐舞娱乐活动,那么其间必然会有诸如百戏、歌舞等娱乐形式的出现,而敦煌歌辞中有很多有可能就是供人们演唱所用的歌辞底本。敦煌遗书中有关于"音声人"的记载进一步证实了当时寺院中民间乐舞娱乐活动之盛。由于唐代律法有明确记载,僧尼不得参与世俗的乐舞娱乐活动,因此很多寺院娱乐活动中都需要请到"音声人"参与娱乐表演。据P.4542《某寺破历》记载:"(一月)十五日出粟□斗充(与)音声。廿三日出麦二斗、粟三斗充与音声。廿九日出粟肆斗充与音声,卅日出粟五斗充与音声。二月一日出麦五斗、粟五斗充(与)音声。"②所谓"音声",即当时的乐工歌伎。在该记载中,寺院分别于一月十五日、二十三日、二十九日、三十日,二月一日五次出麦粟给音声

---

①录文出自中国社会科学院历史研究所、中国敦煌学吐鲁番学会敦煌古文献编委会、英国国家图书馆、伦敦大学亚非学院编《英藏敦煌文献(汉文佛经以外部分)》第1册,成都:四川人民出版社,1992年,第165页。

②录文出自法国国家图书馆、上海古籍出版社编《法国国家图书馆藏敦煌西域文献》第32册,上海:上海古籍出版社,2002年,第36页。

人,这些时间点均在上元节前后,由此可知,一月十五日至二月一日期间,该寺正在举行上元节的庆祝活动。而上元节并非宗教节日,乃属民间传统节日,因此像这样的活动应当是当时敦煌的民间娱乐庆祝活动,由寺院主持承办,因此才需要寺院出麦粟给参与活动的音声人。在敦煌遗书记载中,类似这样在寺院由寺院主持承办的民间娱乐庆祝活动很多,如S.4705《某寺诸色斛斗破用历》中的"寒食踏歌羊价麦九斗,麻四斗……又音声麦、粟二斗",记录了在寒食节踏歌活动中,寺院请音声人参与演出,为此付给其"麦、粟二斗"的酬劳;又如S.1053v《丁卯年至戊辰年某寺诸色斛斗破历》有"粟三斗,二月八日郎君踏悉磨遮用"的记载,"二月八日"为佛教"行像日",即在这一天将佛像安置在装饰性的花车上,众人随其巡行瞻仰、膜拜,此间伴有舞蹈、杂戏的演出,实际上这也是当时敦煌地区重要的民间娱乐活动,而活动中也请到音声人进行踏歌表演,并为此付给其"粟三斗"。由此可知,在敦煌寺院所举行的大大小小的民间娱乐活动中,都需要音声人的参与,因此,那些夹杂在佛教典籍、佛事应用文中的敦煌歌辞,有很多可能就是用以供这些音声人演唱踏歌所用的歌辞底本。

(二)赞颂功能

敦煌歌辞中,有很多讴歌赞美统治者的颂辞,如敦煌歌辞《感皇恩》(四海清平)四首:

其一

四海天下及诸州。皆言今岁永无忧。长图欢宴在高楼。寰海内。束手愿归投。

朱紫尽风流。殿前卿相对。列诸侯。叫呼万岁愿千秋。皆乐业。鼓腹满田畴。

其二

当今圣寿比南山。金枝玉叶竞相连。百僚卿相列排班。呼万
岁。尽在玉阶前。

金殿悦龙颜。祥云驾喜悦。两盘旋。休将舜日比尧年。人安
泰。真是圣明天。

其三

四海清平遇有年。黔黎歌圣德。乐相传。修文偃革习农田。
钦皇化。雨露溉无边。

瑞气集诸贤。群僚趋玉砌。贺龙颜。盤石永固寿如山。梯航
路。相向共朝天。

其四

万邦无事减戈铤。四夷来稽首。玉阶前。龙楼凤阙喜云连。
人争唱。福祚比金璿。

八水对三川。升平人道泰。帝泽鲜。修文罢武竞题篇。从此
后。愿皇帝寿如山。①

《感皇恩》（四海清平）四首是以唐玄宗开元时期为背景进行创作
的，是对唐玄宗所开创的开元盛世的颂词，主要对玄宗开元期间取得的
两大功绩进行热情讴歌。其一，对内讴歌开元年间天下清平，战事减
少，人民安居乐业。如"四海天下及诸州。皆言今岁永无忧""皆乐业。
鼓腹满田畴""人安泰。真是圣明天""四海清平遇有年。黔黎歌圣德。
乐相传。修文偃革习农田""万邦无事减戈铤""升平人道泰"等句，都写
出了开元年间战事减少，连士兵们都放下了武器，重新回归田园生活的
场景，表达了当时民众对安定生活的肯定。其二，对外讴歌开元年间周

---

①任中敏编著，何剑平、张长彬校理《敦煌歌辞总编》，中册，第432—433页。

边少数民族纷纷归附,大唐天朝上国的地位得以彰显。如"寰海内。束手愿归投""四夷来稽首。玉阶前"等句,皆为当时少数民族归附、朝见大唐的场景。事实上,开元年间唐朝也确实做到了让周边少数民族政权求和、朝见。据统计,开元年间吐蕃向大唐请和超过六次,突厥向唐请和超过五次,西域诸国更是纷纷归附,如《新唐书》有:"东女亦曰苏伐剌挐瞿呾罗,羌别种也……天授、开元间,王及子再来朝,诏与宰相宴曲江,封王曳夫为归昌王、左金吾卫大将军"①,疏勒"开元十六年,始遣大理正乔梦松摄鸿胪少卿,册其君安定为疏勒王"②,于阗"开元时献马、驼、貊。瓅死,复立尉迟伏师战为王"③,天竺国"开元时,中天竺遣使者三至;南天竺一,献五色能言鸟,乞师讨大食、吐蕃,丐名其军,玄宗诏赐怀德军,使者曰:'蕃夷惟以袍带为宠。'帝以锦袍、金革带、鱼袋并七事赐之;北天竺一来朝"④等记载。开元年间,像这种小国归附大唐的例子不胜枚举,大唐真正成了能使"四夷来稽首。玉阶前"的天朝上国。

另有对当时将士之英勇的赞颂。如P.4692的《望远行》(佐圣朝):

> 年少将军佐圣朝。为国扫荡狂妖。弯弓如月射双雕。马蹄到处阵云消。
>
> 休寰海。罢枪刀。银鸾驾上超霄。行人南北尽歌谣。莫把尧舜比今朝。⑤

---

① [宋]欧阳修、宋祁《新唐书》卷二二一上《列传第一百四十六上·域上》,第6217—6218页。

② [宋]欧阳修、宋祁《新唐书》卷二二一上《列传第一百四十六上·域上》,第6233—6234页。

③ [宋]欧阳修、宋祁《新唐书》卷二二一上《列传第一百四十六上·域上》,第6235—6236页。

④ [宋]欧阳修、宋祁《新唐书》卷二二一上《列传第一百四十六上·域上》,第6239页。

⑤ 任中敏编著,何剑平、张长彬校理《敦煌歌辞总编》,上册,第301—302页。

本辞赞颂的是一位英气风发的少年将军。上片主要是写他的英勇善战。辞中"年少将军佐圣朝。为国扫荡狂妖"点明了主人公身份"年少将军"和其主要功绩"扫荡狂妖"。这位将军虽是一位少年,但是已经成了辅佐朝廷的重要力量,"狂妖"指的是敌人的残忍和来势汹汹,而少年将军能够为国"扫荡狂妖",则更加突出了他的英勇善战。"弯弓如月射双雕"是以夸张的手法写这位少年将军超凡的武艺,称其可以拉得弯弓如满月,并可一箭射下双雕。"马蹄到处阵云消"是说这位少年将军的马蹄所到之处无不望风披靡,很快就能赢得战事的胜利,这更是极尽夸张之能来表达对少年将军非凡军事才能的赞颂。下片则主要写对这位少年将军的无限感激。正是由于这位少年将军的英勇善战,才有了如今"休寰海。罢枪刀"的太平局面。"银鸾驾上超霄"中的"银鸾"是指色彩明丽的鸾鸟,鸾鸟飞翔在云霄之上,是太平、祥和的象征,也再次强调了在少年将军的努力下,人们过上了幸福祥和的生活。"行人南北尽歌谣。莫把尧舜比今朝"则将世道的清平和生活的幸福写到了极致。南来北往的行人们嘴里都哼唱着幸福的歌谣,就连尧舜时期那样的盛世也比不上现在的美好生活。这两句话在歌颂美好生活的同时,其实也是对少年将军的极高褒扬,因为这一切是谁带来的呢? 正是那位少年将军!

(三)寺学教育功能

寺院,原是从事佛教活动的场所,随着佛教在中国传播的日趋广泛和深入,僧人和世俗信众之间的联系日益密切,使得寺院所承担的社会功能也日益扩张。在唐代佛教兴盛的社会背景下,佛教寺院不仅仅能作为佛教信众心中的神圣殿堂,同时也往往是当地文化、艺术等领域的集中地,与此同时也承担了社会教育的重要功能。中唐以后,随着吐蕃对敦煌的占领,敦煌地区的官学随之停废,原本由官学所承担的社会教育职能更多地转由寺院所承担,寺学的发展也日益兴盛。根据敦煌写本题记以及莫高窟壁画题记来看,唐五代至北宋时期敦煌地区寺学教育十分兴盛和发达,敦煌城内外承担寺学功能的寺院累计有净土寺、莲台寺、灵图寺、金光明寺、三界寺、龙兴寺、永安寺、大云寺、乾明寺、显德寺等十所之多,而敦煌歌辞中有相当一部分,便是当时寺学教育的重要内容。

从敦煌歌辞写本的传抄情况来看,我们能够发现,敦煌歌辞无论是专集还是散篇,大多都夹杂在佛教典籍、儒家经典、文人诗歌、童蒙读物以及佛事应用文等写本之中,或抄于写本正面,或抄于其背,而以上这些写本都是寺学教育中的重要内容,由此判断,和这些写本杂抄在一起的敦煌歌辞,也应当不是随意抄写在此,而是专用于寺学教学或学习之用的教材。其次,从这些敦煌歌辞的抄写者来看,有很多都是出自当时寺学中的学生之手。当时敦煌寺学中的学生,一般称自己为"学士郎""学仕郎""学郎""学生"等。在敦煌写本文献题记中,保留了很多他们的题记,如 P.2712《渔父歌沧浪赋》尾所题"贞明六年(920)庚辰岁次二月十九日龙兴寺学郎张安人写记之耳"①,抄有敦煌歌辞《望江南》三首的 S.5556 也题有"戊申年七月十三日,弟子令狐幸深写书耳,读诵愿深诵"②等。可见,当时这些歌辞的抄手有很多都是寺学中的学郎,而这些歌辞本身也是其寺学学习的重要内容。饶宗颐在《敦煌曲》中指出:"敦煌曲子词多保存于佛窟,如 S.4332 之《菩萨蛮》《酒泉子》乃钞于龙兴寺,此寺名之可考者也。钞手之可确知出于寺院者,有僧法琳(钞萧关地涌出铭词)、灵图寺僧比丘龙□、净土寺僧愿宗、僧索佑住。寺中学郎、书手,则有净土寺薛安俊、报恩寺书手马幸员、永安寺学郎。天成四年写

①黄永武《敦煌宝藏》第123册,台北:新文丰出版公司,1985年,第415页。
②黄永武《敦煌宝藏》第43册,台北:新文丰出版公司,1984年,第417页。

五台山《苏幕遮》之孙冰,戊申年钞《望江南》之令狐幸深,似亦僧徒弟子。"①这也是对当时寺院所承担的社会教育功能的肯定。

　　唐代时期,敦煌地区最著名的寺学当属三界寺寺学。据考证,三界寺在敦煌的出现最早可能在唐高祖武德五年(622)到唐太宗贞观七年(633)间,而至吐蕃占领敦煌后声誉日隆。荣新江甚至根据敦煌写本情况以及三界寺所处的地理位置推断莫高窟藏经洞很可能就是三界寺的图书馆。如果此推断能够成立,则三界寺的寺学规模可见一斑。根据学郎题记所涉及的敦煌写卷内容来看,当时的寺学教育应当是以儒家传统教育为主,主要进行识字启蒙、思想道德、诗词歌赋、文史知识、儒家经典等方面的教学活动。从与寺学教育相关的写本抄手来看,当时寺学教育生源来源广泛,有俗众,也有沙弥,甚至还有唐代敦煌归义军政权的高层。比如缀于P.3620之后的《无名歌》:

　　　　天下沸腾积年岁,米到千钱人失计。附郭种得二顷田,磨折不充十一税。今年苗稼看更弱,枌榆产业须抛却。不知天下有几人,只见波逃如雨脚。去去如同不系舟,随波水逐泛长流。漂泊已经千里外,谁人不带两乡愁。舞女庭前厌酒肉,不知百姓饿眠宿。君觅城外空墙匡,将军只是栽花竹。君看城外栖惶处,段段茅花如柳絮。海燕衔泥欲作巢,空堂无人却飞去。所在君侯勿须恼,乱藏意害彼不知? 自伤此世招得恶,名当来必酬苦果。②

　　这首诗的末尾写有"未年三月廿五日学生张议潮写",说明了唐代敦煌张氏归义军领袖张议潮在举义前曾在敦煌寺学中学习的事实。直

---

　　①饶宗颐、戴密微《敦煌曲》,第34页。
　　②张锡厚《敦煌文学源流》,第34页。

到唐亡以后，敦煌归义军高层仍保持着在寺学读书的传统，如在 S.707《孝经》题记中所记的"学仕郎郎君曹元深"，就记录了曹氏归义军第三任节度使曹元深曾在寺学中学习的事实。那么，为何上至归义军政权最高层下到平民百姓，都乐于到寺学中去学习呢？依笔者浅见，大抵有以下三点原因。其一，对于当时敦煌地区的高门大族来说，很多寺学可能具有家族义学的性质。如曹氏归义军时期，莫高窟就是曹氏家窟所在，而三界寺则正好为莫高窟之下寺，因此当时三界寺有可能就是曹氏家族义学的办学场所，主要教授曹氏子弟，兼收其他学生，这也合理解释了为何曹元深会在三界寺寺学学习。其二，当时寺院之寺学使得一般的平民能够有机会接受优质的教育。如姜伯勤所言："寺学的意义在于，通过这种形式，使一部分庶民有可能受到私学的教育，从而使寺学有助于打破贵族对学校和教育的垄断。因此，敦煌遗书中所见到的活跃的寺学，是早期贵族家学及学校制度向宋代书院制度转变中的一个重要的中间环节。"①事实也确实如此，在寺学教育模式下，当时确有很多庶民阶层民众得以去往寺院进行学习。敦煌僧诗中就曾记载佚名诗《嘲沙弥诗》（一首）："沙弥清奴实实陇，但见学仕本处诵。不如闻法取城外，打那肚皮烂宠宠。准义师主真心教，是你钝浊百陇众。"②从首句可知，此诗的主人公便是一位从"陇"③地而来的名叫"清奴"的沙弥，而"学仕本房诵"则表现了他以寺学内的学郎身份在房间里读书学习的场景，这也印证了当时从乡下来的庶民阶层民众也可以进入到敦煌寺学进行学习的事实。

其三，吐蕃占领敦煌以后，寺学成为了保存、传播中原传统文化的

①姜伯勤《敦煌社会文书导论》，台北：新文丰出版公司，1992年，第94—95页。
②汪泛舟《敦煌石窟僧诗校释》，香港：香港和平图书有限公司，2002年，第203页。
③案"陇"即陇亩之意，此处泛指田间乡村。

重要场所。占领敦煌后,吐蕃统治者推行了一系列的吐蕃化方针,其中很重要的一点就是大力推广吐蕃文化。随着吐蕃文化在敦煌社会生活中所占的分量越来越重,必然使敦煌地区自十六国时期以来逐渐产生和发展起来的以中原传统文化为核心的文化格局遭到巨大的冲击和破坏,在这种情况下,急需一些保留、传播中原文化的场所。而恰逢这一时期大批奉行中原传统文化的文人由于不屑与吐蕃统治者为伍等原因纷纷在敦煌的寺院出家,如吐蕃统治时期敦煌龙兴寺名僧日进就极有可能是因故来到敦煌的中原人士,后遇吐蕃占领敦煌,遂在敦煌龙兴寺出家;又如敦煌名僧璆琳,在吐蕃占领敦煌前任沙州法曹参军,吐蕃占领敦煌后不久,即出家于敦煌报恩寺。这些崇奉中原传统文化的僧人在出家之后使得寺学成为保留、传播中原传统文化的有力场所,而敦煌地区的居民本就以汉人为主,自然乐于去寺学中接受中原传统文化教育。

(四)鼓舞士气功能

唐代军营乐舞之风很盛,军队之中有专门的乐舞机构,被称为乐营,乐营中的歌伎乐工等都有专门的乐籍,其随军所需的衣物、粮米、器乐等都由军中供给。乐营的编组分类很细,一般是按照不同的专业进行编组,例如燕乐组、军乐组、雅乐组等,每组各由领班、一般音声人、音声弟子以及工人等组成,规模在五十到一百人左右。在唐代,军营的乐舞文化就是由这一大批身在军旅之中的乐营歌舞表演者所创造的。乐营歌舞表演者所起到的作用就是在部队出征、行军或者军中宴饮之时歌舞助兴,以达到鼓舞士气、振奋军心等作用。唐代诗人李颀曾在《古意》中写道:"辽东小妇年十五,惯弹琵琶解歌舞。今为羌笛出塞声,使我三军泪如雨。"①这四句诗所表现的就是一位年仅十五岁的辽东籍乐

①彭定求等《全唐诗(增订本)》卷一三三,第1355页。

营歌舞伎,她所擅长的表演项目主要是琵琶、羌笛演奏与歌舞表演,当她吹起羌笛,唱起出塞歌曲的时候,全军将士都为之感动落泪,可见当时乐营歌舞表演者的独特魅力。而在敦煌唐代歌辞中,就有与军旅有关的内容,其中很多应当也是专门供乐营歌舞表演者们演唱所用的歌辞。如P.3821的《定风波》(儒士定风波)二首:

其一

攻书学剑能几何。争如沙塞骋偻㑚。手执绿沉枪似铁。明月。龙泉三尺斩新磨。

堪羡昔时军伍。谩夸儒士德能康。四塞忽闻狼烟起。问儒士。谁人敢去定风波。

其二

征服偻罗未是功。儒士偻㑚转更加。三策张良非恶弱。谋略。汉兴楚灭本由他。

项羽翘据无路。酒后难消一曲歌。霸王虞姬皆自刎。当本。便知儒士定风波。[1]

根据任中敏先生考证,该辞当为盛唐时期作品。从内容上看,这两首辞当为将士出征之时,乐营歌舞表演者为了鼓舞军心士气而表演的对歌之歌辞。上辞主要是以武将的身份对军中投笔从戎的儒士进行问难,故意以贬低的语气责问他们每天读书练剑有什么用,真正到了战场上怎么能够比得上武士们"偻㑚"(即英勇干练)。接着又进一步调侃,过去军中太过于抬高儒士们的地位,认为他们是德才兼备之人,如今边塞真正有了战事,又有哪个儒生敢于去平定战乱呢?

---

① 任中敏编著,何剑平、张长彬校理《敦煌歌辞总编》,中册,第412页。

下辞则以儒士的身份写其不甘落后的心情。在儒士看来,武将们的英勇往往体现在战事开始之后在战场上的拼杀,那算不上是什么大功劳,而儒士们的"偻儸"则更胜一筹,比如张良没有在战场上与敌人厮杀,但是他靠着自己非凡的谋略成为汉朝兴起的关键人物,也正是由于他过人的智慧,逼得一代枭雄项羽乌江自刎,这便是儒士"定风波"的方式。通过上下两辞中武将文臣的相互问难和作答,展现了其不甘落后,争相为国建功立业的热切心情,在将士即将出征之际,这样的对歌形式在鼓舞士气、激励将士报效国家等方面都有着积极的作用。

除了歌唱的形式之外,当时军营之中还流行以舞蹈的形式娱军,鼓舞士气。唐代的舞蹈如按照其风格进行分类,主要分为软舞和健舞两大类。软舞广泛流行于宫廷贵族、士大夫家宴及民间堂会中,节奏舒缓,优美柔婉,抒情性强;而健舞则相反,主要以动作矫捷雄健,节奏明快,富有阳刚之气著称于世。由于健舞符合刚健勇猛的军营氛围,因此在军中很是流行。在唐代军营健舞中,很重要的一种表演形式便是剑器舞。因剑本来就是军队作战的一种重要武器,通过融合舞蹈表演的形式,加上精湛的击剑技艺和各种舞剑的动作姿态,逐渐形成了具有独特风格的舞蹈类型,很受军中将士青睐。敦煌歌辞中,便留有唐代剑器舞表演时所用到的歌辞。如《剑器辞》(上秦王)三首:

> 其一
> 皇帝持刀强。——上秦王。斗贼勇勇勇。拟欲向前汤。应手
> 三五个。万人谁敢当。从家缘业重。终日事三郎。
> 其二
> 丈夫气力全。一个拟当千。猛气冲心出。视死亦如眠。弯弓
> 不离手。恒日在阵前。譬如鹘打雁。左右悉皆穿。

其三

排备白旗舞。先自有由来。合如花焰秀。散若电光开。喊声
天地裂。腾踏山岳摧。剑器呈多少。浑脱向前来。[1]

从三首辞的内容,如第一首辞中的"斗贼勇勇勇。拟欲向前汤。应
手三五个。万人谁敢当",第二首辞中的"丈夫气力全。一个拟当千。
猛气冲心出。视死亦如眠。弯弓不离手。恒日在阵前"等描写来看,都
是写战士们英勇杀敌不顾生死,誓要为国建功的战争场面,因此很有可
能就是当时军中在跳剑器舞时所用的唱辞。值得一提的是,在第三首
辞中,还特意提到了当时军中剑器舞的浩大场面。首先要"排备白旗
舞",即在剑器舞开始之时要安排军士高舞军旗(因古代军旗多为白色,
所以又称"白旗"),以彰显军中之雄风。紧接着写军中剑器舞的震撼场
景,"合如花焰秀。散若电光开"是写跳剑器舞时,参与舞蹈的人们时散
时合,合到一起时雪白的旗帜、舞动的剑器都交杂在一起,就像盛开的
花朵那样美丽,人群散开时又迅猛得如同闪电,令人称奇。"喊声天地
裂。腾踏山岳摧"则是写剑器舞的具体动作,要一边高喊雄壮的歌辞,
一边腾踏舞蹈,将士们的歌声雄浑壮丽,好像要把天地都震裂一样,而
雄壮的舞姿则似乎连山岳也为之摧。不得不说,这样雄壮豪迈的剑器
舞对将士们的激励是巨大的,对提升军中士气、提高将士们的自豪感和
报国心有相当积极的作用。

(五)释压功能

敦煌歌辞的释压功能,主要指的是其在抒发人心中之郁结,排解人
心中之不满和怨意,从而达到释放其心理压力的效果方面的功能。敦
煌歌辞所处的时代,人们心理压力的释放途径是很少的,如对异族统治

---

[1]任中敏编著,何剑平、张长彬校理《敦煌歌辞总编》,下册,第1075—1076页。

的不满、对负心之人的怨念、对在外作战的丈夫的牵挂、对政治黑暗的不满等等,这些细腻的内心情感都很难找到合适的释放途径。于是,敦煌歌辞便成了释放这些心理压力的重要手段,通过这些歌辞的创作和演唱,人们心中的郁结得以疏通,情感得以表达。如《菩萨蛮》(敦煌将):

> 敦煌古往出神将。感得诸蕃遥钦仰。效节望龙庭。麟台早有名。
> 只恨隔蕃部。情恳难申吐。早晚灭狼蕃。一齐拜圣颜。①

本辞中所表现的就是敦煌人民对吐蕃统治之恨。唐德宗建中二年(781),敦煌陷入吐蕃之手,从此开始了一百余年的吐蕃统治时期。吐蕃统治敦煌期间,对敦煌民众实行高压政策:政治制度方面,废除唐代敦煌地区原有的县乡里等行政组织,建立吐蕃式的军政合一组织,将敦煌民众按照职业、民族等编入不同部落进行统治;赋役制度方面,改革唐政府的赋税制度,部落民众既要按照地亩缴纳地税"地子",又要按户征收户税"突税",同时还令其承担差役和兵役,大大加重了民众的负担;文化层面上,废除了敦煌地区原有的官学,禁止学习中原传统文化,还广泛推行吐蕃语,禁止使用唐朝年号,改用地支和十二生肖进行记年,甚至还禁止汉人穿汉服,要求其穿着吐蕃服饰,企图通过这一系列文化举措来消除敦煌人民对唐王朝的依恋,减少其反蕃情绪。吐蕃统治者的种种高压措施激起了敦煌民众的强烈不满和愤恨,这首辞应当就是在这种情绪下创作而成。

上片写敦煌民众对于"神将"的渴求,希望出现一个有能力的人物带领他们推翻吐蕃奴隶主的统治。"敦煌古往出神将。感得诸蕃遥钦仰"是说敦煌以往出现过很多令周边少数民族政权敬仰的历史人物,而

---

①任中敏编著,何剑平、张长彬校理《敦煌歌辞总编》,上册,第283页。

之所以提及这些过去的辉煌历史,言外之意是表达当时在吐蕃统治下的民众对这种强有力的领导人物的渴望。"效节望龙庭。麟台早有名"则是对这种领导人物的期许。"效节望龙庭"中的"效节"为效忠之意,意思是希望他能够效忠于中原王朝,早日带领敦煌民众回到唐朝的怀抱;"麟台早有名"中的"麟台"又叫"麟阁",古时凡是为国家建立了巨大功勋的人物,朝廷都要为之画像,并于专门的地方悬挂,这种悬挂功臣画像的地方即被泛称为"麟阁"。这句辞的意思是祝福他能够早日推翻吐蕃统治,为国家建功立业,早登麟阁。

下片则重点突出对吐蕃之恨。"只恨隔蕃部。情恳难申吐"是指当时的敦煌民众对大唐有着无限的眷恋之情和忠诚之心,对吐蕃奴隶主的高压统治有着满腔的愤恨,但是由于自己还处在吐蕃的统治下,因此满腹衷肠无处诉说。"早晚灭狼蕃。一齐拜圣颜"更是强调了敦煌民众的恨意。"灭"有消灭之意,是极言当时敦煌民众对吐蕃奴隶主的深仇大恨,恨不得能够将其全部消灭;"狼蕃"则是敦煌民众对吐蕃奴隶主的蔑称。正是通过敦煌歌辞,敦煌民众将这种对吐蕃高压统治的满腔怨愤抒发了出来,同时也表达了当时敦煌民众对唐朝的强烈归属感。

(六)记史功能

"记史",顾名思义,即记录历史。在敦煌歌辞中,有大量涉及当时历史事件和历史人物的内容,这些具有历史记录功能的歌辞,为我们更加全面地了解、还原历史事件,更加深入地走进历史人物的真实内心提供了重要的参考价值。如P.2506的《酒泉子》(犯皇宫):

> 每见惶惶。队队雄军惊御辇。蓦街穿巷犯皇宫。只拟夺九重。
> 长枪短剑如麻乱。争奈失计无投窜。金箱玉印自携将。任他乱芬芳。[1]

---

[1]任中敏编著,何剑平、张长彬校理《敦煌歌辞总编》,上册,第276页。

　　关于这首辞的作辞时代，学术界主要有两种看法。其一是黄巢入长安说。刘大杰在《中国文学发展史》中称："这首词很可能是写黄巢起义军攻入长安时的情况。前片写起义军的雄伟英勇，他们的目的是要推翻唐王朝政权，是要'犯皇宫''夺九重'，也就是要打倒皇帝。《通鉴》载黄巢入长安时，'甲骑如流……千里络绎不绝。民夹道聚观'。一方面反映出黄巢军势的浩大，确实是'雄军'；同时也表明人民对他的欢迎。这首词可能就是当时那些'夹道聚观'的某人所作的，也可能是起义军中的某人所作的。"①这种说法遭到了任中敏的反对，他认为："设如此说，'惶惶'应改'皇皇'；'辇'是皇帝行车，'惊御辇'当是故事之情节。僖宗李儇先已逃蜀，未曾遭遇起义军，亦须考虑。"②笔者认为刘大杰所言此辞作于黄巢攻入长安时的观点与辞中所展现内容情感都比较相符，而任氏所反对的理由恰恰忽略了敦煌歌辞作为文学作品的艺术性。首先，"惶惶"一词可能是从当时得知起义军攻入长安后的高官显贵们而非支持起义军民众的视角出发而作的形容，因为他们作为统治阶级，是黄巢起义想要推翻的对象，因此面对起义军进入长安，自然要"惶惶"。其次，"辇"是皇帝行车的意思，但是也可以由此延伸为唐王朝皇权的象征，因此"惊御辇"也不必要非得是具体的"故事之情节"，而可以用"惊御辇"指代起义军进入唐王朝都城，已经动摇了皇权，动摇了唐王朝统治的根基，而且既非"故事之情节"，自然也就不需要考虑到当时僖宗已经出逃的问题。

　　其二是李茂贞入长安说。关于此说，高国藩在《敦煌曲子词欣赏》中引用了任中敏在《敦煌曲初探》中的说法："在唐史中，与'昭宗乾宁二年五月，李茂贞、王行瑜、韩建等，各率精甲数千人入觐，京师大恐，人皆

----

①任中敏编著，何剑平、张长彬校理《敦煌歌辞总编》，上册，第277页。
②任中敏编著，何剑平、张长彬校理《敦煌歌辞总编》，上册，第278页。

亡窜,吏不能止'之情形,比较相合。其作辞时代,或即在此。"①即二人都认为本辞的作辞时代应在唐昭宗乾宁二年(895)五月李茂贞等人入京之时。据《旧五代史》记载,李茂贞共前后两次率兵入京,第一次在唐昭宗乾宁二年五月:"乾宁二年五月,茂贞与王行瑜、韩建称兵入觐,京师震恐,天子御楼待之,抗表请杀宰相韦昭度、李谿以谢天下,移王珙于河中。既还,留其假子继鹏宿卫,即阎珪也。"②从该记载可以看出,李茂贞确实是带兵入京不假,其中"京师震恐,天子御楼待之"的记载也符合本辞"队队雄军惊御辇"的描写。但是要看到,根据记载,李茂贞等人此次进京的目的是要以武力威胁昭宗,迫使其"杀宰相韦昭度、李谿以谢天下,移王珙于河中",并非辞中所表达的彻底颠覆唐王朝政权,取而代之。再者,根据此记载,说明此次李茂贞虽然带兵进京,但是达到目的之后就离开了,并没有发生战事。而且,李茂贞带兵进京只是出于政治目的,临走之时也只是"留其假子继鹏宿卫",以便监视和控制皇帝,没有出现像辞中所说搜刮京师金银财宝的情景,更不可能将皇帝的金印带走。综合以上几点来看,辞中描绘的不太可能是唐昭宗乾宁二年五月李茂贞等人入京之时的场景。

但是,辞中所表现的场景倒是与李茂贞第二次也就是乾宁三年(896)率兵入京的情景极为相似。据《旧五代史》记载:"明年五月,制授茂贞东川节度使。仍命通王、覃王治禁军于阙下,如茂贞违诏,即讨之。茂贞惧,将赴镇。王师至兴平,夜自惊溃,茂贞因出乘之,官军大败。车驾仓卒出幸华州,茂贞之众因犯京师,焚烧宫阙,大掠坊市而去,自此长安大内尽为丘墟矣。"③首先,辞中"只拟夺九重"说明当时这些人

---

①高国藩《敦煌曲子词欣赏》,第60页。

②[宋]薛居正等《旧五代史》卷一三二《世袭列传第一·李茂贞》,第1738页。

③[宋]薛居正等《旧五代史》卷一三二《世袭列传第一·李茂贞》,第1739页。

的目的是要直捣黄龙,进犯京师,这与史料所载"茂贞之众因犯京师"是相呼应的;其二,"长枪短剑如麻乱"表现的是战乱场景,说明当时京师长安周围或者城内发生了战斗,而史料中也有"因出乘之,官军大败"的战斗记载;其三,"金箱玉印自携将"说明这批进入长安的人临走之时搜刮了长安城内很多金银珠宝,甚至连皇帝的金印都带走了,这也与《旧五代史》中所记"焚烧宫阙,大掠坊市而去"极为类似。因此,相比任中敏和高国藩的唐昭宗乾宁二年五月李茂贞第一次入长安说,这首辞的创作背景为乾宁三年李茂贞第二次入长安时更为合理。

　　然而,虽然黄巢入长安说和李茂贞入长安说都有道理,也都站得住脚,但相较而言,笔者更倾向于黄巢入长安说,这主要是从歌辞创作者的角度去考虑的。这首歌辞的创作者,很可能就是当时长安城那场动乱的见证者,也极有可能是受害者,但在本辞的言语之间却找不到对这些叛军的仇恨,甚至从末尾"金箱玉印自携将。任他乱芬芳"两句中还流露出一丝对叛军能够携带金银珠宝安全离开长安的宽慰,这是李茂贞入长安说所不能解释的。因此,笔者更倾向于本辞是从一个普通民众的视角围绕黄巢起义后攻陷长安,直至称帝,再到失败的全过程进行的一次文学创作,并且言辞之中充满了对农民起义军的支持和同情。需要注意的是,按照《旧唐书》的记载:"贼围陈郡三百日,关东仍岁无耕稼,人饿倚墙壁间,贼俘人而食,日杀数千。贼有春磨砦,为巨碓数百,生纳人于臼碎之,合骨而食,其流毒若是。"①若黄巢起义军是一群暴虐无道、残害生灵的邪恶之徒,为何敦煌歌辞中又对其有支持、同情的表达呢? 关于黄巢起义的背景,据《旧唐书》记载来看,是因为"乾符中,仍岁凶荒,人饥为盗,河南尤甚"②,也就是说唐僖宗乾符年间连续几年都

---

①［晋］刘昫等《旧唐书》卷二〇〇下《列传第一百五十·黄巢》,第5397页。
②［晋］刘昫等《旧唐书》卷二〇〇下《列传第一百五十·黄巢》,第5391页。

有大的自然灾害,这才引起了农民起义。其实黄巢起义的端倪在懿宗时就可以看出。懿宗时期,天下自然灾害不断,如《旧唐书》有"属郡颍州去年夏大雨,沈丘、汝阴、颍上等县平地水深一丈,田稼、屋宇淹没皆尽,乞蠲租赋"①"夏,淮南、河南蝗旱,民饥"②"是月,东都、许、汝、徐、泗等州大水,伤稼"③等记载,类似的记载还有很多。天灾的不断发生使得无家可归、无业可事的流民数量大大增加,再加上唐懿宗时期赋役沉重,逃离家乡的流民,其赋税需要由同村的农民承担,更是加重了民众的负担,因此,懿宗时期已经出现了像"庞勋起义"这样得到民众广泛响应的较大规模的起义。

可是到了僖宗时期,不仅没有吸取懿宗时期的教训,政局反而更加昏暗,从皇帝到各级官吏,对人民的压榨"惟思竭泽,不虑无鱼"。据《旧唐书》载:"僖宗以幼主临朝,号令出于臣下,南衙北司,迭相矛盾,以至九流浊乱,时多朋党,小人谗胜,君子道消,贤豪忌愤,退之草泽,既一朝有变,天下离心。巢之起也,人士从而附之。或巢驰檄四方,章奏论列,皆指目朝政之弊,盖士不逞者之辞也。"④僖宗时的翰林学士刘允章也曾以《直谏书》痛陈当时施政之弊,百姓生活之困苦:

> 国有九破,陛下知之乎? 终年聚兵,一破也。蛮夷炽兴,二破也。权豪奢僭,三破也。大将不朝,四破也。广造佛寺,五破也。赂贿公行,六破也。长吏残暴,七破也。赋役不等,八破也。食禄人多,输税人少,九破也。臣闻自古帝王,终日劝农,犹恐其饥;终日劝桑,犹恐其寒。此辈不农不桑,坐食天下。欲使天下之人尽为

---

① [晋]刘昫等《旧唐书》卷一九上《本纪第十九上·懿宗》,第652页。
② [晋]刘昫等《旧唐书》卷一九上《本纪第十九上·懿宗》,第651页。
③ [晋]刘昫等《旧唐书》卷一九上《本纪第十九上·懿宗》,第654页。
④ [晋]刘昫等《旧唐书》卷二〇〇下《列传第一百五十下·黄巢》,第5392页。

将士矣,举国之人尽为僧尼矣,举国之人尽为劫贼矣。欲使谁人蚕桑乎？今天下苍生,凡有八苦,陛下知之乎？官吏苛刻,一苦也。私债征夺,二苦也。赋税繁多,三苦也。所由乞敛,四苦也。替逃人差科,五苦也。冤不得理,屈不得伸,六苦也。冻无衣,饥无食,七苦也。病不得医,死不得葬,八苦也。仍有五去。势力侵夺,一去也。奸吏隐欺,二去也。破丁作兵,三去也。降人为客,四去也。避役出家,五去也。人有五去而无一归,有八苦而无一乐,国有九破而无一成,官有八入而无一出。凡有三十余条。上古以来,未之有也。天下百姓,哀号于道路,逃窜于山泽；夫妻不相活,父子不相救。百姓有冤,诉于州县,州县不理；诉于宰相,宰相不理；诉于陛下,陛下不理。何以归哉！①

　　文中指出了当时国有"九破",民有"八苦""五去"。人民生活困苦不堪,已经到达了崩溃的边缘,而唐王朝统治者却对民生民情视若无睹,在这种情况下,民众只有揭竿而起以求生路。由此可知,黄巢起义是有其深刻的历史背景的,最重要的原因就是唐朝末年朝政昏暗,再加上朝廷不事民生,视人命如草芥,这才有了沉寂已久的大爆发。

　　从民众的角度来说,其对唐王朝的统治早已经是不堪其苦,出现黄巢起义这样的事情,其实是历史的必然,民众自然支持。再加上黄巢起义初期,确实做了一些民众看得见的好事,如《旧唐书》载："时巢众累年为盗,行伍不胜其富,遇穷民于路,争行施遗。既入春明门,坊市聚观,尚让慰晓市人曰：'黄王为生灵,不似李家不恤汝辈,但各安家。'巢贼众竞投物遗人。"②虽然这段记载是站在统治阶层的角度揭示黄巢将洗劫

---

① [清]董诰等《全唐文》卷八〇四《直谏书》,第8449—8450页。
② [晋]刘昫等《旧唐书》卷二〇〇下《列传第一百五十下·黄巢》,第5393页。

来的财货用于蛊惑民众的险恶用心,但是却也恰恰说明了黄巢起义初期,其对普通百姓还是体恤和爱惜的,这也正是辞中从民众视角支持和同情黄巢起义的原因。另如 S.2607 的《菩萨蛮》(三峰下)二首:

其一

登楼遥望秦宫殿。翩翩只见双飞燕。渭水一条流。千山与万丘。野烟遮远树。陌上行人去。何处有英雄。迎归大内中。

其二

飘摇且在三峰下。秋风往往堪沾洒。肠断忆仙宫。朦胧烟雾中。思梦时时睡。不语长如醉。何日却回归。玄穹知不知。①

此《菩萨蛮》二首是唐昭宗李晔的作品。乾宁三年,李晔被华州刺史韩建幽禁于"三峰"(即华州),在此度过了长达三年的时间,此二首辞即作于此时。从辞中,我们可以更加深入地了解到被囚时唐昭宗李晔的内心世界。此时的他早已失去了皇帝的威严与权力,在漫长的幽禁生活中,他流露出了对都城长安的无限眷恋,同时也与普通人一样,期待着有一位英雄人物的出现,能够拯救自己早脱樊笼。除此之外,在"何日却回归。玄穹知不知"两句中,还流露出了他对自己未来的迷茫和恐慌。对于何时能回归都城长安,他自己心里也没有把握,作为一个被幽禁的帝王来说,也许当时的他已经做好了最坏的打算,或是被幽禁至死,或是被叛臣杀害,但是最后的结果究竟如何呢? 谁也没有答案,只能将一切都寄托于天意。在此《菩萨蛮》二首中,我们看到了一位封建时代最高统治者内心脆弱的一面,面对未知的命运,他也同常人一样,有期待,有迷茫,同时也有恐惧。

①任中敏编著,何剑平、张长彬校理《敦煌歌辞总编》,中册,第425—426页。

(七)辅助记忆功能

敦煌歌辞的辅助记忆功能,主要体现在其作为应用技术的口诀,具有简单明快、朗朗上口的特点,从而能在短时间内帮助应用者快速学习该技术领域的基本知识和常识。敦煌歌辞的辅助记忆功能在药名辞、医理辞上体现得尤为突出。如S.4508的药名辞《失调名》(莨菪不归):

> 莨菪不归乡。经今半夏姜。去他乌头了血傍。□他家附子豪强。父母依意美长短。桂心日夜思量。①

本辞共涉及药名七种,分别为"莨菪""半夏""姜""乌头""附子""薏米""桂心"。为了辞意完整、通顺,辞中使用了谐音、省略等手法,在充分保留歌辞故事情节完整性的基础上将药名包含其中,使应用者通过联想本辞加深对药名的记忆,如"莨菪"谐音"浪荡","姜"谐音"强","桂心"谐音"挂心"。经过谐音转换,本辞可转为:

> 浪荡不归乡。经今半夏强。去他乌头了血傍。□他家附子豪强。父母依意美长短。挂心日夜思量。

这就是一首有完整故事情节的歌辞了。该辞主人公是一位浪迹他乡的游子,"强"为超过之意,意思是这位游子已经在外游荡了大半个夏天了。"去他乌头了血傍。□他家附子豪强"是对他浪迹他乡原因的解释,"福"为"附"之谐音,意为他为了家庭的幸福和子孙后代的富强,除去了乡里的"乌头"(即恶霸,乌头是有毒草药,在此应引申为毒害乡里之恶

---

①任中敏编著,何剑平、张长彬校理《敦煌歌辞总编》,上册,第318页。

霸），染上了一身鲜血，因此浪迹在外。"父母依意美长短。挂心日夜思量"是写他对父母的思念。"父母依意美长短"是说浪迹他乡的日子虽苦，但是一想到父母，心里依然很温暖；"挂心日夜思量"，是说他每日每夜都牵挂父母如今的生活。不得不说，这样既有完整故事情节，又包含大量药名的应用辞，对于学习者来说无疑有辅助记忆的积极作用，且颇有寓教于乐的味道，使得学习者认识掌握药物的过程变得不再枯燥。又如P.3093v的《定风波》（伤寒）三首：

其一

阴毒伤寒脉又微。四肢厥冷最难医。更遇盲医与宣泻。休也。头面大汗永分离。

时当五六日。头如针刺汗微微。吐逆黏滑脉沉细。胃脉溃。斯须儿女独孤凄。

其二

夹食伤寒脉沉迟。时时寒热汗微微。只为脏中有结物。虚汗出。心脾连胃睡不得。

时当八九日。上气喘粗人不识。鼻头舌焦容颜黑。明医识。垛积千金医不得。

其三

风湿伤寒脉紧沉。遍身虚汗似汤淋。此是三伤谁识别。情切。有风有气有食结。

时当五六日。言语惺惺精神出。勾当如同强健日。明医识。喘粗如睡遭沉溺。①

---

①任中敏编著，何剑平、张长彬校理《敦煌歌辞总编》，中册，第390—391页。

《定风波》(伤寒)三首主要论述了阴毒伤寒、夹食伤寒、风湿伤寒三种不同类型伤寒疾病的发病症状和病情的发展方向,语言简洁明朗,直言病理,对学医者快速了解这三种疾病有积极的辅助作用。辞中对于不同种类伤寒疾病的发病表现,在文字上有很严谨的差异性表达,比如对其脉象上的表现,阴毒伤寒在不同的发展阶段会出现"脉又微""脉沉细""胃脉溃",夹食伤寒是"脉沉迟",风湿伤寒则是"脉紧沉";在身体表现上,阴毒伤寒主要是"四肢厥冷""头面大汗""头如针刺汗微微""吐逆黏滑",夹食伤寒则是"时时寒热汗微微""虚汗出""睡不得""上气喘粗""鼻头舌焦容颜黑",风湿伤寒主要是"遍身虚汗""言语惺惺精神出""喘粗如睡";在病情恶化的时间节点上,阴毒伤寒是"五六日",夹食伤寒是"八九日",风湿伤寒是"五六日"。

另外,辞中还对三种不同伤寒病在医治过程中的重点注意事项做了提醒,如第一首阴毒伤寒中所言"更遇盲医与宣泻。休也",这是提醒行医者不能用"宣泻"的方法进行治疗,否则会使其病情更加严重;第二首夹食伤寒中提到的"埃积千金医不得"不是指这种病没有办法医治,而是提醒医生要认真观察病患的病症阶段再决定是否出诊,如果已经出现了"鼻头舌焦容颜黑"的症状,说明已经病入膏肓,这时候就要谨慎出诊,不要为了诊疗费而出现医疗事故;第三首风湿伤寒中所谓"勾当如同强健日。明医识"是提醒医生,风湿伤寒在发病的后期可能会出现病症减轻,如同无病的迷惑现象,这种现象只是一种假象,并不意味着病情转好,要谨慎对待。

从对三种伤寒病的不同表述来看,阴毒伤寒因为病势急、病症重、恶化时间快,因此辞中用了"最难医""斯须儿女独孤凄"等表达,说明其最为凶险,病人因病死亡的概率也最大。其次是夹食伤寒。根据辞中表达,夹食伤寒能否得到有效治疗主要是看医生能否及时给予正确治疗,因为夹食伤寒从发病到病情恶化的周期较长,在八九天左右,如能抓住这八九天的时间进行正确的治疗,应当有医好的可能,但如果错过了这八九天的黄金治疗时间,那就是"垛积千金医不得",病人死亡的概率也很高。对于风湿伤寒的表述,辞中没有用到很严重的字眼,只是善意提醒医者注意此病在发病过程中的假象,妥善治疗,可见其在三种伤寒病中应属最好医治的一种。

通过对这三首辞的分析,我们可以发现,虽然辞中文字不多,表达也很简洁,但却在有限的文字中将不同种类伤寒病的脉象、体征、发病阶段以及相关的注意事项都涵盖其中。对于学医者来说,如果能将这种简洁明了而又满含专业知识的应用辞背诵熟练,对于他们日后的行医活动无疑大有裨益。

(八)谋生功能

不可否认,敦煌歌辞由于记载了大量百姓的日常生活以及其特殊的艺术形态,无论是研究唐代民俗学、唐代文学,还是敦煌文学的学者都对其进行了深入的研究,可以说敦煌歌辞自被发现以来时至今日一直备受学者关注。

与传统的诗歌和文章相比,敦煌歌辞在当时看来是一种相当新颖的文学形式,这种新颖不仅仅体现在它是一种音乐文学,而更表现在歌辞创作目的的不同。不同于诗歌、文章的创作初衷是经世载道,歌辞的创作更多只是在演出活动中起到活跃气氛的作用。正如孙克强先生所言:"乐工歌伎是曲子词演唱的主体,在词体初期的歌词创作和选择过程中起着重要的作用。曲子词的欣赏如同商品的消费,欣赏者的要求通过乐工歌伎对词体的内容和风格表现出很强的选择性,这种特点在唐五代表现得尤为突出。"[1]可见,有不少歌辞是由职业的歌伎、创作辞

①孙克强《唐宋词学批评史论》,郑州:河南大学出版社,2017年,第4页。

人进行创作和演出的,因此,敦煌歌辞与当时的经济活动有着千丝万缕的关系,可以说歌辞就是他们重要的谋生手段。

敦煌歌辞能够在民间得以广泛地流传,自然是有其独特性的,其中最为重要的便是敦煌歌辞的商业产业链。项楚先生对敦煌诗歌、敦煌歌辞研究见解深刻,他认为:"书手是代人书写文书以取得报酬的人,许多书手是由学郎兼任的。斯六九二《秦妇吟》卷末题记:'贞明五年(919)己卯岁四月十一日敦煌郡金光明寺学士郎安友盛写记。'并附诗一首:'今日写书了,合有五斗米。高代不可得,还是自身灾。'写书合有五斗米的报酬,可见学士郎安友盛课余从事写书的兼职。"①由此可知,在敦煌是存在这种抄书匠人的,他们通过抄书获得报酬。敦煌遗书中就有不少佛经出自这些抄手,他们抄写的字体也被称为"抄经体",具有较强的辨识度。

敦煌歌辞中同样也存在这些职业抄书人,不仅如此,用于娱乐的敦煌歌辞从创作到流传再到使用有着相当完善的流程。先是职业的作辞人根据音乐和顾客的需求创作出歌辞作品,然后这些作品会直接传递到职业抄手手中进行誊抄或复制,或者由顾客再雇佣这些抄手进行抄写,最后传递到当地的酒楼及娱乐场所供给职业的演奏人员或舞女进行最后的修改并使用。歌辞创作者、作品抄写者、现场演出者三者各司其职,各有所长,三个不同的角色构成了一条完整的产业链,足见敦煌歌辞的商业化运作模式之流畅,可想而知有多少人依靠歌辞作为自己的谋生手段。丹纳在其著作《艺术哲学》中曾言:"艺术是一个和谐的,经过扩大的回声,正当现实生活到了盛极而衰的阶段,反映现实生活的艺术才达到完全明确而丰满的境界。"②敦煌歌辞正是这种反映现实生

---

①项楚《敦煌诗歌导论》,成都:巴蜀书社,2001年,第209—210页。
②〔法〕丹纳著,傅雷译《艺术哲学》,杭州:浙江人民美术出版社,2017年,第325页。

活的艺术,不仅有许多的创作人,拥有大量的受众,还经过了"和谐的扩大过程"吸引了更多的作家进行该文体的创作,使得敦煌歌辞日趋繁荣。

此外,敦煌歌辞能够在敦煌地区广泛地传播还得益于现实利益的驱动。众所周知,古代神话能够流传依靠的是口口相传的口头传播模式,印刷技术的日新月异也为小说的传播提供了坚实的物质基础,如今较为兴盛的电影文学、网络文学能够成为学者的新焦点则得益于互联网的发展,而敦煌歌辞因为受到大众欢迎,由此产生了一条可以养活上下游人员的产业链,反倒也使得这种文体有了更多出现和使用的机会。

二、敦煌歌辞中的民间礼俗

敦煌歌辞是敦煌文学中较具特色的文学形式,其特点在于歌辞本身能够配合音乐进行歌唱和演绎。若按照以往的研究路径,单纯从文学的艺术性上对敦煌歌辞进行纯文本的研究无疑是一种管中窥豹的研究方式,想要深刻了解一类文学作品的真实价值,则必须要将该类文学作品置于当时的时代社会背景当中。因此,从民俗学角度入手进行探析,可能更有利于我们提高对敦煌歌辞这类文学作品的认识,亦能够全面地理解敦煌歌辞所呈现的社会风貌及创作者的思想内涵。

伏俊琏教授曾对敦煌文学与仪式做出精辟的论述:

> 文学的口耳相传主要通过各种仪式进行。仪式是人类社会生活高度集中的体现形式。人类在长期的生产和劳动中,创造了各种各样的仪式。这些高度凝炼的礼仪,是人类告别野蛮而进入文明社会的重要标志。所以,仪式是文化的贮存器,是文化(文学)产生的模式,也是文化(文学)存在的模式。[1]

---

[1] 伏俊琏《敦煌文学总论》,兰州:甘肃教育出版社,2013年,第6页。

伏俊琏先生对于仪式和文学的阐述无疑是切中肯綮的。仪式与文学是一种相互依存的关系，没有仪式作为载体，文学无法体现出其生命力和意义，而没有文学的话，仪式也会缺乏表达和传承的媒介。仪式和文学的相互依存体现在多个方面。首先，在仪式中，特定的语言、符号和意象常常被用来传达特定的宗教、文化或社会意义，这些符号和意象可以被看作是文学的一部分。例如，在宗教仪式中，祷词、圣歌等可以被看作是文学和仪式的结合体，它们不仅用语言表达了信仰和敬祷的内涵，同时也通过音乐、舞蹈等形式进行表演，使信仰和敬祷得以在仪式中更加深刻地体现和传达。在敦煌歌辞中经常描述有岁时节令、宴饮、婚礼、葬礼、祝寿等场景，歌辞作为能够直接反映当地民众共同意识、感情以及普遍社会生活的表现形式，同时也体现了那些约定俗成的思维模式和行动方式。笔者认为这种思维模式和行动方式，正是民间仪式的重要组成部分。这些仪式往往具有稳定的形态和结构，能在当地代代相传并在现实生活中持续发挥影响。敦煌歌辞作为这些仪式重要的资料载体，其中所歌咏的礼仪、风俗值得学者多加重视。

（一）敦煌歌辞中的祭祀仪式

祭祀在唐代社会中具有极为重要的地位，其中首屈一指的要数由皇帝主持的国家祭祀。皇帝通过祭祀仪式，提高自身的权威，祈求国泰民安。P.2721《皇帝感》（新集《孝经》十八章）十八首中便有一首反映了唐代的国家祭祀活动：

> 上下无怨国中安。保其社稷鬼神欢。为作宫室四时祭。容止可法得人观。①

---

① 任中敏编著，何剑平、张长彬校理《敦煌歌辞总编》，中册，第468页。

通过歌辞内容可知，这是一首记录国家层面祭祀活动的歌辞。国君通过这次祭祀满足"社稷鬼神"，希望他们能够保佑国家外部无险、内部无怨，赐给百姓平安喜乐的生活。除此之外，歌辞中还提及"宫室四时祭"。"宫室四时祭"的源头可追溯到春秋时期，在古代典籍中也经常可见"四时祭"的说法，如《礼记·王制》载："天子、诸侯宗庙之祭：春曰礿，夏曰禘，秋曰尝，冬曰烝。"①《春秋公羊传·桓公八年》载："春曰祠，夏曰礿，秋曰尝，冬曰烝。"②《尔雅·释天》载："春祭曰祠，夏祭曰礿，秋祭曰尝，冬祭曰烝。"③由以上记载可知，早在先秦时期，国君就已每年进行至少四次祭祀供养"天"与"神灵"，以贡品换取他们对于国家百姓的庇佑。古往今来，皇帝垄断祭天的权力，祭天仪式作为一种彰显皇帝统治地位的国家仪式，在历朝历代的更替中也一直得以保留。通过这种仪式，古代的皇帝加强了人民对"天"的信仰和崇拜，利用他们对"天"的敬畏来进行精神和思想上的教化，从而削弱人民对政权合法性的质疑和对皇权的反抗意识。在人们的心目中，"天"是无所不能、掌管一切的存在，与"天"有亲缘关系的皇帝就是不容置疑的。因此，作为皇权的拥有者，祭天仪式有利于维护政治稳定，强化政权的天然合法性，即天赋皇权。

而与帝王祭祀不同，民间祭祀主要是祖先崇拜的体现，百姓认为尊重、供奉祖先能够让祖先的神灵庇佑家族的子孙，让家族的晚辈能够诸事顺遂、福佑绵长。祭祖作为中国家庭伦理的重要一环，是维护家族关

①［汉］郑玄注，［唐］孔颖达疏《礼记正义》卷一二《王制》，北京：中华书局，2009年，第2891页。

②［汉］何休解诂，［唐］徐彦疏《春秋公羊传注疏》卷五《桓公八年》，北京：中华书局，2009年，第4816页。

③［晋］郭璞注，［宋］邢昺疏《尔雅注疏》卷六《释天第八》，北京：中华书局，2009年，第5676页。

系的重要途径,也是中华民族孝文化的传统。家族内的成员共同供奉祭祀同一位祖先,承祖归宗,体现的是血缘统一性。《礼记》云:"祭者,所以追养继孝也。孝者,畜也。顺于道、不逆于伦,是之谓畜。是故孝子之事亲也,有三道焉:生则养,没则丧,丧毕则祭。养则观其顺也,丧则观其哀也,祭则观其敬而时也。尽此三道者,孝子之行也。"①由此可见,想要成为儒家经典所描述的"孝子","丧毕则祭"是必不可少的一环,因此祭祀祖先、崇拜祖先在古代百姓的活动中是极为重要和兴盛的。S.2947中也有一首反映唐代民间祭祀情节的作品:

> 百岁山崖风似颓。如今身化作尘埃。四时祭拜儿孙在。明月长年照土堆。②

虽然如今已无从考证这篇作品的作者及其身份,但阅读这篇简短的文字不难想象出歌辞中所描绘的情景。作者通过山崖、尘埃等物象描绘了当地自然风貌的变迁,自然风貌的变化也意味着时间的匆匆流逝。崖风将山崖化作尘埃这一描写方法不仅生动形象,还给读者留下强烈的视觉印象。歌辞的后半部分描写一名正在进行祭祀活动的老者,祭坛前面是他的子孙,由于老人及其子孙都在现场参与这场祭祀,不难推断出这应该是一场传统的祭祖活动。作者通过描绘山崖到尘埃的变迁,表达了时间的无情和生命的短暂,给人以深刻的启示和警醒,使人读来颇有觉天地之广大,而人何其之渺小的感受。

(二)敦煌歌辞中的婚寿仪式

唐代是中国历史上一个文化繁荣、社会开放的时期,其开放性体现

---

①[汉]郑玄注,[唐]孔颖达疏《礼记正义》卷四九《祭统第二十五》,第3478页。
②任中敏编著,何剑平、张长彬校理《敦煌歌辞总编》,下册,第836页。

在许多方面,包括民间习俗和婚姻制度。在民间习俗方面,唐代人民尊重多元文化,包容异质文化,各地区的民间习俗也有所不同。例如,敦煌地区民间习俗中的婚庆祝寿礼等活动便与中原地区不同。这些活动不仅具有地方特色,而且也融合了不同民族的文化元素,反映出唐代社会的开放性和包容性。

婚姻是人类社会中最基本、最普遍、最重要的关系之一,它不仅对婚姻的缔结者意义重大,同时还具有文化和道德方面的意义。不同的文化和历史背景下,婚姻具有不同的内涵和形式。在中国传统文化中,婚姻被赋予了更多的家族和道德责任,是一种重要的社会仪式和家族传承的方式,因此,结婚的年龄和结婚的季节都有严格的规定。吕思勉先生对该问题有着精彩的论述:

> 《礼记·礼运》:"合男女,颁爵位,必当年德。"《管子·幼官篇》,亦有"合男女"之文。合男女,即《周官》媒氏及《管子·入国篇》的合独之政。《周官》媒氏:"凡男女自成名以上,皆书年月日名焉。令男三十而娶,女二十而嫁。中春之月,令会男女。于是时也,奔者不禁(谓不备聘娶之礼,说见下)。司男女之无夫家者而会之。"合独为九惠之政之一。其文云:"取鳏寡而和合之,与田宅而家室之,三年然后事之。"此实男女妃合,不由家族主持,而由部族主持之遗迹。其初盖普遍如此。到家族发达之后,部族于通常之结婚,才置诸不管,而只干涉其违法者,而救济其不能婚嫁者了。[①]

依吕思勉先生的总结,中国早先的婚姻制度规定:男士三十应娶妻,女士二十当嫁人,并且双方应该在春季中段的时间见面。唐代婚姻

---

①吕思勉《中国通史》,武汉:崇文书局,2015年,第1页。

制度相较于前朝更开放,主要体现在成年男女之间择偶的相对自由。《唐律疏议》中有这么一条法律:"诸卑幼在外,尊长后为定婚,而卑幼自娶妻。已成者婚如法,未成者从尊长。违者杖一百。"①刘俊文先生对此法条解释为:"疏议解云:'卑幼在外,因自娶妻,其尊长后为定婚,若卑幼所娶妻已成者,婚如法。'所以如此盖因卑幼娶妻在前,而尊长定婚在后,并不存在违抗教命之问题。由此可见律虽维护礼教,但并不执拗,而是采取现实态度也。"②诚然,这也是唐代社会文化开放及女性地位提高的表现。依笔者浅见,唐代社会的开放性和多元性是唐朝的疆域辽阔、族群众多和文化交流频繁等因素导致的,女性地位的提高则可能与唐代文学和艺术的兴盛以及女性知识分子的出现等因素有关,这些观点可以通过对更多历史文献的细致研究进行验证,在此不再赘述。

虽然敦煌位于中国西北一隅,但开明的社会氛围并没有因为偏远的地理位置而产生阻碍。如在 S.2947 中的歌辞《百岁篇》(女人)十首:

> 二十笄年花蕊春。父娘娉许事功勋。香车暮逐随夫婿。如同萧史晓从云。③

通过剖析此辞,我们不难得出这首敦煌歌辞描述的是一个女子成年及嫁娶的场景。歌辞语言简洁明了,通过生动的比喻和形象的描写,展现了一名普通女子嫁娶的场面和她本人的情感体验。其中"二十笄年"指女子的成年,这是唐代女子人生中极为重要的年纪。她可以自由选择满意的配偶,表现了女性在唐代婚姻中也有一定的自由选择权和

①[唐]长孙无忌等撰,刘俊文笺解《唐律疏议笺解》卷一四《户婚》,第1054页。
②[唐]长孙无忌等撰,刘俊文笺解《唐律疏议笺解》卷一四《户婚》,第1054页。
③任中敏编著,何剑平、张长彬校理《敦煌歌辞总编》,下册,第836页。

自主权。但这并非是一种完全的自由和开放,女子的选择仍然受到父母的"娉许"和家庭背景的限制,真正要做到"香车暮逐随夫婿"的程度,则需要得到父母的首肯。与此同时,这首歌辞反映了唐代社会中的婚姻制度。在唐代,婚姻依然是以父母为主导的,歌辞中也包含了父母辈对女子将来婚姻生活的期许。因此,女子成年及嫁娶的过程被赋予了重要的社会意义,表现了唐代百姓对于家族延续和婚姻安排的重视。

除了婚姻观念外,敦煌歌辞还向我们透露了唐代敦煌地区的婚姻程序。古时婚姻需要通过媒人进行信息的传达,待到成亲双方约定的吉日再举行隆重的婚礼。一般而言,结婚当日应由男方(新郎)亲自前往女方(新娘)家中迎娶,古称迎亲仪式。从古至今,迎亲皆为大喜之日。迎亲是"亲迎"的俗称,也是"六礼"(纳彩、问名、纳吉、纳征、请期、亲迎)中最后的仪式与礼节。《通典》记载:"夏氏亲迎于庭。殷迎于堂。周制,限男女之岁,定婚姻之时,亲迎于户。"[①]不仅明清时期沿袭这种风俗,时至今日,我国不少地区仍然保留新郎亲迎的传统礼仪。一般而言,古代较为富裕的人家会在结婚前一日将豪华花轿提前装扮,约定婚期前夜,男方需将花轿提前整备完善。花轿一般分为三种:"八人抬"为最上品,俗称"官轿";"四人抬"为民间常见,轿子周围点缀彩色纹饰、轿顶常置"麒麟送子",四围饰有雕刻的民间戏曲人物;"二人抬"被称作小轿。与此同时,还要雇佣执事,配备鼓乐班子。《中国民俗词典》载:"执事,婚丧喜庆等事物所用旗伞等仪仗工具的统称。"[②]但敦煌的民风民俗似乎与惯有习俗不一致,如从"香车暮逐随夫婿。如同萧史晓从云"的记载可见,当时亲迎的方式是使用"香车"而并非"花轿"。这一差异颇

①[唐]杜佑撰,王文锦等点校《通典》卷五八《礼十八》,第1632—1633页。

②政协徐州市委员会文史资料委员会编《徐州文史资料》第11辑,1991年,第179页。

有进一步探讨的空间。经笔者查阅相关材料,发现"香车"用于婚嫁之事在敦煌遗书中并非孤例。敦煌本《搜神记》中就记载有:"我是辽西太守梁合龙女,今嫁与辽东太守毛伯达儿为妇。今日迎车在门前,因大风,我渐出来看风,即还家入房中。"①敦煌本《搜神记》中所提及的"迎车"应当就是敦煌歌辞中所谈及的"香车",指的就是在亲迎的时候接新娘所使用的车子。除了敦煌遗书外,在唐代诗歌中也不乏例子,如唐代诗人刘驾《效古》一诗中就有"终曲翻成泣,新人下香车"②之句。由此不难看出,唐代的百姓在进行婚嫁亲迎场合时除了使用传统的花轿外,还会使用"香车"作为交通工具。

从该辞"香车暮逐随夫婿"一句还可以大致推测出举行婚礼的时间大概在黄昏至晚上之间。这无疑是对传统的一种继承。黄昏时期举行婚娶仪式由来已久,郑玄《仪礼》:"士娶妻之礼,以昏为期,因而名焉。必以昏者,阳往而阴来,日入三商为昏。"③昏礼即婚礼,以黄昏为期,在阳(太阳)消失,阴(月亮)出现的时候进行婚娶。《说文解字》云:"礼,娶妇以昏时,妇人阴也,故曰婚。"④除了《仪礼》这类正典类文献,广泛在民间流传的笑话也有相关的记载。《籍川笑林·礼夕行令》中有此故事:"村俗取妇礼夕,有秀才、曹吏、医人、巫者同集,行令,取本艺联句。曹吏先曰:'每日排衙次第立。'医人曰:'药有温凉寒燥湿。'秀才曰:'夜深娘子早梳妆。'巫者曰:'太上老君急急急。'"⑤故事描述的是秀才、官吏、医生、巫者四人在婚礼宴会上进行游戏的场景,四人根据自身职业创作一句诗,联

①王重民等《敦煌变文集》,北京:人民文学出版社,1957年,第871页。

②[清]彭定求等《全唐诗(增订本)》卷五八五,第6836页。

③[汉]郑玄注,[唐]贾公彦疏《仪礼注疏》卷四《士昏礼第二》,北京:中华书局,2009年,第2074页。

④[汉]许慎《说文解字》,北京:中华书局,1963年,第259页。

⑤[宋]曾慥编纂,王汝涛等校注《类说校注》,福州:福建人民出版社,1996年,第1460页。

成一首七言绝句。其内容滑稽可笑,无更多可细致研读之处,但是这则笑话的开篇便描述了古时乡下的习俗,即在晚上举行婚礼。除敦煌遗书、正史经书、民间笑话外,民俗学研究所看重的田野调查亦有一例以作实证。据学者杨英杰研究:"实际上黄昏娶妻,乃是原始社会男人黄昏去会娶女友或黑夜抢婚的遗俗。"①在西南少数民族地区,如果未婚男子要直接去女方家中,需要在天黑之后,根据事前约定好的暗号通知尚在屋中等待的女子。②由此可见,在傍晚和晚上举行婚礼是先秦流传下来的习俗,在唐代敦煌地区也得以继承。

(三)敦煌歌辞中的岁时节庆

"岁时"一词意为"一年四季"。从《礼记》的记载便可知中国人自先秦以来便对岁时节庆尤为注重。③从目前已有的研究成果和笔者所掌握的材料来看,中古时期敦煌的岁时节庆与内地中原地区节日大致相同。谭蝉雪女士在敦煌岁时节庆研究领域作出了卓越的贡献,根据她的成果,从春年到除夕,敦煌百姓需要举办四十余次活动。这些节庆的部分特色都被敦煌歌辞和其他敦煌遗书记录下来,成为如今能够窥探唐代敦煌地区百姓岁时节庆的一手文献。本节主要围绕元宵节、清明节、七夕节以及中秋节进行论述,为了更好体现敦煌地区的岁时节庆,除敦煌歌辞外,还会运用其他敦煌遗书上的内容作为补充并进行拓展。

---

①杨英杰《中外民俗》,天津:南开大学出版社,2006年,第27页。

②该观点总结自詹承绪等《永宁纳西族的阿注婚姻和母系家庭》,上海:上海人民出版社,1980年。

③荣新江先生认为:"中古时期的唐朝,宗教和社会却是密不可分的,大到国家的礼仪祭祀,小到百姓的日常生活,都和各种宗教仪式和信仰联系在一起……在唐朝,宗教与社会不仅仅不是对立的,反而是统一的一个整体。"详见荣新江《唐代宗教信仰与社会》,上海:上海辞书出版社,2003年,第1页。荣先生上述对唐代宗教的深知灼见尤为适用于中古时期的敦煌。有关这个问题已有许多成果,论述也近乎臻至,笔者不在此赘言。

1.元宵节

从正月初一到正月十五,百姓最为看重的便是首尾两端的春节和元宵节。元宵节的起源甚多,据目前所见的材料可大体分为两种:其一起源于中国传统民俗,其二则是源于佛教的传入。元宵节能够得以流传至今,成为古代春节中最受欢迎的节庆,应当与佛教燃灯有一定的联系①。唐朝苏味道便有一首名作流传至今:"火树银花合,星桥铁锁开。暗尘随马去,明月逐人来。游伎皆秾李,行歌尽落梅。金吾不禁夜,玉漏莫相催。"②此诗道尽长安城节日里的繁华,透过诗中的描写,我们似乎仍能感受到当年长安城的盛况,大街上灯火通明,街道上的游人摩肩接踵、来来往往、络绎不绝。而敦煌地区的上元夜也毫不逊色于长安,如 P.2631《释门文范》记载:"初入三春,新逢十五。灯笼火树,争燃九陌;舞席歌筵,大启千灯之夜。"③又如 P.3405《金山国诸杂斋文范·正月十五日窟上供养》记载:

> 三元之首,必燃灯以求恩;正旦三长,盖缘幡之佳节。宕泉千窟,是罗汉之指踪;危岭三峰,实圣人之遗迹。所以敦煌归敬,道俗倾心,年驰妙贡于仙岩,大设馨香于万室。振洪钟于笋簴,声彻三天。灯广车轮,照谷中之万树;佛声接晓,梵响与箫管同音。宝铎弦歌,惟谈佛德。观音妙旨,荐我皇之徽猷;独煞将军,化天兵于有道。④

①上元与佛教燃灯之关系已有前贤论及,详见张小贵《敦煌文书所记"祆教燃灯"考》,载中央文史研究院、敦煌研究院、香港大学饶宗颐学术馆编《庆贺饶宗颐先生九十五华诞敦煌学国际学术研讨会论文集》,北京:中华书局,2012年,第566—588页。
②[清]彭定求等《全唐诗(增订本)》卷六五,第750页。
③录文出自法国国家图书馆、上海古籍出版社编《法国国家图书馆藏敦煌西域文献》第17册,第1页。
④录文出自法国国家图书馆、上海古籍出版社编《法国国家图书馆藏敦煌西域文献》第24册,第118页。后依马德《敦煌遗书莫高窟岁首燃灯文辑识》,《敦煌研究》,1997年第3期,第59页重新校订。

　　这两则记载虽然篇幅简短、语言简练,但从字里行间可见敦煌地区的上元夜也热闹非凡。特别是P.3405所载,有较重的佛教氛围,其中所提及的"宕泉""危岭三峰""仙岩"应该指的皆为莫高窟,记载的应当是佛教徒正月十五当日在洞窟内进行佛教仪式的情形。无论是家俗信众还是出家僧侣皆欢聚在莫高窟内进行隆重庄严的法会,洞窟内上佳的斋供置于案前,烟火的香气四处弥漫,不时还会传来振奋人心的钟声。虔诚的信众进行庄严的赞颂,声音响彻云霄,连绵不断的灯供直至天明,由此可见莫高窟内上元节的盛况。

　　2.清明节

　　清明节在中国人眼中是一个极为重要的节日。敦煌歌辞中也有数首作品记载当时清明节的情景,如P.3251中《菩萨蛮》(抛鞭落):

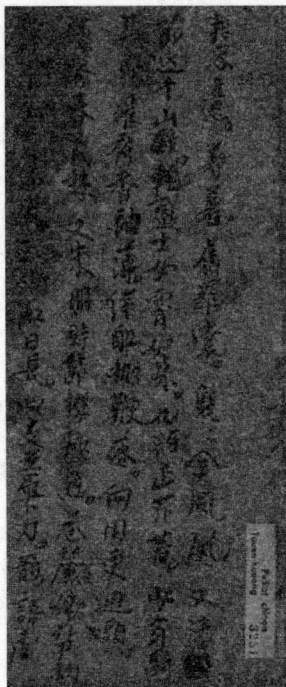

图5-1　P.3251《菩萨蛮》(抛鞭落)

清明节近千山绿。轻盈士女腰如束。九陌正花芳。少年骑马郎。

罗衫香袖薄。伴醉抛鞭落。何用更回头。谩添春夜愁。①

又如 P.3251 中《菩萨蛮》(归不归)二首其一：

清明时节樱桃熟。卷帘嫩笋初成竹。小玉莫添香。正嫌红日长。

四肢无气力。鹊语虚消息。愁对牡丹花。不曾君在家。②

《菩萨蛮》(抛鞭落)读来清新自然，活泼跳脱。歌辞用简单的言语勾勒出一对年轻人在清明时节相遇的场景，虽然语言简练，但读后仍然有画面呼之欲出之感。《菩萨蛮》(归不归)则截然相反，歌辞中的女子坐在家中看着窗外的牡丹花，她似乎没有像其他的女子一样去到户外踏青，而是独自在家中无人作陪，错过了清明踏青春游的机会。由于清明节大多数家族需要祭祖，这也是古代少女为数不多能够走出闺房的机会，她们一方面是完成扫墓祭祖，另一方面则是把握机会外出郊游踏春，在欣赏大自然美景的同时也结识新的朋友，错过实在可惜。

除了传统的祭祖踏青，在敦煌歌辞中还可以发现清明节的一些其他风俗习惯及娱乐活动。P.3619有敦煌歌辞《失调名》(清明日登张女郎神庙)四首：

---

① 任中敏编著，何剑平、张长彬校理《敦煌歌辞总编》，上册，第223页。
② 任中敏编著，何剑平、张长彬校理《敦煌歌辞总编》，中册，第403页。

图5-2 P.3619《失调名》(清明日登张女郎神庙)四首

汧水北。陇山东。汉家神女庙其中。寒食尽。清明旦。远近香车来不断。飞泉直注淙道间。大岫横遮隐天半。

花正新。草复绿。黄莺睍睆迁乔木。汧流活。古树攒。龙坂高高布云端。

水清灵。竹蒙密。拂匣仙潭难延碧。淡楼阁。人画成。翠岭山花天绣生。

尘冥漠。鸟盘桓。争奔陌上声散散。公子王孙一队队。管弦歌舞几般般。

酌醇醽。舞锦筵。罗帏翠幕掩灵泉。堤上淹留不觉昧，归来明月满秦川。①

这是一组颇具研究旨趣的文献，这组文献向后人展现出了敦煌地区祭祀"张女郎神"的活动。通过歌辞的内容，可见"张女郎神"显然是从外地传入敦煌地区的，进入敦煌后经过本土化，成为了敦煌本地的民间信仰。不过本节并不对该民间信仰进一步探究②，但由此能够知道，古时敦煌地区的百姓在清明节除了祭祀祖先、踏青玩乐之外，还会祭祀民间神灵，以求神灵保佑。

3.七夕节

七夕节传统源远流长，自古便是中国传统且特殊的节日，在敦煌地区甚至会有彩楼祈祷和献供乞巧的活动③。古时女子往往会在七夕节当天进行虔诚的祈祷，祈愿自己的手艺能够提高，祈愿自己能够找到一个如意郎君。这种渴望无论在敦煌文学作品还是其他文学作品中都常常能够看见，但通常文学作品中更多表现的是求而不得的失落和怨恨。而敦煌歌辞中有一组作品与众不同，它呈现出了敦煌女性的自信与积极，她们有着追求自己向往的理想生活的勇气，即S.1497《五更转》（七夕相望）五首：

①任中敏编著，何剑平、张长彬校理《敦煌歌辞总编》，中册，第395—396页。

②关于"张女郎神"的研究详见邵文实《敦煌文献中的女性角色研究》，南京：东南大学出版社，2020年，第152页；龙晦《龙晦文集》，成都：巴蜀书社，2009年，第415页；尹伟先、杨富学、魏明孔《甘肃通史·隋唐五代卷》，兰州：甘肃人民出版社，2009年，第500页。上述三本专著从不同角度对"张女郎神"进行了细致的研究。

③更多七夕节的活动可参看谭蝉雪《敦煌民俗：丝路明珠传风情》，兰州：甘肃教育出版社，2006年，第97—98页。前贤论述完备，此处不加赘述。

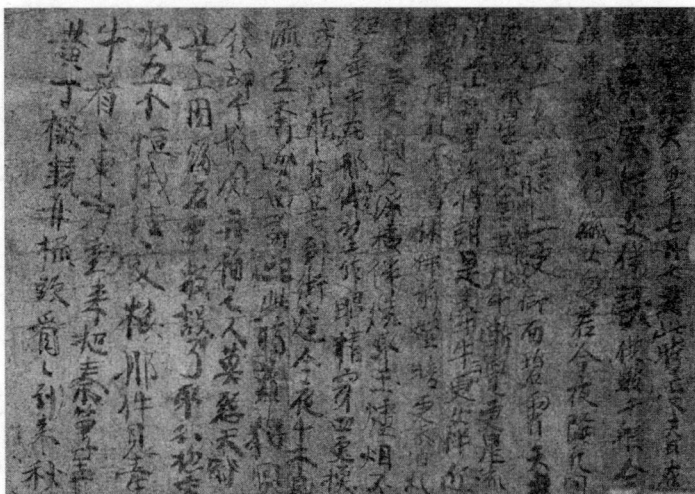

图5-3 S.1497《五更转》(七夕相望)五首

一更每年七月七。此时受□日。在处敷座结交□。献供数千般。□晨达天暮。一心待织女。忽若今夜降凡间。乞取一交言。

二更仰面碧霄天。参次众星前。月明夜□□周旋。□□□□□。诸女彩楼畔。烧取玉炉烟。不知牵牛在那边。望得眼睛穿。

三更女伴近彩楼。顶礼不曾休。佛前灯暗更添油。礼拜再三求。会甚□北斗。渐觉更星候。月落西山欻星流。将谓是牵牛。

四更缓步出门听。直走到街庭。今夜斗末见流星。奔逐向前迎。此时为将见。发却千般愿。无福之人莫怨天。皆是少因缘。

五更敷设了□□。处分总教收。五个姮娥结彩楼。那个见牵牛。看看东方动。来把秦筝弄。黄针拨镜再梳头。遥遥到来秋。①

---

①任中敏编著,何剑平、张长彬校理《敦煌歌辞总编》,下册,第779页。

　　这组作品呈现出了女性在七夕节当日较为完整的活动流程。一更点明事情发生的时间正值七夕晚上,一名女子首先在活动场地上布置供奉用的祭品,并一心等待织女下凡;二更便是众多女子来到彩楼边,点起香炉,望眼欲穿,寻找牵牛身在何处;三更则是女子们进入彩楼顶礼拜佛,给佛像前的长明灯添油;四更则是结束礼拜来到街道上,追随流星的步伐,希望能够看见流星,许下真诚的愿望;五更描述的是女子们回到彩楼中抚琴,并面对镜子重新梳妆打扮。简言之,当时女性在七夕夜所需要做的工作颇为繁杂,首先需要布置祭品,其次则是点起香炉,再者是需要礼佛供奉神明,随后便是她们的活动时间,能够离开彩楼走上街道进行娱乐活动,最后是重返彩楼进行梳妆,结束一晚的流程。这组歌辞不仅完整地呈现出了七夕节当晚女子们的活动流程,还展现出了女子们对美好姻缘的向往,细读之,能够对敦煌地区的七夕风俗有较为全面的了解和认识。相比文人之间来往的书仪、文人创作的诗词,敦煌歌辞《五更转》的形式更贴近于敦煌当地的民众生活,这种生动的形式对唐代敦煌地区七夕之夜的描述更容易被敦煌百姓所接受、传播。

　　4.中秋节

　　自汉代起,中国人便有在中秋节赏月的风俗,而发展到唐代,赏月、吃月饼等节庆习俗则更为盛行。相传月饼起源于唐代“胡饼”,汉代张骞通使西域后,从西域带回了许多不同种类的坚果,入唐后,百姓将原本中原地区所食用圆饼进行了加工,制成了带有芝麻、核桃的“胡饼”,这应该就是如今月饼的原型。如白居易《寄胡饼与杨万州》即云:“胡麻饼样学京都,面脆油香新出炉。寄与饥馋杨大使,尝看得似辅兴无。”①除食用月饼外,中秋节不可缺少的传统习俗便是仰首观月。在唐代,无论是帝王将相、文人雅士还是平民百姓,都会与自己的亲朋好友相聚在

---

① [唐]白居易著,朱金城笺校《白居易集笺校》,第1164页。

一起进行赏月活动。例如王建《十五夜望月寄杜郎中》:"中庭地白树栖鸦,冷露无声湿桂花。今夜月明人尽望,不知秋思落谁家。"①类似创作于八月十五中秋夜的诗歌不胜枚举,可见文人学士对于赏月的重视。

敦煌地区的中秋习俗则与中原有着较大的差异,由于敦煌独特的地理环境,在秋冬之际也常常会遭到狂风和沙尘暴的侵袭,因此敦煌当地会在八月十五这一天举办充满宗教色彩的"仲秋道场"。当地百姓希望通过这种佛教驱傩仪式来祈求神明的庇佑,保佑百姓免受自然灾害和疾病带来的伤害。仲秋道场的主要仪式是无遮大会,如P.2255v《释门应用文范》所载:

> 印金相而脱沙堂;崇设无遮,陈百味之胜福;银函开经,转万卷而齐宣。宝树鱼灯,秉千光而合耀,胜福既备,能事咸享。谨于秋季之中旬,式建檀那之会。于是击鸣钟,召青目,开宝帐,俨真仪,供列席而含芳,香礙空而结雾。当时也,金风曳响,飘奈菀之疏条;玉露团珠,困禅庭之忍草。②

从"崇设无遮"四字便可知晓,该文范记载的是一次无遮大会的盛况,从内容可见在无遮大会上进行的佛教仪式非常多,仅文献中记载的便有转经、挂灯、鸣钟、礼敬佛像等,十分隆重。

此外,唐五代中秋节还盛行一种拜月的风俗,敦煌地区也不例外。在中秋夜里,敦煌人会进行拜月活动,以祈求家人能够长寿康健。敦煌歌辞对此也有相关记载,如S.2607中的《捣衣声》(三载长征):

---

①[唐]王建著,尹占华校注《王建诗集校注》,成都:巴蜀书社,2006年,第377页。

②录文出自法国国家图书馆、上海古籍出版社编《法国国家图书馆藏敦煌西域文献》第10册,第136页。后依黄征、吴伟《敦煌愿文集》,长沙:岳麓书社,1995年,第346页校订。

良人去。住边庭。三载长征。万家砧杵捣衣声。坐寒更。添玉漏。懒频听。

向深闺远闻雁悲鸣。遥望行人。三春月影照阶庭。帘前跪拜。人长命。月长生。①

从辞中内容可知,本辞主人公是府兵制下一位留守在家的征妇。她的丈夫因执行府兵征防任务已经在边疆待了三年之久,按照府兵的服役时间来说,这无疑已经严重超期了。但从"万家砧杵捣衣声"一句来看,这种遭遇并不只她丈夫一人,而是广泛存在于周边地区。"捣衣""送寒衣"等意象在敦煌歌辞中使用频繁,多用以表达征妇们对远在边地的丈夫的无限思念和惆怅之情,捣衣声不绝于耳,可见周边外出征人之多。丈夫久去未归,作为妻子,她并不能提供什么实质性的帮助,只能在中秋之夜望月遥拜,希望保佑自己的丈夫能够平安归来。征妇们中秋之夜的拜月活动,其实也是对府兵制下夫妇分离,家人难以团聚等弊症的一种鞭挞。

三、敦煌歌辞中的唐代城市生活

在敦煌歌辞中,有大量描写唐代城市的内容,其中不仅有与当时众多繁华城市的名称、建筑、场所相关的内容表述,而且对城市活动,包括官方活动和民间活动都有全面生动的描写,为我们了解当时的城市风貌和市民生活提供了难得的资料。本节即通过敦煌唐代歌辞中的相关内容对当时的城市活动进行具体研究。

(一)敦煌歌辞中的唐代长安城

在敦煌歌辞中,提到了很多当时繁华都市的名字,而且也有对城市环境的描写,其中着墨最多的自然是当时唐王朝的都城长安。敦煌歌

①任中敏编著,何剑平、张长彬校理《敦煌歌辞总编》,上册,第192页。

辞中提到了很多当时长安城内外的著名活动场所，如《渔歌子》（五陵儿女）中"五陵儿。恋娇态女。莫阻来情从过与"①，《渔歌子》（五陵渺渺）中"淡匀妆。周旋少。只为五陵正渺渺"②，《天仙子》（五陵泪眼）中"五陵原上有仙娥。携歌扇"③，《浣溪沙》（五陵恳切）二首其一中"偏引五陵思恳切。要君知"④等，都提到了一个共同的地名——"五陵"。"五陵"即五陵原，这个地名最早起源于西汉，汉高祖刘邦建立汉朝之后，开始着手修建自己的陵寝，经过多方考察，他最终选择了位于渭河北岸、秦朝国都咸阳城北边的一片高地。营建陵园的同时在其旁边建设供奉陵园的陵邑，把众多关东大族、达官巨富迁到陵邑中来。从国家政治、经济、军事等方面考虑，营建陵邑的作用是多方面的，一来可让这些达官显贵远离故土来到京城旁边便于朝廷控制，二来可拱卫京城抵御来自北部匈奴的侵袭，三来可恢复秦朝灭亡后京师地区的人口数量并繁荣京师地区经济文化。汉高祖刘邦之后的诸位西汉皇帝也沿袭了这一制度，于是咸阳原上就有了汉高帝刘邦的长陵邑、汉惠帝刘盈的安陵邑、汉景帝刘启的阳陵邑、汉武帝刘彻的茂陵邑和汉昭帝刘弗陵的平陵邑这五个陵邑，因此称"五陵原"。这实际上形成了一个人口十分稠密、财富高度集中的城市群。而这些居住在陵邑里的子弟们，由于大多数非富即贵，整日游走于长安内外，纵马于集市之中，一方面吃喝嫖赌，饮酒取乐，另一方面又有一股少年意气和侠义精神，从而形成了所谓"五陵年少"的特殊群体。

　　在此不能忽略时代背景，早在西汉晚期，国家的内外部环境发生了

①任中敏编著，何剑平、张长彬校理《敦煌歌辞总编》，上册，第169页。
②任中敏编著，何剑平、张长彬校理《敦煌歌辞总编》，上册，第172页。
③任中敏编著，何剑平、张长彬校理《敦煌歌辞总编》，上册，第76页。
④任中敏编著，何剑平、张长彬校理《敦煌歌辞总编》，上册，第115页。

很大变化,当时匈奴的威胁已经解除,国家中央集权开始衰落,而各地豪强势力逐渐增长,且原有陵邑这种纯消费性城市也给朝廷带来沉重的财政负担。于是崇尚儒家思想的汉元帝颁布诏令,为免于百姓迁徙之痛,不再建设陵邑。这样,包括汉元帝在内的西汉晚期的四个皇帝陵墓(汉元帝渭陵、汉成帝延陵、汉哀帝义陵和汉平帝康陵),就只有陵园没有了陵邑。西汉灭亡东汉建立,国家政治中心东移,历时二百年的东汉政权的都城在洛阳,咸阳原上原本为守卫西汉帝陵而建的五陵邑不可避免地逐渐衰落;东汉灭亡后又经过三百多年的三国两晋南北朝的乱世,咸阳原上的五陵邑终于湮没在历史长河中。当隋唐王朝重新定都长安,并建设新的长安城后,昔日五陵原上的繁华景象早已成为了历史。岑参《与高适、薛据同登慈恩寺浮图》"下窥指高鸟,俯听闻惊风。连山若波涛,奔凑似朝东。青槐夹驰道,宫馆何玲珑。秋色从西来,苍然满关中。五陵北原上,万古青濛濛"①,生动地描绘了当时五陵原上的萧瑟景象。

　　但是在唐代诗歌中,我们依旧能看到数量众多的描绘五陵子弟悠游自在,荣华富贵的作品,如李白《少年行》(其二)"五陵年少金市东,银鞍白马度春风。落花踏尽游何处,笑入胡姬酒肆中"②,又如杜甫《秋兴八首》(其三)"同学少年多不贱,五陵衣马自轻肥"③,白居易《琵琶引》"五陵年少争缠头,一曲红绡不知数"④。那么,既然当时五陵原已经落寞,为何还有众多这样的描写呢?其实这些诗歌作品中的"五陵年少"和汉代时的意义已然不同,而是长安城中富豪子弟的泛指。因为唐代

---

　　①[唐]岑参撰,廖立笺注《岑参诗笺注》卷一,北京:中华书局,2018年,第177页。
　　②[唐]李白著,瞿蜕园、朱金城校注《李白集校注》,第435页。
　　③[唐]杜甫著,[清]仇兆鳌注《杜诗详注》卷一七,第1487页。
　　④[唐]白居易著,朱金城笺校《白居易集笺校》,第658页。

诗人多对汉朝时的大国气象有所向往,因此在诗歌作品中用汉代时居住在五陵邑的"五陵年少"们来代指当时长安城内的富豪子弟。而真实的唐代五陵原,其功能已经由富豪聚集区变成了送别以及郊游踏青的场所。如王维《燕支行》"汉家天将才且雄,来时谒帝明光宫。万乘亲推双阙下,千官出钱五陵东"①,诗中以"汉家"指代唐王朝,这也是唐代诗人常用的表达方式,诗中描绘的就是当时一位将军将要从长安城奔赴沙场之际,众多官员在五陵原上为其送行的情景。除了送别,五陵原也是当时长安官民郊游踏青的好去处,如敦煌唐代歌辞《天仙子》(五陵泪眼)中"燕语莺啼三月半。烟蘸柳条金线乱。五陵原上有仙娥。携歌扇。香烂漫"描绘的就是初春时节,曼妙的少女们去往五陵原上踏青的景象。由此可知,唐代的五陵,虽然已经不复汉代时的繁华景象,也不再是富人聚集区,但它在唐人心中的地位却丝毫没有降低,甚至成了一种文化符号。除此之外,它也仍然承担着一定的城市功能,如作为长安城外重要的钱别地,又如作为长安附近官民的郊游踏青场所等。

除了五陵原外,敦煌歌辞中还提到了长安城另外一处活动场所,即曲江。曲江是唐代著名的公共游览地,关于曲江的相关内容在敦煌唐代歌辞中也有涉及,如《望江南》(临池柳)"莫攀我。攀我太心偏。我是曲江临池柳。者人折了那人攀。恩爱一时间"②中的"曲江池",就是唐代曲江游览地中的一处著名景点之一。关于曲江池的具体位置,学界大致有三种观点:一是以足立喜六、夏承焘、郭声波、辛德勇等人为代表,认为曲江池位于芙蓉园内;二是以武伯纶、吴永江、李令福等人为代表,他们都认同曲江池在芙蓉园外;三是以王树声等人为代表,将曲江池分为北、西两处,北一处是小曲池,在升道坊中,西一处是大曲池,在

---

①[唐]王维著,[清]赵殿成笺注《王右丞集笺注》,第95页。

②任中敏编著,何剑平、张长彬校理《敦煌歌辞总编》,上册,第199页。

修政坊中。

唐代曲江游览地主要包含芙蓉园、曲江池、西流曲江等组成部分，作为长安城最重要的公共活动场所之一，曲江承担了三项主要功能。其一，曲江是长安市民上至公子王孙下到平民百姓最重要的公共游乐场所之一。唐代诗人刘驾《上巳日》中写道："上巳曲江滨，喧于市朝路。相寻不见者，此地皆相遇。日光去此远，翠幕张如雾。何事欢娱中，易觉春城暮。物情重此节，不是爱芳树。明日花更多，何人肯回顾。"①上巳节当日的曲江游览区，比闹市还要喧哗，平时到处寻找都不能相见的人，在这里都可以相遇，沉浸在曲江的游乐之中，不知不觉间就已经到了日落时分。这首诗生动地描绘了上巳节当天曲江池畔游人如织，热闹非凡的场景。唐代的曲江，是能够令全长安人为之迷醉的地方，"鞍马皆争丽，笙歌尽斗奢""曲水公卿宴，香尘尽满街""绮罗人走马，遗落凤凰钗"等，都是对曲江池畔游览盛况的描绘。不仅是普通民众，文人墨客们对曲江更是钟情，天宝十一载（752）秋，杜甫与高适、岑参、储光羲、薛据等五人就曾同游曲江，并且留有诗作，如高适《同薛司直诸公秋霁曲江俯见南山作》："南山郁初霁，曲江湛不流。若临瑶池前，想望昆仑丘。回首见黛色，眇然波上秋。深沉俯峥嵘，清浅延阻修。连潭万木影，插岸千岩幽。杳霭信难测，渊沦无暗投。片云对渔父，独鸟随虚舟。我心寄青霞，世事惭白鸥。得意在乘兴，忘怀非外求。良辰自多暇，欣与数子游。"②储光羲《同诸公秋霁曲江俯见南山》："天静终南高，俯映江水明。有若蓬莱下，浅深见澄瀛。群峰悬中流，石壁如瑶琼。鱼龙隐苍翠，鸟兽游清泠。菰蒲林下秋，薜荔波中轻。山夐浴兰阯，水若居云屏。岚气浮渚宫，孤光随曜灵。阴阴豫章馆，宛宛百

---

①［清］彭定求等《全唐诗（增订本）》卷五八五，第6831页。
②［唐］高适著，刘开扬笺注《高适诗集编年笺注》，北京：中华书局，1981年，第236页。

花亭。大君及群臣,宴乐方嘤鸣。吾党二三子,萧辰怡性情。逍遥沧洲时,乃在长安城。"①皆写出了曲江胜景及游览曲江时的欣喜之情。

其二,曲江是唐代天子宴饮群臣,与民同乐之地。不同于汉代的上林苑等皇室私家园林,曲江最特殊的地方就在于其开放性,天子与平民共赏曲江胜景是唐代一大美谈。每年中和、上巳、重阳等节,天子会在曲江大宴群臣,写诗作文,共叙君臣之义,既交流了君臣之间的感情,也使得全长安乃至全天下的人都看到了大唐和谐、清平的政治氛围。王维《三月三日曲江侍宴应制》"万乘亲斋祭,千官喜豫游。奉迎从上苑,被禊向中流。草树连容卫,山河对冕旒。画旗摇浦溆,春服满汀洲。仙籞龙媒下,神皋凤跸留。从今亿万岁,天宝纪春秋"②生动描绘了上巳节当天,唐玄宗带领文武官员同游曲江的场景。从诗中所写"万乘亲斋祭,千官喜豫游"来看,唐玄宗对游曲江表现得相当重视,不仅亲自斋祭,出行的阵仗规模也十分庞大。每逢这些节日,不仅天子会亲自前往,长安城内的市民也几乎是倾城而出,与天子同游,如唐代诗人许棠《曲江三月三日》中"满国赏芳辰,飞蹄复走轮。好花皆折尽,明日恐无春。鸟避连云幄,鱼惊远浪尘"③,由于满城民众都在这一天同游曲江,车马川流不息,热闹异常,就连鱼鸟都受到惊吓而躲得远远的。

其三,曲江是进士及第士子们的宴饮之地。科举宴饮主要在西流曲江进行,进士及第的士子们一般要先会于芙蓉园紫云楼外的曲江亭举行盛大的宴饮活动,然后乘船游览曲江,在尚书亭子、杏园等处再次举行宴饮,最后到雁塔题名。唐代进士宴饮曲江的风俗应始于玄宗开元年间,刚刚开始举行这种大型宴饮活动的时候,由于准备不充分,再

---

①[清]彭定求等《全唐诗(增订本)》卷一三八,第1398页。

②[唐]王维著,[清]赵殿成笺注《王右丞集笺注》,第201页。

③[清]彭定求等《全唐诗(增订本)》卷六〇三,第7029页。

加上遭遇暴风等极端天气,开元五年(717)还发生了著名的曲江沉船悲剧。据《朝野佥载》记载:"主居昭国里,时大合乐,音曲远畅,曲江涨水,联舟数十艘,进士毕集。蒙闻之,乃逾垣走赴,群众怏望。才登舟,移就水中,画舸平沉,声伎、篙工不知纪极,三十进士无一生者。"①要知道唐代进士登科者平均每年也才不过十几人,这次沉船遇难者就达三十人(唐李亢《独异志》记载为三十八人),这几乎是当年登科的全部进士,损失不可谓不惨重。但是宴饮曲江的风俗非但没有因此受到影响,反而越办越大,越办越隆重,到晚唐时期,及第进士们宴饮曲江的风俗甚至还催生出了一门叫"进士团"的生意,专门负责进士们在此期间的宴饮娱乐服务,而且规模也越来越大,据《唐摭言》记载:"所以长安游手之民,自相鸠集,目之为'进士团'。初则至寡,洎大中、咸通已来,人数颇众。其有何士参者为之酋帅,尤善主张筵席。凡今年才过关宴,士参已备来年游宴之费,由是四海之内,水陆之珍,靡不毕备。时号'长安三绝'。"②不仅是商人盯上了宴饮曲江这块肥肉,民众也纷至沓来,争相目睹新科进士们的风采,就连高门大族也将此视为挑选东床快婿的佳时,"曲江之宴,行市罗列,长安几于半空。公卿家率以其日拣选东床,车马阗塞,莫可殚述"③,可见宴饮曲江的影响力之大。随着进士们宴饮曲江规模的日益扩大,越来越多的人看到了科举制所带来的荣耀,有力地推动了科举制在唐代的完善和成熟。

敦煌歌辞中,对唐昭宗从长安出逃途中被藩镇势力幽禁于华州(今陕西省渭南市华州区境内及周边地区)的相关史事也有描述。如S.2607的《菩萨蛮》三首:

---

① [唐]张鷟撰,赵守俨点校《朝野佥载》卷一,北京:中华书局,2005年,第14页。
② [五代]王定保撰,陶绍清校证《唐摭言校证》卷三《散序》,第82页。
③ [五代]王定保撰,陶绍清校证《唐摭言校证》卷三《散序》,第83页。

其一(在三峰)

千年凤阙争离弃。何时献得安邦计。銮驾在三峰。天同地不同。

宇宙憎嫌侧。今作蒙尘客。闺外有常忠。思佐圣人王。

其二(却回归)

御园点点红丝挂。因风坠落沾枝架。柳色正依依。玄官照渌池。

每思龙凤阙。惟恨累年别。计日却回归。象似南山不动微。

其三(忧邦国)

自从銮驾三峰住。倾心日夜思明主。惯在紫微间。笙歌不暂闲。

受禄分南北。谁是忧邦国。此夜却回銮。须教社稷安。①

唐昭宗乾宁二年(895),李茂贞指使宦官杀死宰相崔绍纬,并再次移师长安。唐昭宗无奈出逃长安去往河东寻求李克用的庇护,还未到达河东,就被李茂贞盟友、华州刺史韩建追上,遂挟持昭宗。乾宁三年(896)七月十七,幽禁唐昭宗于华州,昭宗与随行臣工在华州被禁了将近三年时间。此《菩萨蛮》三首就作于唐昭宗被禁到重回长安期间。《菩萨蛮》其一(在三峰)当为昭宗被禁期间随行臣子所作,时间当在乾宁四年(897)。首句"千年凤阙争离弃"即点出了对都城长安的不舍之情,"争"有"怎能忍心"之意,意为要不是因为时局动荡,谁又能忍心离弃像长安这样的千年古都呢? 接着又表达了自己作为大唐的臣子,对天下太平的渴望,希望早日有人能够献出安邦定国的良策。"銮驾在三峰。天同地不同。宇宙憎嫌侧。今作蒙尘客"道出了被囚期间唐昭宗和诸臣的困苦生活。虽然唐昭宗贵为一国之君,但是被幽禁在华州之后,也失去了自由,所谓"天同地不同"应指的是虽然昭宗仍旧是天子,但是脚下所处的地方已经不是都城长安,而是幽禁之所,昭宗已经失去了天子

———————
①任中敏编著,何剑平、张长彬校理《敦煌歌辞总编》,上册,第294—296页。

的权威，而自己也一样，成为了"蒙尘客"。多么希望全天下的忠志之士都能来辅佐圣主，以早日实现天下清平啊！

《菩萨蛮》其二（却回归）当为乾宁五年（898）唐昭宗重回长安前夕，随行臣工所作。乾宁五年，朱温占据东都洛阳，局势发生了重大变化，导致李茂贞、韩建和李克用建立暂时的联盟，他们决定宁可让昭宗回到长安，也不能让他落到朱温手里。乾宁五年八月，唐昭宗回到长安，该辞应作于回归前夕。很显然，从辞中的表述来看，这位臣工已经迫不及待地想要回到长安了，他想象着长安城内皇宫御园的样子：御园之内原本用于装饰的红色丝带，大概会因为长时间无人打理而被风吹落得到处都是，散乱地挂在树枝上；御园里的垂柳现在应当是在迎风摇摆；巍峨的宫殿倒映在一池春水之中。每当想起这一切，想起长安城，这位臣工都会为自己多年的离别感到悲伤，不过还好，马上就可以回到长安了。为何这位臣工会对长安如此眷恋呢？笔者大胆猜想，乾宁二年从长安出逃时，他并没有料到之后被囚之事，也没有想到这一离开就是三年，因此可能没有携带家眷，其妻儿老小尚在长安城中，所以他才会如此着急吧！

《菩萨蛮》其三（忧邦国）极有可能是唐昭宗被幽禁期间留守长安皇城内的一位工伎所作。自从皇帝被幽禁于华州之后，他日夜思念。"紫微"，即紫微星，古时认为是皇帝居所，"惯在紫微间。笙歌不暂闲"是说这位工伎已经习惯了平时在皇帝身边歌舞奏乐的生活，即使是皇帝不在期间，他也没有停止歌舞演奏，而是像皇帝在时一样。这位工伎紧接着指出了唐王朝的弊政，即"受禄分南北。谁是忧邦国"，"南北"是指南衙北司。唐长安城的布局是宫城在全城正北，皇城在宫城之南，宫城为皇帝所居朝会之所，皇城则为百官衙署所在之地，因此以宰相为首的百官衙署代称南衙，宫内宦官机构代称北司。唐文宗"甘露之变"后，南衙北司之间矛盾激化，形同水火，双方所怀皆各自私利，都无忧国之心，面对这样的情况,这位工伎看在眼里,急在心里。工伎的坚守有了回报,某天深夜,銮驾回归长安,回到了宫中。工伎在欣喜的同时,也在心中默默祈祷,希望从此以后天下可以太平无事。

(二)敦煌歌辞中的市民活动

敦煌歌辞具有浓厚的市民性特征,这也是敦煌歌辞最大的特色之一。敦煌歌辞的市民性特征是由敦煌歌辞的创作群体所决定的。过去有一种观点,认为敦煌歌辞出于歌伎乐工之手,就现存资料而言是仍需要继续商榷的,这种观点的缺陷主要在于没有看到敦煌歌辞涵盖内容的广泛性和思想情感的独特性。在敦煌歌辞中,很多都是表达不同职业、不同阶层、不同境遇人的内心世界和真实感受的内容,这样风格多变、千差万别的歌辞作品,绝非几个乐工、歌伎能够创作得出来。因此,无论是从敦煌歌辞的内容还是其创作风格来看,我们应当可以肯定其作者来源的广泛性,几乎涵盖了当时社会的各个阶层,上至皇帝下至平民,包括当时社会结构下所谓的"平民阶层",都在敦煌歌辞的创作中留下了自己的身影。但是我们也应当看到,敦煌歌辞中,着墨最多、内容最丰富的,还是应当属于当时市民阶层的活动和情感,那么它们的作者自然也应当是来源于广大的市民群体。所谓市民,就是指居住在城市之中的民众,这当中包括市民的上层构成,如高官显贵、士族子弟、富商巨贾等,也自然包括居住在城市中的普通及下层民众,如百工、歌伎、僧道、渔夫等,他们共同构成了完整的城市体系。因此,本节我们就将通过敦煌歌辞中的具体内容对当时城市中的市民活动进行探究。

1.游乐

敦煌歌辞中,有很多表现市民游乐行为的内容,包括踏青、狩猎、打马球、斗花草等。如P.3251的《菩萨蛮》(抛鞭落):

　　　　清明节近千山绿。轻盈士女腰如束。九陌正花芳。少年骑马郎。

　　　　罗衫香袖薄。伴醉抛鞭落。何用更回头。谩添春夜愁。①

　　这首辞主要表现的就是清明节前夕市民出游踏青的场景。清明前后，正是万物复苏之际，千山带绿，使人沉浸于春色的温暖美好之中。正是在这样的氛围下，人们纷纷外出春游踏青，其中自然也包括"士女"（未婚女子）和"少年"，他们出来春游的目的不仅仅是欣赏春色，也是要趁此时机寻找自己的心上人。本辞所表现的正是这种清明踏青之际男女相会的场景，生动形象地展示了当时春游择偶的风俗。

　　敦煌歌辞《何满子辞》（长城侠客）四首其三"城傍猎骑各翩翩。侧坐金鞍调马鞭。胡言汉语真难会。听取胡歌甚可怜"②表现的则是唐人狩猎的场景。唐代狩猎之风盛行，据统计，在唐代二十二位帝王中，有狩猎活动记载的占半数，其中尤以高祖、太宗、高宗、玄宗、武宗为典型代表。据《新唐书》所载，唐高祖一生狩猎活动高达数十次，有时一年之中就要外出狩猎两三次。至唐太宗当政，对狩猎的喜爱也丝毫没有减弱，光是史书有明确记载的唐太宗狩猎活动，就有二十多次。《唐会要》记载唐太宗对于狩猎的看法，其中说道："大丈夫在世，乐事有三：天下太平，家给人足，一乐也；草浅兽肥，以礼畋狩，弓不虚发，箭不妄中，二乐也；六合大同，万方咸庆，张乐高宴，上下欢洽，三乐也。"③可见其对狩猎的喜爱程度。而边境地区本就胡汉杂居，骑马射箭之风更盛，辞中所表现的就是边城外的狩猎场景。辞中写到人们各自跨上自己的坐骑，相互比试着谁的骑术更加高超，甚至有的人竟然能够侧坐在马鞍上调

---

①任中敏编著，何剑平、张长彬校理《敦煌歌辞总编》，上册，第223页。

②任中敏编著，何剑平、张长彬校理《敦煌歌辞总编》，下册，第1070页。

③［宋］王溥《唐会要》卷二八《搜狩》，第612页。

试自己的马鞭。可能是在狩猎的队伍里有胡人的缘故,因此有人说胡语有人说汉话,彼此难以沟通,也难怪主人公会抱怨"听取胡歌甚可怜"了。

又如 S.6537 的《斗百草辞》(喜去觅草)四首:

> 建寺祈长生。花林摘浮郎。有情离合花。无风独摇草。喜去喜去觅草。色数莫令少。

> 佳丽重名城。簪花竞斗新。不怕西山白。惟须东海平。喜去喜去觅草。觉走斗花先。

> 望春希长乐。南楼对百花。但看结李草。何时染缬花。喜去喜去觅草。斗罢且归家。

> 庭前一株花。芬芳独自好。欲摘问旁人。两两相捻笑。喜去喜去觅草。灼灼其花报。①

这四首辞所表现的则是唐代的斗花草游戏。唐代斗花草盛行,特别是每逢踏春之时无论是后宫闺阁,或是田野巷陌,斗花草游戏可以说是无处不见,甚至逐渐成为当时女子与儿童的专属娱乐活动。唐代的斗花草主要分为武斗和文斗,武斗相对较为简单直接,就是双方各执花草的两端末梢处,然后使双方花草的茎交叉在一起,分别用力,看谁的茎先断开,先断开者则输。武斗看似简单,但也需要掌握识别韧性较强的花草的能力,加上娴熟的用力技巧,才能取胜。由于武斗形式简单,而且多是就地取材,不需要特意寻找名贵花草,遂在儿童之间大盛,白居易《观儿戏》中就曾描写其旁观儿童斗花草的情景:"髫龀七八岁,绮

---

①任中敏编著,何剑平、张长彬校理《敦煌歌辞总编》,下册,第1067页。

纵三四儿。弄尘复斗草,尽日乐嬉嬉。"①儿童斗花草游戏不仅在唐代盛行,及至宋代仍然不衰,南宋诗人范成大《春日田园杂兴》中就仍有"社下烧钱鼓似雷,日斜扶得醉翁回。青枝满地花狼藉,知是儿孙斗草来"②的描写。而文斗则主要是成年人尤其是女子之间的游戏,或是相互比试以谁认识的花草种类更多为胜,或是看谁能在辨识花草种类的同时还能讲出其名字的由来以及其中的历史典故,或是以花草名为题对对子,看谁对得更工整,如"观音柳"对"罗汉松"、"君子竹"对"美人蕉"等,直到其中一方对不出来或者所对不工整,则算输者,又或者是以花草为题进行诗歌等文学创作,看谁的作品更加高品质等。

唐代社会上层所热衷的马球运动在敦煌歌辞中也有描写,如P.2544的《杖前飞》(马球)五首:

时仲春。草木新。□初雨后路无尘。林间往往临花马。楼上时时见美人。

青一队。红一队。敲磕玲珑得人爱。前回断当不赢输。此度若输后须赛。

脱绯紫。着锦衣。银镫金鞍耀日晖。场里尘飞马后去。空中球势杖前飞。

球似星。杖如月。骤马随风直冲穴。□□□□□□□。□□□□□□□。

---

① [唐]白居易著,朱金城笺校《白居易集笺校》,第524页。

② [宋]范成大著,辛更儒点校《范成大集》卷二八,北京:中华书局,2020年,第487页。

人衣湿。马汗流。传声相问且须休。或为马乏人力尽。还须连夜结残筹。①

这五首辞描绘的就是唐代典型的马球场面。关于我国古代马球运动的起源，学界历来有争议，目前主要流行的有东汉后期说、波斯传入说和吐蕃传入说三种。唐代马球运动最早是作为军事训练项目进行的，出于提高骑兵作战能力的需要，唐代经常通过马球运动训练士兵骑术和马上攻击能力，后来这项运动向宫廷和社会传播开来，并逐渐褪去军事色彩，成为一种具有娱乐性质的体育游戏。需要注意的是，马球运动在唐代并不是全民运动，而往往只专属于上流社会，这是由马球运动本身的特殊性决定的。进行马球运动需要大量的人员、马匹、场地以及特制的运动装备，这些都需要巨大的花费，并非一般平民百姓能够承担得起。

从辞中内容来看，这场马球运动是在仲春时节、草木生发之时进行的。全场分为红、青两队进行竞技，而主人公所在的一队在之前的比赛中已经输过一次，如果再输，想要定最后的输赢就要参加以后的比赛了，于是主人公这一队这次表现得都非常努力，脱掉了平日里的着装，穿上了特意为比赛准备的"锦衣"，跨上了安装着银镫金鞍的赛马。比赛的过程异常激烈，马蹄飞奔扬起阵阵尘土，马球在杖前飞腾。可就是如此努力的比赛，衣服都湿透了，赛马也累得大汗直流，到询问成绩时，却被队友告知还是没有赢的可能。于是主人公安慰自己，可能是连日比赛，人倦马乏的缘故吧。辞中将一个拼尽全力却未能赢得比赛的不甘、失落的马球队形象表现得淋漓尽致。而唐代诗歌作品中记载的另一场马球赛中，主人公可谓是意气风发，技压全场，这就是唐代诗人张建封《酬韩校书愈打球歌》中所记录的一场马球赛，诗中写道：

①任中敏编著，何剑平、张长彬校理《敦煌歌辞总编》，中册，第463—464页。

　　仆本修文持笔者,今来帅领红旌下。不能无事习蛇矛,闲就平场学使马。军中伎痒骁智材,竞驰骏逸随我来。护军对引相向去,风呼月旋朋先开。俯身仰击复傍击,难于古人左右射。齐观百步透短门,谁羡养由遥破的。儒生疑我新发狂,武夫爱我生雄光。杖移鬐底拂尾后,星从月下流中场。人不约,心自一。马不鞭,蹄自疾。凡情莫辨捷中能,拙目翻惊巧时失。韩生讶我为斯艺,劝我徐驱作安计。不知戎事竟何成,且愧吾人一言惠。①

　　由内容可知,主人公是一位文人参军者,因为不喜欢舞弄刀枪,因此就在军营中练习马球,他精湛的球技竟然让"韩生"都为之惊讶。诗中主人公在军营打马球的情景也再次说明了唐代马球与军事训练之间的特殊联系。

　　球类运动似乎格外受敦煌人的喜爱,相较于马球,成本更低、更适合平民阶层的蹴鞠在敦煌也尤其盛行。有研究表明:"十四五世纪时,敦煌附近的肃州一带有一种女子蹴鞠活动,数名女子玩一种用水牛的膀胱制成的圆球,根据音乐节拍而敏捷地玩球,以脚背踢球,不能使球落地,也不能以手触球,而只能用脚,同时又不能使球踢出规定的圆圈之外。"②这项运动早在唐代就已经在敦煌流行,敦煌歌辞《百岁篇》(丈夫)十首中就有关于此项运动的记载:

　　一十香风绽藕花。弟兄如玉父娘夸。平明趁伴争球子。直到黄昏不忆家。③

---

　　①[清]彭定求等《全唐诗(增订本)》卷二七五,第3112页。
　　②李金梅、路志峻《敦煌岁时节令的体育活动与文化空间》,载范鹏等《敦煌文化中的中韩文化交流——敦煌文化与东亚文化国际学术研讨会论文选》,兰州:甘肃人民出版社,2013年,第172页。
　　③任中敏编著,何剑平、张长彬校理《敦煌歌辞总编》,下册,第830页。

这首作品描述的应当是一名孩童,与伙伴一同在户外玩蹴鞠,直到傍晚也不知道回家的事,反映出唐代敦煌地区民间蹴鞠的兴盛。

2.恋爱

敦煌歌辞中,有很多描写唐代城市中男女之间恋情的篇章,其中最令人同情和感动的应当数歌女艺伎的恋辞。如S.1441的《柳青娘》(倚栏人)二首其一:

> 青丝髻绾脸边芳。淡红衫子掩酥胸。出门斜撚同心弄。意恓惶。故使横波认玉郎。
>
> 叵耐不知何处去。教人几度挂罗裳。待得归来须共语。情转伤。断却妆楼伴小娘。[1]

上片前两句"青丝髻绾脸边芳。淡红衫子掩酥胸"是对女子外在美好形象的描写,女子一头乌黑的秀发盘绕在脸边,透出阵阵芳香,淡红的衫子遮掩着曼妙的身材。这样美丽的女子,却面带彷徨和焦急地出门了,因为她急于去寻找自己的玉郎(即情人)。下片主要写女子寻郎不见后失落和悲伤的心情。首句中"叵耐"为敦煌俗语,意为可恨、可憎,"叵耐不知何处去"指的是女子的情人不知道去往何处了,与她断了联系,由此可知,这位"玉郎"并不是真心爱女子,而是在玩弄了她的感情后就抛弃了她。即使如此,女子却依然忠贞地爱着他。"罗裳"本指用丝绸制成的华贵衣服,这里指女子的漂亮衣装。因为还没有情人的音信,女子将自己的漂亮衣装试穿了好几遍,却一次一次地挂回去,因为她想要穿给自己的情人看。不仅如此,她还幻想着等情人回来了,要与他好好诉说自己的相思之苦、离别之意。可是,大概是情人终究还是没

---

①任中敏编著,何剑平、张长彬校理《敦煌歌辞总编》,上册,第119页。

有回来,日子一天一天地过去,女子最终意识到,自己是被欺骗了感情。"情转伤"指的是女子幻想破灭以后内心由焦急的等待、不安转为彻底的失望、伤心的过程。伤心过后,女子最终决定要"断却妆楼伴小娘","妆楼"指的是古代女子的居所,"断却妆楼"即女子决定不再这样空等下去了,她终究还是要回归自己的生活。那么她原本是过着怎样的生活呢?"伴小娘"三字也做了交代。"小娘"在唐代为歌女艺伎的代称,李贺《洛姝真珠》"真珠小娘下青廓,洛苑香风飞绰绰"①,元稹《筝》"急挥舞破催飞燕,慢逐歌词弄小娘"②中都曾以"小娘"代指歌女艺伎。女子原本的生活是与歌女艺伎为伴,极有可能是暗指她自己的身份也是一位歌伎。

从该辞的内容来看,应当表现的是一位歌伎在恋爱失败后重归歌伎生活的过程无疑。值得注意的是,敦煌歌辞整体,凡是涉及歌女艺伎的恋情,几乎无一不是以其被无情抛弃为结局。敦煌歌辞中,这些色艺双绝的歌伎们所接触的群体一般都是高门大族和所谓的五陵子弟,而这些人并不会对她们付出真心。一来是受到律法的限制,与她们成婚会遭到法律的惩处;二来,唐代门第观念深入人心,娶这样地位低下的女子会为人所耻笑。种种因素交错,最终造成了敦煌歌辞中歌女艺伎的爱情悲剧。

3.纺织

在我国古代男耕女织的社会生产模式下,纺织似乎与女性有着天然的联系,这使得该技术成为当时社会环境下女性赖以生存的切实技能。唐代是中国纺织业发展的黄金时期,之所以能够取得这样的成果,与当时女性的辛勤劳作是密不可分的。所谓"一妇不织天下寒",丝毫不是什么夸张的文学修饰,而是当时女性在纺织业中的重要作用的佐

①[唐]李贺著,[清]王琦等注《李贺诗歌集注》,第80页。
②[唐]元稹著,冀勤点校《元稹集》,第688页。

证。但是,人们往往只看到了色彩华丽的绫罗绸缎,对背后织女们的生存处境却缺乏关注,而这点在敦煌歌辞中恰有很好的体现。如S.2607中的《失调名》(织锦纹):

> 仕女鸾凰。齐登金座。匡闲阶□□专心。恳望转加新。金丝线织成鸳凤。□□□□。□得金枝。合蝉野马。竞逐纷纭。□□□□值千金。足蜂蕊攒花满。□□□□。
>
> 只为无人往达。进入西秦。共练□□□然。织成端疋。遣家僮市卖。不□□□。纱窗每恨织锦纹。报仕女两两三三。□□归邻。从此后更也无人。日夜无效功。①

本辞上片主要写织女织锦之辛劳。"仕女鸾凰。齐登金座"中的"仕女鸾凰"应指的是宫中之女子,"金座"则为皇宫之代指,这两句意在点出织女的服务对象是皇宫中的佳丽。"恳望转加新"则是指督机之人对织女的催促,希望她织得再多再快点。从织女可以织出绘有鸳凤、金枝、合蝉、野马等"竞逐纷纭"的美妙图案的锦缎来看,她应当是一位技艺十分精湛的织工,再结合她的服务对象是宫中的佳丽,其很有可能是专为皇家服务的。下片主要写织女生活之艰辛。古代织工织出来的成品除了用作税赋和自家穿用外,剩下的可拿来售卖,这位织女也不例外。可当她差家僮将自己辛苦织成的锦缎拿去出卖时,却遭到不公的待遇,给出的价格远远低于锦缎应有的价值。织女因此感到委屈和愤懑,自己辛苦劳作换来的成果,到头来只不过是三三两两地都被大方赏赐给那些宫中莺歌燕舞的仕女们。她们不用每天像自己这样辛苦,却能够穿着华贵的衣服。织女对此感到担忧和失望,长此以往下去,还有

①任中敏编著,何剑平、张长彬校理《敦煌歌辞总编》,上册,第265页。

多少人会做这种辛辛苦苦却得不到应有回报的事情呢?

从这首辞中,我们可以看出当时织女们处境的艰辛。事实上,织女们对唐代社会的贡献是巨大的。首先,她们身上所承担的税赋之沉重并不亚于甚至远高于男性。唐前期实行租庸调制,赋税主要以谷物和布匹为主,而织布输税的负担自然就落到了女性的头上。据《通典》载,唐玄宗天宝年间"其度支岁计,粟则二千五百余万石,布绢绵则二千七百余万端屯匹,钱则二百余万贯"①,织出这二千七百余万端布的任务自然要落到女性头上。而且男性织布史册少见,但女性耕田则记载甚多,如《旧唐书·列女传》中说:"冀州鹿城女子王阿足者,早孤,无兄弟,唯姊一人。阿足初适同县李氏,未有子而夫亡。时年尚少,人多聘之。为姊年老孤寡,不能舍去,乃誓不嫁,以养其姊。每昼营田业,夜便纺绩,衣食所须,无非阿足出者,如此二十余年。"②如此来看,如果遇到家庭变故等特殊情况,家中无男丁,即便是耕种这种体力活,也有女性的汗水所在。

其次,织女的工作强度非常人所能及。据唐代诗人王建《织锦曲》"一梭声尽重一梭,玉腕不停罗袖卷。窗中夜久睡髻偏,横钗欲堕垂著肩。合衣卧时参没后,停灯起在鸡鸣前"③可知,她们在鸡鸣之前就已经起床开始工作,全天几乎不停机,夜里经常又困又累,即使这样也要强忍睡意继续工作。"合衣卧时参没后"中的"参没"指的是参星隐没,古代记载参星酉时(即下午五点至七点)出现,卯时(清晨五点至七点)之前落下,这里指她们每天都休息得很晚。可即使是这样,她们仍然可能为自己和家人的生计发愁,如王建《当窗织》中说道:"草虫促促机下啼,两

---

①[唐]杜佑撰,王文锦等点校《通典》卷六《食货六》,第111页。
②[晋]刘昫等《旧唐书》卷一九三《列传第一百四十三·列女》,第5144—5145页。
③[唐]王建著,尹占华校注《王建诗集校注》卷二,第87页。

日催成一匹半。输官上顶有零落,姑未得衣身不著。"①织女每日都在辛勤织布,两天时间竟然能织成一匹半布,可见其技术之娴熟。可就是这样技术高超且勤劳能干的织女,得到的结果却是"姑未得衣身不著",即自己的小姑(丈夫的妹妹)竟然连可以蔽体的衣服都没有。为什么会有这样的结果呢? 因为"输官上顶有零落",即所织的布匹还不够充官府的赋税之用,可见当时织女负担之沉重。

---

① [唐]王建著,尹占华校注《王建诗集校注》卷一,第39页。

附：敦煌歌辞所涉修辞手法赏析

敦煌唐代歌辞在创作过程中广泛运用了比喻、叠词、用典等修辞手法，这些手法的巧妙运用极大地增强了作品的艺术感染力，提升了艺术水平，同时也扩大了作品的受众范围，使得敦煌唐代歌辞得以广泛而深入地传播。本节将具体分析敦煌唐代歌辞中的修辞手法，旨在全面了解其使用方式与艺术效果。

一、夸张

夸张是一种常见的修辞手法，通过夸大或放大事物的形象、情感或描述，以达到强烈的艺术效果。夸张的修辞手法在历代文学作品中被广泛运用，赋予了作品极大的表现力。相对而言，敦煌唐代歌辞中的夸张手法运用得更加灵活，其夸张程度更趋于超越常规，常常呈现出极限状态下的夸张效果。如S.4332中的《菩萨蛮》(千般愿)：

　　　　枕前发尽千般愿。要休且待青山烂。水面上秤锤浮。直待黄
河彻底枯。

　　　　白日参辰现。北斗回南面。休即未能休。且待三更见日头。①

　　首句中,主人公先是在枕前发愿。"枕前"二字点明了主人公发愿的
主题,即爱情。"枕"在敦煌民间风俗中有其特殊的含义,敦煌本《搜神
记》就有"女郎遂于后床上,取九子籨中开取绣花枕,价值千金,为度为
信"②的描写,说明枕头在敦煌民间与婚姻及爱情联系紧密。接下来的
五句则是记录主人公发愿的具体内容,同时也是这段感情要想结束所
需的五个条件,即青山破败、秤锤上浮、黄河干枯、白日参辰以及北斗南
回。伟岸的青山想要烂掉,掉进水底的秤锤想要浮上水面,奔腾万里的
黄河想要干涸,此皆几乎为不可能之事,而想要参辰③在白天同时出现,
想要让位于西北方的北斗星南回,亦为极端和超越常理的情况。主人
公一连取此五种不可能发生之事作为发愿的内容,是一种极限状态的
夸张,用以表达自己守护这份感情的坚贞和执着。整体而言,这段敦煌
歌辞通过夸张的修辞手法展示了主人公内心的坚定和对爱情的忠诚、
执着不懈。这种连续的夸张,不仅将主人公对感情的态度淋漓尽致地
表达了出来,而且读来顿生豪迈之感,使人对这段荡气回肠的爱情誓言
感到钦佩和赞赏。

　　在汉乐府民歌中,也有一首表达爱情的誓词,即《上邪》:"上邪,我
欲与君相知,长命无绝衰。山无陵,江水为竭,冬雷震震,夏雨雪,天地
合,乃敢与君绝。"④《上邪》与《千般愿》在题材上高度重合,在修辞手法

　　①任中敏编著,何剑平、张长彬校理《敦煌歌辞总编》,上册,第203页。
　　②王重民《敦煌变文集》,第865页。
　　③案"参商",二星宿名,参星在西,商星在东,此出彼没,永不相见。
　　④[宋]郭茂倩《乐府诗集》卷一六,北京:中华书局,1979年,第231页。

的使用上也有很大的相似之处,即连续运用极度夸张的手法来表现对
爱情的坚贞。甚至所选意象也有所重合,如"山无陵"与"青山烂","江
水为竭"与"黄河枯"。但相比而言,《上邪》中以"冬雷""夏雪"作为誓词
较《千般愿》中以"参辰""北斗"入誓,仍稍显局促,《千般愿》中所涉意象
的格局显然要更加宏大,在审美上也略高一筹。从两首辞的对比分析
来看,《千般愿》极有可能是受到了《上邪》的启发和影响,但整体上有青
出于蓝之感。

类似这种运用极度夸张的手法来表现主人公情感的敦煌歌辞还有
很多,如P.3718中的《捣练子》六首其四《收骨》:

> 长城下。哭声哀。感俺长城一堕摧。
> 里半髑髅千万个。十方收骨不空回。①

《捣练子》六首为吟唱孟姜女故事的系列歌辞,其中《收骨》一辞表
现的是孟姜女为丈夫敛收尸骨的片段。辞中所写孟姜女的哭声感天动
地,连长城也为之摧倒,这明显是夸张的手法,其用意是为了表现孟姜
女的用心之诚,已经到了感天动地的程度。而"里半髑髅千万个"更是
夸张手法的成功运用,一里多地就有千千万万的尸骨,客观来看,这显
然也不是一般常见之事。这种极尽夸张的渲染,无疑真实地展现了当
时统治阶级对民众的奴役之悲烈,无数的应征民夫死于修筑长城的高
强度工作之中,死后也未能得到体面的安置,取而代之的是被随意的抛
尸在修筑工地的路旁。这些民夫之死不仅代表了上层阶级对于下层百
姓的剥削与奴役,更意味着一个个家庭的支离破碎,不幸的是孟姜女亦
身在其中。最后一句"十方收骨不空回"用夸张的手法展现了孟姜女为

---

① 高国藩《敦煌曲子词欣赏》,第96页。

夫收骨的艰辛过程。"十方"即指东、南、西、北、东南、西南、东北、西北、
上、下,共十方,这里为泛称①,意在表现孟姜女由于不知道丈夫的尸骨
在何处而四处寻找的过程。孟姜女寻夫的经过在敦煌本《孟姜女变文》
中有更具体的表现:

> 髑髅无数,死人非一,骸骨纵横,凭何取实。咬指取血,洒长城
> 以表丹心,选其夫骨。②

比较来看,《收骨》一辞更像是《孟姜女变文》的凝练,而"千万""十
方"等数词、方位词的频繁运用,在夸张的同时也让辞作变得更富冲击
力和感染力,让读者无不为孟姜女的贞节所感动。不得不说,《收骨》一
辞夸张手法的运用在艺术感染力的提升方面是非常成功的。

二、用典

敦煌歌辞在典故运用上与唐代文人诗及宋代文人词存在一定差
异,这一差异可归因于敦煌歌辞的创作者主要来自民间,其传播受众也
多为民间百姓,他们的受教育程度一般而言并不高。因此,相较于用典
繁琐的唐诗和宋词,敦煌歌辞更注重直接而易懂的表达方式,以便诗歌
内容与其中蕴含的思想更好地传播。然而,并不意味着敦煌歌辞完全
不采用典故,特别是民间百姓的歌辞中,常常运用广为流传的历史故
事和传统神话传说作为典故,以突显其直观易懂的特点。这种用典方
式既符合民间群体大多使用口头传播的传统,又有助于加大作品的传播

①案"十方"为佛教用语,佛教谓东南西北及四维上下。用于此处应无佛教含义,仅
为泛称。

②王重民《敦煌变文集》,第32页。

范围和接受度。由此可见,敦煌歌辞的用典方式在一定程度上体现了其源自民间的特点。下举数例以证之。如P.2809中的《酒泉子》(咏剑):

> 三尺青蛇。斩新铸就锋刃刚。沙鱼裹把用银装。宝现七星光。
> 曾经长蛇偃月阵。一遍离匣神鬼遁。鸿门会上佑明王。胜用一条枪。①

这首歌辞涉及两处典型的史传故事类用典。第一处即上片开头一句"三尺青蛇","三尺青蛇"在古代常用于剑之比喻。据《汉书·高帝纪》所载:"吾以布衣提三尺取天下,此非天命乎? 命乃在天,虽扁鹊何益!"②此处借用高祖"三尺"的典故来说明自己这把剑并非战场上一柄寻常之物,而是一把具有锋芒剑刃的宝剑。紧接着后面三句,刻画了这柄宝剑锋利的剑刃、用鲨鱼皮包裹的精美剑柄以及剑身散发出来的寒气逼人的闪闪银光。

下片前两句在进一步赞美了宝剑的同时也赞扬了持有宝剑的主人。长剑与辞作下片"曾经长蛇偃月阵。一遍离匣神鬼遁"之"长蛇偃月阵"做了对比。长蛇偃月阵是我国古代著名的军阵,气势宏伟,变化多端,在古代战场上屡获奇效。《新五代史》便有对这一阵法的记载:"安重荣反,重威逆战于宗城,重荣为偃月阵,重威击之不动。重威欲少却以伺之,偏将王重胤曰:'两兵方交,退者先败。'乃分兵为三,重威先以左右队击其两翼,战酣,重胤以精兵击其中军,重荣将赵彦之来奔,重荣遂大败,走还镇州,闭壁不敢出。重威攻破之,以功拜重威成德军节度

---

①任中敏编著,何剑平、张长彬校理《敦煌歌辞总编》,上册,第314页。
②[汉]班固《汉书》卷一下《高帝纪第一下》,第79页。

使。"①从史书所记"重荣为偃月阵,重威击之不动"便可见偃月阵之防御能力。歌辞所言只要这把剑出鞘,其气势足可以改变战局,具有大破"长蛇偃月阵"的威力。而宝剑是不会自己作战的,真正能够建功立业的还是持有宝剑的主人,因此这两句看似是在夸宝剑,实则是在暗示自己非凡的军事才能。

下片中"鸿门会上佑明王"为本辞第二处史传故事类用典。典出《史记·项羽本纪》"项庄拔剑起舞,项伯亦拔剑起舞,常以身翼蔽沛公,庄不得击"②,讲的是项伯在鸿门宴上保护刘邦的故事。刘邦与项羽会于鸿门(今陕西临潼),项羽为之设宴,宴会上项羽谋士范增命项庄舞剑,欲刺杀刘邦,项伯遂拔剑与之对舞,以保护刘邦。此处用典是全辞的点睛之处,辞中的主人公先是赞扬自己的宝剑,进而表现自己的勇猛,其用意就在于此。他想借"鸿门宴"的典故来表达自己的志向,表明自己愿意像项伯保护刘邦那样,用自己的宝剑和一身本领来保护"明王"(即当时的唐朝皇帝),是借典故以表达自己忠心的成功之作。

又如P.3128中的《浣溪沙》(不忘恩)同样用到了两则史传故事,现将全辞移录如下:

> 结草衔珠不忘恩。些些言语莫生嗔。比死共君缘外客。悉
> 安存。
> 百鸟相依投林宿。道逢枯草再迎春。路上共君先下拜。遇药
> 伤蛇口含真。③

---

①[宋]欧阳修撰,[宋]徐无党注《新五代史》卷五二《杂传第四十·杜重威》,北京:中华书局,1974年,第591页。

②[汉]司马迁《史记》卷七《项羽本纪第七》,第313页。

③任中敏编著,何剑平、张长彬校理《敦煌歌辞总编》,上册,第306页。

　　辞中上片首句即用"结草"的典故,据《左传》载:"初,魏武子有嬖妾,无子。武子疾,命颗曰:'必嫁是。'疾病,则曰:'必以为殉。'及卒,颗嫁之,曰:'疾病则乱,吾从其治也。'及辅氏之役,颗见老人结草以亢杜回,杜回踬而颠,故获之。夜梦之曰:'余,而所嫁妇人之父也。尔用先人之治命,余是以报。'"①这个典故主要说的是魏颗没有按照其父病时的要求将未生育了嗣的小妾殉葬,而是按照其清醒时说的话,将其另嫁他人,这等于救了这个小妾一命,使其免于殉葬。"结草"原意为受人深恩当回以重报。辞中女主人主要是借"结草"的典故来表达丈夫对她的深恩厚谊她永远不会忘怀,因此才有了上片后面的三句话。在这段描写中,"些些言语莫生嗔"暗示了妻子可能因为不当的言辞而招惹丈夫不悦。尽管妻子回忆起丈夫昔日的恩情并善言劝告,但并未能起到缓解丈夫情绪的作用。于是妻子又伤心地说到"比死共君缘外客",即到死和丈夫也是有缘之人,继而希望自己和丈夫"悉安存",即各自安好。行文至此,可以想见妻子内心的难过与悲痛,不得不暂时离丈夫而去,因此才有了下片中对夫妻二人重逢场景的描写。

　　辞中下片,夫妻二人似已重归于好,"百鸟相依投林宿"比喻夫妻二人就像林中之鸟,再次相依相偎共入山林。"道逢枯草再迎春"则表达了夫妻二人重归于好之后的激动心情,就如同逢春的枯木,再次绽放出光泽。"路上共君先下拜。遇药伤蛇口含真"则表现了两人重聚之时夫妻双方的情感表达,首先是丈夫满怀真挚地作揖下拜赔礼,而后则是妻子表达自己对丈夫的情感,即"遇药伤蛇口含真"。后句为辞中所用的第二则典故,讲的是隋侯之珠的故事。据《淮南子·览冥训》载:"隋侯,汉东之国,姬姓诸侯也。隋侯见大蛇伤断,以药敷之。后蛇于江中衔大珠

①[晋]杜预注,[唐]孔颖达疏《春秋左传正义》卷二四《宣工十五年》,北京:中华书局,2009年,第4098页。

以报之,因曰隋侯之珠。"①妻子借用这个典故,主要是想说明丈夫主动来找自己求和就如同救助受伤的自己一般,自己也定然会像那条受伤的大蛇一样,用心报答丈夫的深恩厚谊。两则典故的运用皆恰到好处,生动鲜活地渲染出了一对恩爱的夫妻从发生口角到重归于好的过程。

敦煌歌辞中也出现了一些连续用典的作品,即一首辞中接连几句皆为用典,甚至出现了一句中就包含两个典故的现象,这种密集运用典故的手法在突出主人公情感色彩方面起到了很大作用,同时又给人以强烈的审美享受,是敦煌歌辞中非常值得关注的作品之一。如 P.3821中的《生查子》(立功勋):

> 三尺龙泉剑。箧里无人见。一张落雁弓。百只金花箭。
> 为国竭忠贞。苦处曾征战。先望立功勋。后见君王面。②

上片首句即有两处用典,分别为"三尺"和"龙泉剑"。其中"三尺"典出《汉书·高帝纪》"吾以布衣提三尺取天下"③,后人遂以"三尺"作为平定天下的象征,此处应指辞中主人公有安邦报国之能。"龙泉剑"又名"龙渊剑",典出《晋书·张华传》:

> 初,吴之未灭也,斗牛之间常有紫气,道术者皆以吴方强盛,未可图也,惟华以为不然。及吴平之后,紫气愈明。华闻豫章人雷焕妙达纬象,乃要焕宿,屏人曰:"可共寻天文,知将来吉凶。"因登楼仰观。焕曰:"仆察之久矣,惟斗牛之间颇有异气。"……焕曰:"在豫章丰城。"华曰:"欲屈君为宰,密共寻之,可乎?"焕许之。华大

---

①何宁《淮南子集释》卷六《览冥训》,北京:中华书局,1998年,第458页。
②任中敏编著,何剑平、张长彬校理《敦煌歌辞总编》,上册,第247—248页。
③[汉]班固《汉书》卷一下《高帝纪第一下》,第79页。

喜,即补焕为丰城令。焕到县,掘狱屋基,入地四丈余,得一石函,光气非常,中有双剑,并刻题,一曰龙泉,一曰太阿。其夕,斗牛间气不复见焉。焕以南昌西山北岩下土以拭剑,光芒艳发。大盆盛水,置剑其上,视之者精芒炫目。遣使送一剑并土与华,留一自佩。①

因龙泉剑为古时宝剑之代表,因此后世即以"龙泉"作为宝剑的代称。首句两处用典结合来看,表面是指主人公拥有一把可以安定天下的宝剑,其实是暗指主人公自己有安边定邦之能,上片第二句也印证了这一点。"箧里无人见"为"匣里龙吟"之意,典出晋代王嘉《拾遗记》:"(颛顼)有曳影之剑,腾空而舒,若四方有兵,此剑则飞起指其方,则克伐;未用之时,常于匣里,如龙虎之吟。"②此处用典从表面看是指自己空有宝剑但装在匣中无人看见,实际则是暗指主人公自己空有一身本领却无人赏识,表达了其无处施展抱负的惆怅和无奈。后句"一张落雁弓"再次用典,典出《国语》:"更盈侍魏王,见一雁过,曰:'臣能遥弓而落雁。'乃弯弓向雁,雁即落。"③此处用典再次强调了自己超群的本领和过人的武艺。在连续用典强调了自己超凡的才能之后,下片点出了主人公的志向和诉求,即"先望立功勋。后见君王面",主人公希望君王能够赏识自己,给自己建功立业的机会,等自己建立了功勋,好早登龙庭,面见君王。全辞所突出的主题就是希望自己的一身本领能被君王欣赏,使自己有报效国家的机会,是古时有才能之人希望"学成文武艺,货与帝王家"的真实写照。

---

①[唐]房玄龄等《晋书》卷三六《列传第六·张华》,第1075页。

②[晋]王嘉撰,[梁]萧绮录,齐治平校注《拾遗记校注》卷一,北京:中华书局,1981年,第16页。

③[宋]李昉等《太平御览》,北京:中华书局,1985年,第1599页。

三、比喻

在敦煌歌辞中，比喻也是较为常见的修辞手法之一。敦煌歌辞中比喻手法的使用主要有三大类，其一是借喻，即以喻体为辞中主要的描述对象，而本体和喻词在全辞中不出现，需要通过对全辞的理解和分析来感受本体的存在。如P.3821中的《浣溪沙》（海燕）：

> 海燕喧呼别绿波。双飞迢递历山河。坚志一心思旧主。垒新窠。
> 　　出入岂曾忘故室。往来未有不经过。辞主南归声切切。感恩多。①

在这首辞中，通篇描写的对象都为"海燕"。上片主要写燕子不忘旧主，为了回到旧主身边，放弃舒适的环境，双双跋涉，千里迢迢回到故土垒筑新巢，这个过程可能会经历很多的艰难坎坷，但它们义无反顾。下片主要写燕子回来之后和无奈再次南归时的心情。燕子飞回故土之后，来回翻飞，欢喜异常，对故乡的一切都感到非常的熟悉和亲切。就算是夏去秋来，燕子无奈又将踏上南归的旅程，但在辞别旧主之时，仍感到深深的眷恋，叫声也充满了离别的辛酸，它们将永远感恩旧主。

全辞表面上看是写燕子眷恋故土和旧主之情，实际上是一种较为婉转的表达，辞中的燕子其实就是指作者自己。作者借燕子的习性来阐述人性，即人无论走到天涯海角，都不能忘记自己的故土，都应当感恩自己的故乡以及故乡的父老所给予自己的帮助。当然，辞中不仅涉及"故室"，还涉及一个"旧主"的问题。从当时的时代背景来说，爱国和

---

① 任中敏编著，何剑平、张长彬校理《敦煌歌辞总编》，上册，第310页。

忠君是难以割裂的,因为君主就是一个国家的代表和象征,因此一定程度上忠君就是爱国。作者借燕子眷恋旧主的习性其实也是表达了自己将永远忠于君主,是"献忠心"之举。对忠君爱国精神的表现和推崇是敦煌歌辞中一个重要的特征,而本辞中借喻修辞手法的使用毫无疑问取得了更加含蓄、内敛的表达效果,同时也使得感情更加真挚、浓厚,是这一题材作品中的上乘佳作。

其二是暗喻。暗喻即本体和喻体同时出现,两者之间是相合的关系,常用"是""即"等喻词来联系。如P.3911中的《望江南》(临池柳):

> 莫攀我。攀我太心偏。我是曲江临池柳。者人折了那人攀。
> 恩爱一时间。①

这首辞是敦煌歌辞中描写歌伎、舞伎怨情的经典篇目。辞中"攀"字为牵挽、招惹之意,其中带有很强的强制性意味,并非出自女子的本心。"莫攀我"即是对这种强行"攀"花行为的怨愤。"偏"为不安好心,"攀我太心偏"是对上句"莫攀我"的解释:为何不要来招惹我,是因为来招惹我的都不是出于真心,而是浪子们的一时兴起。"我是曲江临池柳"是暗喻修辞手法的运用,将自己比为曲江池边任人攀折的柳树,同时也暗示了女主人公的身份。曲江池为唐时著名的游乐胜地,而"柳"在唐代本就有指代伎女的含义,如李白《流夜郎赠辛判官》中就有"昔在长安醉花柳,五侯七贵同杯酒"②之句,杜甫《绝句漫兴九首》(其五)中也曾写到"颠狂柳絮随风舞,轻薄桃花逐水流"③,此皆是以"柳"来指代歌伎,再结

①任中敏编著,何剑平、张长彬校理《敦煌歌辞总编》,上册,第199页。
②[唐]李白著,瞿蜕园、朱金城校注《李白集校注》,第720页。
③[唐]杜甫著,仇兆鳌注《杜诗详注》卷九,第789页。

合曲江池这样唐代著名的风月场所,辞中女主人公的身份应为歌伎无疑。这样的比喻主要有两层含义,一是表达伎女的无奈和内心的痛苦,自己就像曲江池旁的柳枝一样被人随意攀折,没有选择的余地;二是道出了歌伎命运的悲惨,因为柳枝被人攀折玩弄只不过是游人的一时兴起,等到兴致一过便会被随意丢弃,这就如同歌伎的命运一般,王孙公子们在寻欢作乐时,往往会各种甜言蜜语,可这只是"恩爱一时间",等到他们兴致一过,哪里还会想起来自己呢?

其三是明喻。明喻也是本体和喻体同时出现,但与暗喻不同的是两者之间是相类的关系,常用"好像""如同""仿佛"等喻词来联系。如P.2838《拜新月》(国泰时清)上片所写:

> 国泰时清晏。咸贺朝列多贤士。播得群臣美。卿贰如同鱼水。况当秋景。莫叶初敷卉。同登新楼上。仰望蟾色光起。①

该辞中"播得群臣美。卿贰如同鱼水"即为明喻。"播"是指皇帝向天下传播德教,意为皇帝自身的品行和德化天下的行为得到了群臣的赞美。"贰"有辅佐之意,如"贰正""贰公"等,"卿贰如同鱼水"意指群臣尽心竭力辅佐皇帝,这种君臣和睦的关系就如同鱼水关系一样,相依相存。

四、拟人

拟人的修辞手法在敦煌歌辞中并不多见,但也并非不用。敦煌歌辞中的拟人并不只单单作修饰用,而是往往和辞中主人公所要表达的情感有很高的关联性,常常是通过把事物人格化,借物之口来抒发辞中主人公自己之情。如《鹊踏枝》(征夫早归):

①任中敏编著,何剑平、张长彬校理《敦煌歌辞总编》,上册,第160—161页。

> 叵耐灵鹊多瞒语。送喜何曾有凭据。几度飞来活捉取。锁上金笼休共语。
>
> 比拟好心来送喜。谁知锁我在金笼里。欲他征夫早归来。腾身却放我向青云里。①

辞中上片"叵耐灵鹊多瞒语"中的"叵耐"在唐代有不能忍耐、不可容忍之意,如唐代传奇小说《游仙窟》中所言"敛笑偷残靥,含羞露半唇。一眉犹叵耐,双眼定伤人"②;"瞒语",即谎言、妄语。这句话主要是写思妇对喜鹊"满嘴谎言"的不满。下一句"送喜何曾有凭据"则是解释了对其不满的原因,因为它已经多次飞来报喜,可是仍未见丈夫归来。于是一气之下将其捉住锁在了笼子里。

下片则将喜鹊人格化,以喜鹊的口吻作辞,写喜鹊的内心活动。明明自己是来送喜,可是反被锁在了笼子里,希望她丈夫早日归来,使自己早脱樊笼,突出了喜鹊急于重获自由的心情。下片看似是写喜鹊的心理活动,实际上是通过喜鹊表达自己的心境。事实上希望丈夫早日归来的不是喜鹊,而是她自己,她又何尝不希望早点放喜鹊出笼呢,因为放喜鹊出笼之日肯定就预示着自己丈夫归来之时。作者通过拟人化的手法,将一个焦急等待丈夫归来的思妇形象委婉地展现了出来,成功地刻画了思妇内心焦急、渴望的心理状态。

五、叠字

叠字手法的运用在古代诗词作品中并不鲜见。在敦煌歌辞出现之

---

①任中敏编著,何剑平、张长彬校理《敦煌歌辞总编》,上册,第196页。
②[唐]张文成撰,李时人、詹绪左校注《游仙窟校注》,北京:中华书局,2010年,第97页。

前,《诗经·硕人》中已经有"河水洋洋,北流活活。施罛濊濊,鳣鲔发发。葭菼揭揭,庶姜孽孽"①之句,连用了六对叠字;东汉时期《古诗十九首》中的《青青河畔草》也有"青青河畔草,郁郁园中柳。盈盈楼上女,皎皎当窗牖。娥娥红粉妆,纤纤出素手"②的诗句,同样也是连用六对叠字。在敦煌歌辞已经出现的盛唐时期,中原地区的大诗人王维所作的《积雨辋川庄作》一诗中有"漠漠水田飞白鹭,阴阴夏木啭黄鹂"③的描写。在敦煌歌辞后,南宋词人李清照在《声声慢》中也曾写到"寻寻觅觅,冷冷清清,凄凄惨惨戚戚"④。无论是在敦煌歌辞出现之前、同时期还是之后,都有运用叠字手法的优秀作品。但敦煌歌辞中的叠字手法仍然值得注意,这主要是因为无论是《诗经·硕人》《青青河畔草》还是《积雨辋川庄作》《声声慢》等作品,它们的叠字只占全诗的一部分,而敦煌歌辞中则出现了全篇叠字的特殊现象。如敦煌叠字辞中的代表作 P.3994 中的《菩萨蛮》(溪边舞):

> 霏霏点点回塘雨。双双只只鸳鸯语。灼灼野花香。依依金柳黄。
> 盈盈江上女。两两溪边舞。皎皎绮罗光。轻轻云粉装。⑤

　　辞中上下两片所写之对象界限分明。上片主要写景,一连用了六对叠字,分别为"霏霏""点点""双双""只只""灼灼""依依"。"霏霏"形容雨水之大,是视觉上的感受,"点点"则是形容雨水滴落的声音,是听觉上的感受,"霏霏点点回塘雨"中两对叠字的连用,即从视觉和听觉两方

---

①[宋]朱熹《诗集传》,上海:上海古籍出版社,1987年,第25—26页。

②[清]沈德潜《古诗源》卷四,北京:中华书局,1963年,第88页。

③[唐]王维著,[清]赵殿成笺注《王右丞集笺注》,第187页。

④[宋]李清照著,王仲闻校注《李清照集校注》卷一,北京:中华书局,2020年,第76页。

⑤任中敏编著,何剑平、张长彬校理《敦煌歌辞总编》,上册,第317页。

面出发,对雨水进行描写,使人有更加真切的感受。后句"双双""只只"两对叠字既表双数又表多数,"双双只只鸳鸯语"点出了鸳鸯之多。"灼灼"形容花的鲜艳,本是视觉上的感受,但结合"灼灼野花香"整句来看,则使人在看到花之鲜艳的同时也闻到了花之芬芳,达到了视觉和嗅觉上的统一。"依依"本指轻柔的样子,用于柳树,则使人产生柳树随风摇曳之感。

下片主要写人,共有"盈盈""两两""皎皎""轻轻"四对叠字。这四对叠字的运用分别从四个方面赞美了舞蹈的少女。"盈盈"形容少女体态之美好,是对少女外表仪态的一个总体概括。"两两"是指少女并非独舞,而是对舞,有的在江边,有的在溪边,突出了少女们的青春气息。"皎皎"形容洁白的样子,少女们都穿着"皎皎"的"绮罗"(一种昂贵的丝绸衣服),暗示了她们的身份,说明她们并非出身于一般人家,而是富贵人家的女子。"轻轻云粉装"则指明她们都化着淡妆,突出了她们青春年少、天真烂漫的形象。

从这首辞的整体来看,全辞的叠字手法从头贯穿到尾,每句皆用叠字,共十叠,是全辞通叠的代表作。更值得一提的是,每处叠字皆用得恰到好处,叠字与写景、写人相结合,加上和对仗手法的完美组合,准确地表达出了作者想要传递的思想内容,同时兼具很高的艺术和审美价值,堪称我国古代叠字辞之典范。

六、双关

双关修辞手法的使用,主要是利用语言上的多义和同音关系,使一句话起到一语两义甚至是多义的作用,即表面看指的是一种意思,实则还有另外的内涵。双关一般分为谐音双关和意义双关两类。敦煌歌辞中所见双关修辞的用法,较多采用的是意义双关。如P.3128中的《菩萨蛮》(敦煌将):

敦煌古往出神将。感得诸蕃遥钦仰。效节望龙庭。麟台早有名。

只恨隔蕃部。情恳难申吐。早晚灭狼蕃。一齐拜圣颜。[1]

辞中表达的是敦煌民众在陷蕃之后对大唐的无限怀恋和忠心,应当写于贞元二年(786)敦煌降蕃之后。

本辞上片主要是通过歌颂敦煌的名将来展示大唐的神威。首句"敦煌古往出神将"中的"神将"原意本指勇猛无敌的武将,但此处主要指的是汉代以来对敦煌有重大贡献的人物,并不局限于武将。比如说汉武帝时期张骞通使西域,对后来敦煌郡的设立是有相当大的贡献的,同时他的行为也称得上是"感得诸蕃遥钦仰",那么他便符合此处"敦煌神将"的标准。"效节望龙庭。麟台早有名"两句连用两次双关手法。首先是"效节望龙庭"中"龙庭"一词。一方面,汉代时,称单于祭天之所为龙庭,此句借指吐蕃视唐朝为龙庭,归附唐朝;另一方面,龙庭也指唐朝和皇帝,故此句也表示自己虽人在吐蕃,但内心永远忠于大唐和皇帝。"麟台早有名"一句也为双关。"麟台"在古时主要为两个机构的代称,一是秘书省,汉代时即为掌管图书典籍的官署,是封建社会时期文化发展的标志;二是指麒麟阁,相传汉武帝时期造麒麟阁,将在匈奴战争中有大功的将领画像悬于阁中,以示功绩。故"麟台早有名"一方面是指大唐文化之灿烂悠远,不是吐蕃所能比拟,另一方面是指那些"神将"们的名声早已彪炳史册,同时也暗示在此敦煌陷蕃之际,希望有像过去那些"神将"式的人物出现,带领敦煌民众推翻吐蕃的奴役,再次投入唐朝的怀抱。

下片主要通过对吐蕃的不满和怨恨来彰显对唐朝的忠心。下片首句中的"蕃部"指的是吐蕃占领敦煌后按照吐蕃传统设置的部落。吐蕃占领敦煌后,将沙州百姓按照其职业划分成若干部落,如丝绵部落、行

---

①任中敏编著,何剑平、张长彬校理《敦煌歌辞总编》,上册,第283页。

人部落、僧尼部落、道门表亲部落等,在这些蕃式部落中,汉人的种种风俗习惯一律被禁止,甚至连汉族服饰也只允许在元旦当天穿。这种压迫和奴役自然引起敦煌当地民众的强烈不满和愤慨,但无奈在吐蕃的残酷统治下这些情绪"情恳难申吐"。"早晚灭狼蕃。一齐拜圣颜"两句为双关的用法。"狼蕃"为敦煌民间对吐蕃奴隶主的蔑称,这两句话一方面是指希望早日扫灭吐蕃奴隶主,使得敦煌民众能够再次投入唐朝怀抱,另一方面也是希望吐蕃有朝一日能够归附唐朝,和敦煌一样成为大唐的属地。

七、借代

借代是指不直接说出原本要说的事物,而是用另外一种与之有关的事物来称呼或描述它。敦煌歌辞因其用词具有委婉含蓄的特征,往往不直接表达需要言及的事物或情感,因此借代修辞手法的使用在敦煌歌辞中普遍存在,很多歌辞都以借代为主要的修辞手法进行创作。如S.2607中的《宫怨春》(到边庭):

> 柳条垂处处。喜鹊语零零。焚香稽首表君情。慕得萧郎好武。累岁长征。向沙场里。轮宝剑。定欃枪。
> 去时花欲谢。几度叶还青。相思夜夜到边庭。愿天下销戈铸戟。舜日清平。待功成日。麟阁上。画图形。①

本辞是一首以闺妇思念征夫为主题的歌辞。上片"柳条垂处处。喜鹊语零零"中"柳条""喜鹊"均为借代修辞手法的使用。"柳"在中国古代文学作品中,常常被用作爱情的象征,如刘禹锡《竹枝词二首》(其一)

---

①任中敏编著,何剑平、张长彬校理《敦煌歌辞总编》,上册,第194页。

中就有"杨柳青青江水平,闻郎江上唱歌声"①的表达,欧阳修《生查子·
元夕》中也有"月上柳梢头,人约黄昏后"②之句,因此此处用"柳条"是代
指闺妇和征夫之间的爱情。而"喜鹊"在敦煌民俗中是灵鸟,象征着喜
庆与美好的事情,如敦煌歌辞中就有"叵耐灵鹊多瞒语。送喜何曾有凭
据"③的表达,此处用来代指对丈夫的美好祝愿。"柳条垂处处。喜鹊语
零零"两句主要表达的是闺妇对远在边地丈夫的深情厚爱以及对丈夫
的美好祝愿,希望其早日平安归来。第四句"慕得萧郎好武"中的"萧
郎"也为借代,代指自己的丈夫。"萧郎"原指梁武帝萧衍,到唐代时逐渐
演变为女子所倾慕或爱恋的男子的代称,崔郊在《赠去婢》中就有"侯门
一入深如海,从此萧郎是路人"④的表达。第八句"定欃枪"中的"欃枪"
为战乱的代指。《尔雅·释天》载:"彗星为欃枪。"⑤中国古代民俗以彗星
为妖星,它的出现代表着有战乱发生。《史记·天官书》便有相关记载:
"秦始皇之时,十五年彗星四见,久者八十日,长或竟天。"紧接着又说:
"其后秦遂以兵灭六王,并中国,外攘四夷,死人如乱麻,因以张楚并起,
三十年之间兵相骀藉,不可胜数。自蚩尤以来,未尝若斯也。"⑥可见司
马迁也认为秦朝末年大规模战乱的发生与彗星的多次出现似乎存在某
种无法解释的巧合与关系。因此可推断,辞中"定欃枪"应当有平定战
乱之意。

　　下片"去时花欲谢。几度叶还青"中的"花欲谢"和"叶还青"均为借

---

①[唐]刘禹锡著,卞孝萱校订《刘禹锡集》,第253页。

②[宋]欧阳修著,李逸安点校《欧阳修全集》卷一三一,北京:中华书局,2001年,第
2000—2001页。

③任中敏编著,何剑平、张长彬校理《敦煌歌辞总编》,上册,第196页。

④[清]彭定求等《全唐诗(增订本)》卷五〇五,第7086页。

⑤[晋]郭璞注,[宋]邢昺疏《尔雅注疏》卷六《释天第八》,第5675页。

⑥[汉]司马迁《史记》卷二七《天官书》,第1348页。

代,代指时光之流逝,表示丈夫在外征战已经多年未归。"愿天下销戈铸戟。舜日清平"中的"销戈铸戟"和"舜日"也为借代修辞的运用。据西汉贾谊《过秦论》载:"收天下之兵,聚之咸阳,销锋镝,铸以为金人十二。"[1]后世即将"销戈铸戟"引申为战乱终止,天下太平之意。"舜日"在古代多指清平盛世,因上古传说中尧舜时期天下清平无事,百姓安居乐业,"垂手而天下治",因此后世多用"舜日尧年"来表达对美好生活的向往。最后两句"麟阁上。画图形"中的"麟阁"为借代修辞的使用。"麟阁"全称"麒麟阁",传说汉武帝时期建麒麟阁,宣帝时期曾将霍光、张安世、韩增、赵充国、魏相、丙吉、杜延年、刘德、梁丘贺、萧望之、苏武等十一位有功之臣的肖像悬于麒麟阁中,以示尊荣,后世即以"麟阁画像"来借指功成名就。"麟阁上。画图形"表达的是一位在家的闺妇对在外征战的丈夫的美好祝愿,希望他也能像前朝那些名臣一样为朝廷建功立业,待到功成名就之后"画像麟阁"。

八、反复

反复,是指根据表达需要,有意使句子或词语重复出现的一种修辞手法。反复修辞手法的使用大多是为了突出强调某种特定的含义或者情感。敦煌歌辞中也出现了一些反复修辞手法的使用,如P.3251中的《菩萨蛮》(抛鞭落):

> 清明节近千山绿。轻盈士女腰如束。九陌正花芳。少年骑马郎。
> 罗衫香袖薄。伴醉抛鞭落。何用更回头。谩添春夜愁。[2]

---

①[汉]贾谊撰,[明]何孟春订注《贾谊集》,长沙:岳麓书社,2010年,第4页。
②任中敏编著,何剑平、张长彬校理《敦煌歌辞总编》,上册,第223页。

这首辞是描写清明节前夕少男少女于春游中邂逅，最后又无奈分手的爱情诗篇。上片"清明节近千山绿"点出了本辞的时间背景，为清明节前夕。清明前后正是春归之时，满眼望去，处处青山含绿，这正是春游踏青的好时节。"士女"古时指未婚嫁之男女，如刘禹锡《经檀道济故垒》中"秣陵多士女，犹唱白符鸠"①，这里应当是专指未婚之少女。"轻盈士女腰如束"是对少女们曼妙身姿的描写。"九陌正花芳。少年骑马郎"为前两句之反复。"九陌"指的是道路，"九陌正花芳"写的也是清明前夕道路两旁花开正艳的景象。需要注意的是，"九陌正花芳"是包含在"清明节近千山绿"的全景之中的，因为在远眺"千山绿"的同时，肯定也会近观"九陌正花芳"。同样，在清明前夕春游的全景之中既然有曼妙的"轻盈士女"，那就肯定也会有风华正茂的"少年骑马郎"。因此辞中整个上片都运用的是同义反复的修辞手法。

下片由写景转入言情，"罗衫香袖薄"指的是少女轻盈柔美的体态，衣袖之中散发着一股迷人的芳香。正是这样曼妙的少女，吸引了风华正茂的"少年骑马郎"，他竟然装作醉酒故意丢掉马鞭，然后借捡拾马鞭的机会回头欣赏少女的迷人风采。最后两句"何用更回头。谩添春夜愁"是描写少年矛盾的心理活动。他与少女的相逢只是偶然，回头看她又有什么用呢，所谓"多情总被无情扰"，只不过是在漫漫春夜里平添几分愁思罢了。

九、对比

对比，指的是将两个相反、相对的事物或同一事物相反、相对的两个方面放在一起，用比较的方法加以描述或说明的修辞手法。对比的作用在于能够突出想要表现的对象，给人一种极其鲜明的形象对比和强烈的差异感受。通过对比能够使得作品的主题更加突出，人物形象

---

① [唐]刘禹锡著，卞孝萱校订《刘禹锡集》，第577页。

更加鲜明，思想情感也更加深刻，从而收到更好的艺术效果。对比修辞手法的使用在敦煌歌辞中也有体现，有些甚至全辞以对比的手法展现。如 S.1441 中的《天仙子》(五陵泪眼)：

> 燕语莺啼三月半。烟蘸柳条金线乱。五陵原上有仙娥。携歌扇。香烂漫。留住九华云一片。
> 犀玉满头花满面。负妾一双偷泪眼。泪珠若得似真珠。拈不散。知何限。串向红丝应百万。①

辞中上片风格轻快明朗，前两句点出了时间和景致。三月中旬，正是初春时节，到处莺歌燕舞，淡淡的云烟在山林中弥漫，风吹拂着柳条就像一条条金线在风中飘舞。"五陵原上有仙娥"点出了主人公的身份。"五陵原"，为汉代帝王陵墓区，因分布有汉高祖长陵、惠帝安陵、景帝阳陵、武帝茂陵、昭帝平陵，因此合称"五陵原"。汉高祖时为了增加长陵地区人口，接受中郎刘敬的建议，迁关东地区两千石高官、富商及豪杰携其眷属在陵区周围居住，后五陵原遂成为汉唐时期著名的高官富豪聚集区，也是长安周围有名的风俗奢侈、舞榭歌台之地。"仙"字在唐代本就有形容歌伎之意，如王维《奉和圣制十五夜燃灯继以酺宴应制》中就有"仙伎来金殿，都人绕玉堂"②之句，再结合五陵原的地点背景来看，词中的"仙娥"应属歌伎之类无疑。这些花枝招展的歌伎们在燕语莺啼的初春时节外出春游，她们携歌带舞，手持香扇，所过之处弥散出一股芬芳。她们动人的体态和容颜引得天上的云彩都忍不住驻足观看。

---

① 任中敏编著，何剑平、张长彬校理《敦煌歌辞总编》，上册，第76页。
② [唐]王维著，[清]赵殿成笺注《王右丞集笺注》，第202页。

　　下片则以悲伤为主基调。五陵原上的歌伎们由于受到富豪们的追捧，因此"犀玉满头花满面"，她们浑身的穿戴都很名贵，珠光宝气，享受着物质上的充盈。可是谁又能知道她们私底下暗自泪流的场景呢？那些五陵原上的豪强子弟们只不过是将她们当作一时消遣的玩物，追逐她们时万般柔情、海誓山盟，可是一旦兴致一过，又会毫不留情地抛弃她们，谁又会对她们付出真心呢？似这样浮萍一般毫无保障的生活，等到年老色衰，她们又将如何生存下去？正因为心中常怀忧虑，因此她们的眼泪就像用红线串着的珍珠一样，不能散去，点点滴滴，日夜长流。

　　全辞上下两片形成鲜明的对比，上片极力渲染春色之美，处处莺歌燕舞，柳树随风摇曳，歌伎携扇出游，引得众人注目，从而给人一种轻松愉悦、喜庆热闹的感觉。然而上片中越是极力渲染春色之美、歌伎之迷人，就越与下片中其悲惨的命运形成鲜明的对比，造成强烈的艺术反差，重点突出了歌伎表面风光背后令人悲哀的人生际遇。

　　过去有一些学者对敦煌歌辞的写作水准持有疑虑，认为其是辞产生初期的不成熟的作品，存在着立意不高、遣词粗糙、写作技巧较差的弊病。通过对敦煌歌辞所用修辞手法的具体举例与分析，我们应当看到它立意深远、用词准确传神、文学技巧性足的一面。且以上所举夸张、用典、比喻、拟人、叠字、双关、借代、反复、对比共九种修辞手法仅仅是敦煌歌辞中比较典型和有代表性的修辞手法的一部分，另外还有很多修辞手法隐藏在歌辞中，等待人们去整理和研究。

结　语

通过本文的探讨,大致可得出以下几点结论:

其一,过去曾有部分学者笼统地认为敦煌歌辞出于乐工歌伎之手,这无疑是不符合唐代社会实际情况的。从本文所举敦煌歌辞来看,其所涉及的内容极为广泛,包括游客之呻吟、隐士之情志、将士之壮歌、怨妇之情思、医者之歌诀、使臣之心声等诸多方面。想要创作这些不同内容的歌辞,首先必须要有足够的生活体验,即使是当时有名的文人学士恐怕也难以有如此广博的社会阅历和如此深沉真切的情感表达,更何况是生活环境和生活方式相对单一的乐工歌伎呢? 由此可见,敦煌歌辞的作者应当为多元化的、大众化的,这一点毋须赘言。此外,从文章主体论述部分所列举之歌辞可见,敦煌歌辞作品所呈现的社会阶层分布也是相当广泛的,包括皇帝、贵族、文臣、武将等统治阶层,也包括商人、渔夫、医生等平民阶层,同时也有乐工、歌伎、奴隶等当时社会地位较低的底层人民。可见,庞大的作家群体几乎已经渗透至唐代各个阶层。

其二,从敦煌歌辞所呈现出来的有关于唐代从军与入仕相关内容可以看出,其最终最大的受益者仍然是当时的统治阶级。就府兵制度来说,对于军功的奖励不仅仅是要看军士本人建立军功的大小,更为重要的是参军者当时的身份与背景。高官子弟和平民百姓即使所立军功相当,得到的奖励却是云泥之别,这无疑是一种对统治阶级利益的保障,于平民不利。入仕制度亦是如此,诸如门荫制度、征辟制度及其他制度规章,皆都对高门子弟有着极大的倾斜,即便是表面上看起来较为公平的科举制度,其所谓"行卷"等传统也无疑让高门子弟占尽先机,而于无权无势的普通考生来说则极为不公。

其三,从涉及唐代民族关系的敦煌歌辞中我们可以看到,唐代中原王朝和周边少数民族之间的战争,只是封建统治阶层和少数民族政权奴隶主之间的矛盾,要将他们和当时广大爱好和平的普通民众区分开。而且从敦煌歌辞来看,表现最多的就是各民族归唐、慕唐、拥唐的时代主题,说明当时民族关系的主旋律是各个民族团结友爱、共同繁荣。

其四,从敦煌歌辞中所表现的世俗人物形象来看,其程式化倾向异常明显。辞中所塑造的忠君爱国之文人武将、待时而出之隐士、尚武之侠客、苦闷之商人以及不同类别的女子形象,他们的遭遇背后,其实都掩藏着当时世俗社会的主流价值观、律法制度、道德伦理框架,对他们形象的建构,无一不是在这些框架内进行的。但同时也需要看到,敦煌歌辞作为文学作品,有一定的应用场景和思想倾向性,这使得我们在透过敦煌歌辞中的人物形象去了解当时的世俗社会特征时,可能会得到较为片面和单一的信息,这就需要我们更加广泛和深入地参考更多的文献资料,不至于被歌辞的文学性和主观性所影响。

其五,从对敦煌歌辞的分析来看,唐代的都市之繁华和都市生活之丰富是超出我们想象的,但同时也呈现出严重的阶层分化现象。在都市生活中,享受者和服务者有着严格的界限,如"五陵子弟"们可以纵情声色,而那些为其服务的歌伎们却要承受被其玩弄和欺骗的痛苦;富商巨贾们可以终日把酒言欢,而进城务工的农民却因为谋生而不得不卖身为奴。由此可以看出,唐代的都市生活虽然呈现出前所未有的繁华景象,但这种繁华是极不均衡和片面的,真正享受这种繁华的始终是一小部分人,绝大多数人只能充当服务者而换取生计。

　　总括而言,敦煌歌辞所展现出来的有关唐代世俗社会的内容是相当丰富的,涵盖的情况也相当广泛和复杂,因此想要深入研究,对唐代世俗社会有一个相对全面的把握绝非易事。本书在前辈学人研究的基础上,结合笔者对敦煌歌辞相关主题和内容的理解,对歌辞中所涉及的唐代世俗社会相关情况进行了总结和分析,不足之处,诚请各位方家指教。

参考文献

（古籍以朝代为序,论著以出版发表时间为序）

一、古代文献

[1][汉]孔安国传,[唐]孔颖达等撰《尚书正义》,北京:中华书局,
2009年。

[2][汉]司马迁《史记》,北京:中华书局,1963年。

[3][汉]贾谊撰,[明]何孟春订注《贾谊集》,长沙:岳麓书社,2010年。

[4][汉]班固《汉书》,北京:中华书局,1962年。

[5][汉]王充《论衡》,长沙:岳麓书社,1991年。

[6][汉]许慎《说文解字》,北京:中华书局,1963年。

[7][汉]郑玄注,[唐]孔颖达疏《礼记正义》,北京:中华书局,2009年。

[8][汉]郑玄注,[唐]贾公彦疏《仪礼注疏》,北京:中华书局,2009年。

[9][汉]何休解诂,[唐]徐彦疏《春秋公羊传注疏》,北京:中华书
局,2009年。

[10][晋]杜预注,[唐]孔颖达疏《春秋左传正义》,北京:中华书局,

2009年。

[11][晋]郭璞注,[宋]邢昺疏《尔雅注疏》,北京:中华书局,2009年。

[12][晋]王嘉撰,[梁]萧绮录,齐治平校注《拾遗记校注》,北京:中华书局,1981年。

[13][晋]葛洪著,庞月光译注《抱朴子外篇全译》,贵阳:贵州人民出版社,1997年。

[14][北齐]魏收《魏书》,北京:中华书局,1974年。

[15][南朝宋]鲍照著,钱仲联集注《鲍参军集注》,上海:上海古籍出版社,2005年。

[16][南朝宋]范晔撰,[唐]李贤等注《后汉书》,北京:中华书局,1965年。

[17][梁]萧统编,[唐]李善注《文选》,上海:上海古籍出版社,1986年。

[18][梁]萧统《昭明太子集》,《四部丛刊》景印乌程许氏藏明辽府刊本。

[19][唐]武元衡《武元衡集》,明铜活字印本。

[20][唐]李端《李端集》,明铜活字印本。

[21][唐]孙樵《孙樵文集》,《四部丛刊》景明天启吴馡刊本。

[22][唐]陆贽《陆宣公翰苑集》,《四部丛刊》景印明不负堂本。

[23][唐]孙棨《北里志》,上海:古典文学出版社,1957年。

[24][唐]王维著,[清]赵殿成笺注《王右丞集笺注》,上海:上海古籍出版社,1961年。

[25][唐]魏征等《隋书》,北京:中华书局,1973年。

[26][唐]房玄龄等《晋书》,北京:中华书局,1974年。

[27][唐]李贺著,[清]王琦等注《李贺诗歌集注》,上海:上海人民

出版社,1977年。

　　[28][唐]李商隐著,[清]冯浩笺注《玉谿生诗集笺注》,上海:上海古籍出版社,1979年。

　　[29][唐]柳宗元《柳宗元集》,北京:中华书局,1979年。

　　[30][唐]杨炯著,徐明霞点校《杨炯集》,北京:中华书局,1980年。

　　[31][唐]李白著,瞿蜕园、朱金城校注《李白集校注》,上海:上海古籍出版社,1980年。

　　[32][唐]高适著,刘开扬笺注《高适诗集编年笺注》,北京:中华书局,1981年。

　　[33][唐]元稹著,冀勤点校《元稹集》,北京:中华书局,1982年。

　　[34][唐]刘肃著,许德楠、李鼎霞点校《大唐新语》,北京:中华书局,1984年。

　　[35][唐]骆宾王著,[清]陈熙晋笺注《骆临海集笺注》,上海:上海古籍出版社,1985年。

　　[36][唐]白居易著,朱金城笺校《白居易集笺校》,上海:上海古籍出版社,1988年。

　　[37][唐]杜佑撰,王文锦等点校《通典》,北京:中华书局,1988年。

　　[38][唐]刘禹锡著,卞孝萱校订《刘禹锡集》,北京:中华书局,1990年。

　　[39][唐]孟郊著,华忱之、喻学才校注《孟郊诗集校注》,北京:人民文学出版社,1995年。

　　[40][唐]王勃著,[清]蒋清翊注《王子安集注》,上海:上海古籍出版社,1995年。

　　[41][唐]长孙无忌等撰,刘俊文笺解《唐律疏议笺解》,北京:中华书局,1996年。

［42］［唐］段安节著，罗济平点校《乐府杂录》，沈阳：辽宁教育出版社，1998年。

［43］［唐］卢照邻著，李云逸校注《卢照邻集校注》，北京：中华书局，1998年。

［44］［唐］李商隐著，刘学锴、余恕诚校注《李商隐文编年校注》，北京：中华书局，2002年。

［45］［唐］张鷟撰，赵守俨点校《朝野佥载》，北京：中华书局，2005年。

［46］［唐］王建著，尹占华校注《王建诗集校注》，成都：巴蜀书社，2006年。

［47］［唐］张文成撰，李时人、詹绪左校注《游仙窟校注》，北京：中华书局，2010年。

［48］［唐］李林甫等撰，陈仲夫点校《唐六典》，北京：中华书局，2014年。

［49］［唐］张籍著，徐礼节、余恕诚校注《张籍集系年校注》，北京：中华书局，2016年。

［50］［唐］岑参撰，廖立笺注《岑参诗笺注》，北京：中华书局，2018年。

［51］［唐］段成式撰，许逸民、许桁点校《酉阳杂俎》，北京：中华书局，2018年。

［52］［五代］齐己《白莲集》，《四部丛刊》景印旧钞本。

［53］［五代］韦庄著，聂安福笺注《韦庄集笺注》，上海：上海古籍出版社，2002年。

［54］［五代］王仁裕著，曾贻芬点校《开元天宝遗事》，北京：中华书局，2006年。

［55］［五代］王定保撰，陶绍清校证《唐摭言校证》，北京：中华书局，2021年。

[56]［宋］司马光编著，［元］胡三省音注《资治通鉴》，北京：中华书局，1956年。

[57]［宋］李昉等《太平广记》，北京：中华书局，1961年。

[58]［宋］欧阳修撰，［宋］徐无党注《新五代史》，北京：中华书局，1974年。

[59]［宋］欧阳修、宋祁《新唐书》，北京：中华书局，1975年。

[60]［宋］薛居正等《旧五代史》，北京：中华书局，1976年。

[61]［宋］郭茂倩《乐府诗集》，北京：中华书局，1979年。

[62]［宋］苏轼撰，［清］王文诰辑注，孔凡礼点校《苏轼诗集》，北京：中华书局，1982年。

[63]［宋］陆游著，钱仲联校注《剑南诗稿校注》，上海：上海古籍出版社，1985年。

[64]［宋］李昉等《太平御览》，北京：中华书局，1985年。

[65]［宋］王谠撰，周勋初校证《唐语林校证》，北京：中华书局，1987年。

[66]［宋］朱熹《诗集传》，上海：上海古籍出版社，1987年。

[67]［宋］曾慥编纂，王汝涛等校注《类说校注》，福州：福建人民出版社，1996年。

[68]［宋］欧阳修著，李逸安点校《欧阳修全集》，北京：中华书局，2001年。

[69]［宋］王溥《唐会要》，上海：上海古籍出版社，2006年。

[70]［宋］范成大著，辛更儒点校《范成大集》，北京：中华书局，2020年。

[71]［宋］李清照著，王仲闻校注《李清照集校注》，北京：中华书局，2020年。

[72][宋]马端临《文献通考》,北京:中华书局,2011年。

[73][金]王若虚《滹南遗老集》,《四部丛刊》景印上海涵芬楼藏旧钞本。

[74][清]郭庆藩《庄子集释》,北京:中华书局,1961年。

[75][清]沈德潜《古诗源》,北京:中华书局,1963年。

[76][清]董诰等《全唐文》,北京:中华书局,1983年。

[77][清]徐松《唐两京城坊考》,北京:中华书局,1985年。

[78][清]陈立撰,吴则虞点校《白虎通疏证》,北京:中华书局,1994年。

[79][清]严可均《全晋文》,北京:商务印书馆,1999年。

[80][清]彭定求等《全唐诗(增订本)》,北京:中华书局,1999年。

[81][清]郝懿行著,吴庆峰、张金霞等点校《尔雅义疏》,济南:齐鲁书社,2010年。

二、今人专著

[1]王重民《敦煌曲子词集》,上海:商务印书馆,1950年。

[2]任二北《敦煌曲初探》,上海:上海文艺联合出版社,1954年。

[3]任二北《敦煌曲校录》,上海:上海文艺联合出版社,1955年。

[4]王重民《敦煌曲子词集》,北京:商务印书馆,1956年。

[5]王重民等《敦煌变文集》,北京:人民文学出版社,1957年。

[6]王国维《观堂集林》,北京:中华书局,1959年。

[7]谷霁光《府兵制度考释》,上海:上海人民出版社,1962年。

[8]饶宗颐、戴密微《敦煌曲》,巴黎:法国国立科学研究中心,1971年。

[9]潘重规《敦煌云谣集新书》,台北:石门图书公司,1977年。

[10]沈英名《敦煌云谣集新校订》,台北:正中书局,1979年。

[11]杨伯峻《论语译注》,北京:中华书局,1980年。

[12]詹承绪等《永宁纳西族的阿注婚姻和母系家庭》,上海:上海人民出版社,1980年。

[13]潘重规《敦煌词话》,台北:石门图书公司,1981年。

[14]吕思勉《隋唐五代史》,上海:上海古籍出版社,1984年。

[15]张璋、黄畲《全唐五代词》,上海:上海古籍出版社,1986年。

[16]林玫仪《敦煌曲子词斠证初编》,台北:台湾东大图书公司,1986年。

[17]任半塘《敦煌歌辞总编》,上海:上海古籍出版社,1987年。

[18]广东、广西、湖南、河南辞源修订组,商务印书馆编辑部编《辞源(修订本)》,北京:商务印书馆,1988年。

[19]〔日〕仁井田升著,栗劲、霍存福等编译《唐令拾遗》,长春:长春出版社,1989年。

[20]郑炳林《敦煌地理文书汇辑校注》,兰州:甘肃教育出版社,1989年。

[21][唐]王梵志著,项楚校注《王梵志诗校注》,上海:上海古籍出版社,1991年。

[22]项楚《敦煌文学丛考》,上海:上海古籍出版社,1991年。

[23]俞鹿年《中国官制大辞典》,哈尔滨:黑龙江人民出版社,1992年。

[24]姜伯勤《敦煌社会文书导论》,台北:新文丰出版公司,1992年。

[25]中国社会科学院历史研究所等编《英藏敦煌文献(汉文佛经以外部分)》,成都:四川人民出版社,1992年。

[26]汪泛舟《敦煌僧诗校辑》,兰州:甘肃人民出版社,1994年。

[27]南开大学历史系《中国史论集》编辑组编《中国史论集》,天津:天津古籍出版社,1994年。

［28］黄征、吴伟《敦煌愿文集》,长沙:岳麓书社,1995年。

［29］饶宗颐《敦煌曲续论》,台北:新文丰出版公司,1996年。

［30］陈寅恪《唐代政治史述论稿》,上海:上海古籍出版社,1997年。

［31］李斌城等《隋唐五代社会生活史》,北京:中国社会科学出版社,1998年。

［32］何宁《淮南子集释》,北京:中华书局,1998年。

［33］曾昭岷等《全唐五代词》,北京:中华书局,1999年。

［34］项楚《敦煌歌辞总编匡补》,成都:巴蜀书社,2000年。

［35］徐俊《敦煌诗集残卷辑考》,北京:中华书局,2000年。

［36］张忠纲等《中国新时期唐诗研究述评》,合肥:安徽大学出版社,2000年。

［37］张锡厚《敦煌文学源流》,北京:作家出版社,2000年。

［38］项楚《敦煌诗歌导论》,成都:巴蜀书社,2001年。

［39］杜晓勤《隋唐五代文学研究》,北京:北京出版社,2001年。

［40］高国藩《敦煌曲子词欣赏》,南京:南京大学出版社,2001年。

［41］贾晋华《唐代集会总集与诗人群研究》,北京:北京大学出版社,2001年。

［42］荣新江《敦煌学十八讲》,北京:北京大学出版社,2001年。

［43］汪泛舟《敦煌石窟僧诗校释》,香港:香港和平图书出版有限公司,2002年。

［44］邹同庆、王宗堂《苏轼词编年校注》,北京:中华书局,2002年。

［45］法国国家图书馆、上海古籍出版社编《法国国家图书馆藏敦煌西域文献》,上海:上海古籍出版社,2002年。

［46］［清］王国维《观堂集林(外二种)》,石家庄:河北教育出版社,2003年。

[47]荣新江《唐代宗教信仰与社会》,上海:上海辞书出版社,2003年。

[48]王晓骊《唐宋词与商业文化关系研究》,北京:中国社会科学出版社,2004年。

[49]黎翔凤《管子校注》,北京:中华书局,2004年。

[50]蒋冀骋《敦煌文献研究》,长沙:湖南师范大学出版社,2005年。

[51]李剑亮《唐宋词与唐宋歌妓制度》,杭州:浙江大学出版社,2006年。

[52]张锡厚《全敦煌诗》,北京:作家出版社,2006年。

[53]杨英杰《中外民俗》,天津:南开大学出版社,2006年。

[54]谭蝉雪《敦煌民俗:丝路明珠传风情》,兰州:甘肃教育出版社,2006年。

[55]《韩非子》校注组编,周勋初修订《韩非子校注(修订本)》,南京:凤凰出版社,2009年。

[56]龙晦《龙晦文集》,成都:巴蜀书社,2009年。

[57]尹伟先、杨富学、魏明孔《甘肃通史·隋唐五代卷》,兰州:甘肃人民出版社,2009年。

[58]刘琴丽《唐代举子科考生活研究》,北京:社会科学文献出版社,2010年。

[59]吴宗国《唐代科举制度研究》,北京:北京大学出版社,2010年。

[60]谷霁光《府兵制度考释》,北京:中华书局,2011年。

[61]任中敏著,张长彬校理《敦煌曲研究》,南京:凤凰出版社,2013年。

[62]伏俊琏《敦煌文学总论》,兰州:甘肃教育出版社,2013年。

[63]李世忠《长安文化与唐诗的政治精神》,西安:三秦出版社,2014年。

[64]任中敏编著,何剑平、张长彬校理《敦煌歌辞总编》,南京:凤凰出版社,2014年。

[65]李剑国《唐五代传奇集》,北京:中华书局,2015年。

[66]吕思勉《中国通史》,武汉:崇文书局,2015年。

[67]刘晓玲《敦煌僧诗研究》,北京:中国社会科学出版社,2016年。

[68]孙克强《唐宋词学批评史论》,郑州:河南大学出版社,2017年。

[69]〔法〕丹纳著,傅雷译《艺术哲学》,杭州:浙江人民美术出版社,2017年。

[70]程千帆《唐代进士行卷与文学》,上海:中西书局,2019年。

[71]伏俊琏等《敦煌文学总论(修订本)》,上海:上海古籍出版社,2019年。

[72]项楚《敦煌诗歌导论》,北京:中华书局,2019年。

[73]项楚《敦煌变文选注(增订本)》,北京:中华书局,2019年。

[74]郑炳林、郑怡楠《敦煌碑铭赞辑释(增订本)》,上海:上海古籍出版社,2019年。

[75]邵文实《敦煌文献中的女性角色研究》,南京:东南大学出版社,2020年。

[76]毕宝魁《隋唐社会日常生活》,北京:中国工人出版社,2021年。

三、学术论文

[1]齐陈骏《敦煌沿革与人口》,《敦煌学辑刊》1980年00期,第32—40页。

[2]齐陈骏《敦煌沿革与人口(续)》,《敦煌学辑刊》1981年00期,第59—72页。

[3]杨树云《从敦煌绢画〈引路菩萨〉看唐代的时世妆》,《敦煌学辑

刊》1983 年 00 期,第 92—97 页。

[4]高国藩《谈敦煌曲子词》,《文学遗产》1984 年第 3 期,第 28—35 页。

[5]吴肃森《敦煌歌辞探胜》,《敦煌研究》1986 年第 2 期,第 36—47+56 页。

[6]李正宇《敦煌学郎题记辑注》,《敦煌学辑刊》1987 年第 1 期,第 26—40 页。

[7]吴肃森《〈敦煌歌辞探胜〉(续篇)》,《敦煌研究》1987 年第 1 期,第 85—89+57 页。

[8]邵文实《唐代后期河西地区的民族迁徙及其后果》,《敦煌学辑刊》1992 年 Z1 期,25—35 页。

[9]陆庆夫《敦煌民族文献与河西古代民族》,《敦煌学辑刊》1994 年第 2 期,80—89 页。

[10]齐陈骏、冯培红《晚唐五代宋初归义军对外商业贸易》,《敦煌学辑刊》1997 年第 1 期,第 38—51 页。

[11]苏金花《从"方外之宾"到"释吏"——略论汉唐五代僧侣政治地位之变化》,《敦煌学辑刊》1998 年第 2 期,第 109—117 页。

[12]杨晓霭《从敦煌歌辞中的男儿形象看唐代人物品藻趣尚》,《敦煌研究》2001 年第 4 期,第 152—155 页。

[13]汤君《敦煌曲子词与中原文化》,《中州学刊》2002 年第 6 期,第 45—52+89 页。

[14]刘洁《从敦煌歌辞看中古时期中国女性的情爱观念及表情方式特点》,《敦煌研究》2003 年第 5 期,第 94—97+112 页。

[15]郑阿财《〈云谣集·凤归云〉中"金钗卜"民俗初探》,《中国俗文化研究》2003 年 00 期,第 157—165 页。

[16]郑炳林《晚唐五代敦煌商业贸易市场研究》,《敦煌学辑刊》2004年第1期,第103—118页。

[17]刘少霞《敦煌出土医书中有关女性问题初探》,《敦煌学辑刊》2005年第2期,第173—179页。

[18]王祥伟《归义军时期敦煌寺院的吊孝活动》,《敦煌学辑刊》2006年第2期,第145—152页。

[19]郑炳林、屈直敏《归义军时期敦煌佛教教团的道德观念初探》,《敦煌学辑刊》2006年第2期,第91—101页。

[20]林梅《由大足唐宋造像内容谈妇女与宗教的关联》,《敦煌学辑刊》2006年第4期,第52—59页。

[21]敖峥《论敦煌曲子词的民间性》,《内蒙古电大学刊》2007年第8期,第10—11页。

[22]何春环、何尊沛《论敦煌曲子词的民俗文化特征》,《宁夏大学学报(人文社会科学版)》2007年第1期,第69—73页。

[23]李正宇《8至11世纪敦煌僧人从政从军——敦煌世俗佛教系列研究之七》,《敦煌学辑刊》2007年第4期,第50—61页。

[24]王慧慧《浅析民俗佛教——兼谈世俗化与民众化的认识》,《敦煌学辑刊》2007年第4期,第217—221页。

[25]王晶波、王晶《佛教地狱观念与中古时期的法外酷刑》,《敦煌学辑刊》2007年第4期,第154—162页。

[26]杨富学、王书庆《从生老病死看唐宋时期敦煌佛教的世俗化》,《敦煌学辑刊》2007年第4期,第125—136页。

[27]安忠义《敦煌文献中的酒器考》,《敦煌学辑刊》2008年第2期,第29—35页。

[28]李晓明《敦煌变文与敦煌歌辞中的唐代历史观念》,《史学史研

究》2008年第2期,第29—35+80页。

[29]朱凤玉《敦煌边塞文学中"灵鹊报喜"风俗初探》,《中国俗文化研究》2008年00期,第188—195页。

[30]赵岩《论汉代边地传食的供给——以敦煌悬泉置汉简为考察中心》,《敦煌学辑刊》2009年第2期,第139—147页。

[31]崔峰《晚唐五代宋初敦煌地区佛儒兼容的社会文化》,《敦煌学辑刊》2009年第3期,第22—28页。

[32]张红《汉唐时期中原政权与西域的密切关系》,《敦煌学辑刊》2009年第3期,第145—149页。

[33]张亚宁《论敦煌佛教文献中的孝亲思想》,《敦煌学辑刊》2009年第3期,第14—21页。

[34]王春花《唐代沙州老年人口试探》,《敦煌学辑刊》2010年第2期,第83—94页。

[35]李浪《唐代乐艺美学思想考论》,《敦煌学辑刊》2010年第3期,第142—149页。

[36]王晶波《敦煌学与中国现代学术文化思潮》,《敦煌学辑刊》2010年第4期,第166—171页。

[37]李金娟《医礼情福:古代香包功能小考》,《敦煌学辑刊》2011年第1期,第174—180页。

[38]王祥伟《吐蕃归义军时期敦煌僧侣的占田及税役负担——敦煌世俗政权对佛教教团经济管理研究之二》,《敦煌学辑刊》2011年第2期,第13—27页。

[39]伏彦冰、杨晓华《敦煌文学的传播方式》,《敦煌学辑刊》2012年第2期,第63—67页。

[40]洪艺芳《敦煌文献中奴婢称谓词的词汇特色》,《敦煌学辑刊》

2012年第2期,第48—62页。

[41]王东《吐蕃移民与唐宋之际河陇社会文化变迁》,《敦煌学辑刊》2012年第4期,第27—39页。

[42]杨秀清《敦煌石窟壁画中的古代儿童生活研究(一)》,《敦煌学辑刊》2013年第1期,第24—46页。

[43]韩锋、高情情《魏晋南北朝时期儒学在河西地区发展的原因及影响》,《敦煌学辑刊》2013年第2期,第114—120页。

[44]张新国《唐代前期寡妇户籍"合籍"现象探析——以敦煌吐鲁番籍帐文书为例》,《敦煌学辑刊》2013年第3期,第39—52页。

[45]陈继宏《从出土文献看蕃占时期敦煌的奴婢》,《敦煌学辑刊》2013年第4期,第70—77页。

[46]丛振《古代敦煌狩猎生活小考》,《敦煌学辑刊》2014年第1期,第109—115页。

[47]顾凌云《唐代实判的判案依据研究》,《敦煌学辑刊》2014年第1期,第46—52页。

[48]李金梅、郑志刚《中国古代马球源流新考》,《敦煌学辑刊》2014年第1期,第102—108页。

[49]赵青山、岳汉萍《隋唐时期佛教面对世俗社会的讲经活动》,《敦煌学辑刊》2014年第4期,第93—104页。

[50]张长彬《敦煌写本曲子辞抄写年代三考》,《江苏师范大学学报(哲学社会科学版)》2014年第6期,第18—22页。

[51]张福通《〈敦煌歌辞总编匡补〉零拾》,《汉语史学报》2014年00期,第255—258页。

[52]陈双印、张郁萍《晚唐五代敦煌僧人在中西经济活动中的作用》,《敦煌学辑刊》2015年第4期,第82—87页。

[53]丛振《敦煌岁时节日中的游艺文化——以上巳、端午、七夕为中心》,《敦煌学辑刊》2016年第1期,第73—81页。

[54]陈大为、陈卿《唐宋时期敦煌金光明寺考》,《敦煌学辑刊》2016年第2期,第48—61页。

[55]林春《元曲中女子蹴鞠的研究》,《敦煌学辑刊》2016年第2期,第62—68页。

[56]姬慧《敦煌文学〈儿郎伟〉校勘释例》,《敦煌学辑刊》2016年第2期,第39—47页。

[57]李瑞哲《古代丝绸之路商队运营面临的危险以及应对措施》,《敦煌学辑刊》2016年第3期,第92—103页。

[58]刘永明《古代敦煌地区的东岳泰山信仰及其与道教和佛教之间的关系》,《敦煌学辑刊》2016年第3期,第49—60页。

[59]王晶波《中西文化交流视野下的敦煌学》,《敦煌学辑刊》2016年第3期,第7—12页。

[60]丛振《先秦至唐五代角抵与相扑名实考辩——兼论敦煌壁画、文献中的相扑文化》,《敦煌学辑刊》2016年第4期,第114—123页。

[61]王泽湘、林春《汉唐乐府中的民俗体育研究》,《敦煌学辑刊》2016年第4期,第133—138页。

[62]郑红翔《唐蕃青海之战与陇右军事力量的初创》,《敦煌学辑刊》2016年第4期,第52—61页。

[63]郑炜《略论宋初以贸易手段遏制夷狄入侵的思想》,《敦煌学辑刊》2016年第4期,第70—76页。

[64]郑志刚、李重申《丝绸之路古代游戏、娱乐与竞技场地空间分布考研》,《敦煌学辑刊》2016年第4期,第124—132页。

[65]高士荣《简牍文献中秦及汉初奴婢制度的特征》,《敦煌学辑

刊》2017年第1期,第165—176页。

[66]李金娟《敦煌晚唐时期报恩窟营建的流行——以莫高窟索义辩窟为例》,《敦煌学辑刊》2017年第1期,第60—69页。

[67]王晶波、朱国立《从敦煌本佛教灵验记看佛教的传播技巧》,《敦煌学辑刊》2017年第2期,第119—126页。

[68]郑红翔《唐安史乱后河陇陷蕃问题再探》,《敦煌学辑刊》2017年第4期,第53—62页。

[69]赵青山《唐代禁杀思想传播的两种渠道及其影响》,《敦煌学辑刊》2017年第3期,第58—69页。

[70]刘传启《"劝孝"与敦煌丧仪》,《敦煌学辑刊》2017年第4期,第43—52页。

[71]魏凯园、郭艳华《论敦煌曲子词中"征妇"主题的双重情感心理及其成因》,《宜春学院学报》2017年第7期,第97—100页。

[72]王洋河《〈敦煌歌辞总编〉补校札记》,《汉语史研究集刊》2018年第1期,第250—260页。

[73]杜海《敦煌曹氏归义军时期的"瓜、沙之争"》,《敦煌学辑刊》2018年第2期,第178—192页。

[74]吴丽娱《关于唐五代书仪传播的一些思考——以中原书仪的西行及传播为中心》,《敦煌学辑刊》2018年第2期,第1—14页。

[75]吴羽《李唐皇室尊老子为始祖探源》,《敦煌学辑刊》2019年第1期,第203—209页。

[76]戴晓云《水陆法会的功能在唐五代的嬗变》,《敦煌学辑刊》2019年第2期,第100—109页。

[77]刘传启《敦煌写本"举发"考》,《敦煌学辑刊》2019年第2期,第74—83页。

[78]刘晓兴《〈敦煌歌辞总编〉献疑》,《中国诗歌研究》2019年第1期,第153—164页。

[79]孙海芳《人口流动与文化传播关联性研究——以丝路使者为例》,《敦煌学辑刊》2019年第2期,第47—54页。

[80]杜海《魏晋南北朝时期敦煌建置沿革》,《敦煌学辑刊》2019年第4期,第180—186页。

[81]赵青山《唐代僧人请谥流程考》,《敦煌学辑刊》2019年第4期,第156—165页。

[82]朱晓峰《基于历史文献的胡旋舞考证》,《敦煌学辑刊》2019年第4期,第166—179页。

[83]赵录旺《〈敦煌曲子词〉的历史价值探微》,《新西部》2019年第11期,第33—35页。

[84]陈光文《清代敦煌农业问题研究》,《敦煌学辑刊》2020年第1期,第62—72页。

[85]伏俊琏《敦煌文学写本研究的回顾与展望》,《西华师范大学学报(哲学社会科学版)》2020年第1期,第1—8页。

[86]刘晓兴《〈敦煌歌辞总编〉校议》,《励耘语言学刊》2020年第1期,第117—127页。

[87]魏迎春、郑炳林《唐河西节度使西迁和吐蕃对敦煌西域的占领》,《敦煌学辑刊》2020年第1期,第1—19页。

[88]陈双印《汉匈利用质子在西域的争夺及其影响》,《敦煌学辑刊》2020年第2期,第167—176页。

[89]屈直敏《敦煌伎术院考略》,《敦煌学辑刊》2020年第2期,第67—80页。

[90]许程诺《河西汉简所见县"守丞"整理札记》,《敦煌学辑刊》

2020年第3期,第182—186页。

[91]杨立凡、王晶波《敦煌邈真赞的文化源流及社会伦理价值》,《敦煌学辑刊》2020年第4期,第10—18页。

[92]朱国立《唐宋敦煌节日研究的价值与意义》,《敦煌学辑刊》2020年第4期,第172—175页。

[93]陈继宏《吐蕃统治时期敦煌畜牧业管窥》,《敦煌学辑刊》2020年第4期,第42—50页。

[94]张善庆《李师仁故事与河西美柰——兼论历史叙述的"层累"》,《敦煌学辑刊》2020年第4期,第1—9页。

[95]董华锋《川渝石窟摩崖题刻中的古代瘟疫资料辑考》,《敦煌学辑刊》2021年第1期,第129—136页。

[96]魏迎春、郑炳林《西汉敦煌郡移民研究》,《敦煌学辑刊》2021年第1期,第41—49页。

四、学位论文

[1]郭雅玲《敦煌歌辞用韵考》,东吴大学硕士学位论文,1998年。

[2]汤君《敦煌曲子词地域文化研究》,四川大学博士学位论文,2003年。

[3]陶贞安《敦煌歌辞用韵研究》,广西师范大学硕士学位论文,2004年。

[4]韩波《从"敦煌曲子词"看"词"的初始状态》,东北师范大学硕士学位论文,2005年。

[5]韩国彩《论唐宋词娱乐功用的历史呈现与原因》,东北师范大学硕士学位论文,2007年。

[6]王思远《敦煌曲子词百年研究史》,西北师范大学硕士学位论

文,2008年。

[7]霍文艳《敦煌曲子词用韵研究》,南京师范大学硕士学位论文,2008年。

[8]赵波《敦煌曲子词的女性书写》,东北师范大学硕士学位论文,2010年。

[9]刘传启《敦煌歌辞语言研究》,兰州大学博士学位论文,2011年。

[10]隆莺芷《敦煌曲子词与唐代商业城市风貌》,重庆师范大学硕士学位论文,2011年。

[11]张长彬《敦煌曲子辞写本整理与研究》,扬州大学博士学位论文,2014年。

[12]王丹丹《唐代曲子初探》,西北师范大学硕士学位论文,2016年。